THE CHRONICLES OF NARNIA

納尼亞傳奇

The Silver Chair | The Last Battle

《銀椅》、《最後一戰》

C. S. 路易斯◉著 鄧嘉宛◉譯
Clive Staples Lewis

經典全譯版
合輯三

銀椅
The Silver Chair

獻給
尼可拉斯·哈第

目次

01 體育館後面

這是個陰陰沉沉的秋日，吉爾．波爾在體育館後面哭泣。她哭，是因為他們一直在欺負她。不過這裡說的不是校園故事，所以我會儘量少說吉爾的學校，這學校不是令人愉快的話題。這是一所「男女合校」的學校，以前被稱為「混合」學校；有人說，這學校的「混」遠不如學校經營者的頭腦那麼「混」。這些人認為，應該允許男孩和女孩隨興為所欲為。不幸的是，有十到十五個年紀最大的男孩和女孩最喜歡做的就是霸凌。各種各樣可怕的事，若在一般學校早就在學期中被發現並加以制止了，但是在這所學校卻無人制止。或者即使事情被制止，犯事者也不會遭到驅逐或懲罰。校長認為他們是有趣的心理學個案，會派人把他們找來，和他們長談幾個小時。如果你知道校長想聽什麼並投其所好，最後主要的結果反而是你會變成校長的寵兒，而不是受到懲罰。

這就是為什麼吉爾・波爾在這個陰陰沉沉的秋日，會躲在體育館後面和灌木叢之間那條潮濕的小路上哭泣的原因。她還沒哭完，體育館轉角那裡有個男孩拐過來，吹著口哨，兩手插在口袋裡，差點一頭撞上她。

「你走路不帶眼睛的嗎？」吉爾・波爾說。

「**好**吧，」男孩說：「你用不著發……」這時候他才注意到她的臉。「我說，波爾，」他說：「怎麼啦？」

吉爾只扮了個鬼臉；是那種想說什麼卻怕一張口又會哭起來時所產生的表情。

「我猜……像往常一樣，是**他們**。」男孩沉著臉說，兩手往褲子口袋插得更深了。

吉爾點點頭。即使她本來可以說，也沒必要說了。他們都知道。

「好吧，聽著，」男孩說：「這對我們都沒有好處……」

他本來是好意，但是他說話的口氣**的確**像要開始長篇大論。吉爾突然大發脾氣（如果你委屈哭泣的時候被人打斷，你也會火大的）。

「噢，走開，管好你自己的事吧。」她說：「沒人叫你來管閒事對吧？你要做好人，要來告訴我們應該怎麼做，對嗎？我猜，你的意思是，我們應該像你一樣，把所有的時間都用來討好他們、拍他們馬屁、巴結他們。」

「噢，老天爺！」男孩說著，一屁股坐在灌木叢邊長滿青草的土堤上，不過他很快又站了起來，因為草坡濕透了。這男孩的名字很不幸的叫做尤斯塔斯．史瓜[1]，但他不是壞人。

「波爾！」他說：「這公平嗎？這學期我做過這類的事嗎？那隻兔子的事，我不是起來對抗卡特了嗎？我在折磨拷問下不是也守著史皮文斯的祕密嗎？我不是……」

「我不知道，我不在乎。」吉爾抽泣著說。

史瓜見她還沒平靜下來，很明智地遞給她一顆薄荷糖。他自己也吃了一顆。不久，吉爾開始用比較清楚的頭腦來看事情。

「對不起，史瓜，」她很快就說：「我那麼說不公平。這學期你是做了那些事。」

「如果可以，就別再提上學期的事了吧。」尤斯塔斯說：「那時候我是另外一個人。我是……天啊！我真是個小混蛋。」

「嗯，坦白說，你真的是。」吉爾說。

「那麼，你認為我變了嗎？」尤斯塔斯說。

「不僅僅是我，」吉爾說：「大家都說你變了。**他們**也注意到了。昨天，埃莉諾．布萊基斯頓在我們的更衣室裡聽到阿黛拉．潘尼法德談到這件事。她說：『有人控制了史瓜那小子。這學期他很不聽話。接下來我們得去照顧照顧**他**了。』」

尤斯塔斯打了個寒顫。實驗學校裡的每個人都知道被**他們**「照顧」是怎麼回事。

兩個孩子不發一語靜默了半晌。水珠從月桂樹葉上一滴滴落下。

「你為什麼和上學期那麼不一樣？」吉爾開口說。

「假期裡我碰到了許多奇怪的事。」尤斯塔斯神祕地說。

「什麼樣的事？」吉爾問。

尤斯塔斯沒說話，過了好一陣子，他才說：

「聽著，波爾，你我討厭這個地方，能有多討厭就有多討厭，對嗎？」

「我是這樣沒錯。」吉爾說。

「那麼，我想我可以信任你。」

「你真好。」吉爾說。

「是啊，不過，這祕密真的很棒。我說，波爾，你很容易相信事情嗎？我的意思是，那種大家都會嘲笑的事情？」

「我從來沒機會去信或不信，」吉爾說：「不過我想我會信。」

「如果我說，剛結束的那個假期，我離開了世界——這個世界——你相信我嗎？」

「我不明白你的意思。」

---

1 尤斯塔斯．史瓜（Eustace Scrubb）這個姓氏有矮灌木叢的意思，整個姓名讀起來，發音像「無用的矮灌木叢」。

「好吧，那我們就別管什麼世界不世界。假如我告訴過你，我曾經去過一個地方，那裡的動物會說話，那裡有……呃……魔法和龍，還有你在童話裡聽到的一切。」說這些話的時候，史瓜感到非常尷尬，臉漲得通紅。

「你是怎麼去到那裡的？」吉爾說。她也莫名其妙地感到不好意思。

「唯一的辦法是……只能靠魔法。」尤斯塔斯的聲音低到近乎耳語：「我是和我表哥表姊一起去的。我們是……咻一下就被帶過去了。他們以前就去過那邊。」

這時他們因為壓低了聲音說話，吉爾不知怎地就覺得更可信了。隨後，一種可怕的猜疑突然籠罩了她，她說（神情非常凶，那一刻看上去就像一隻母老虎）：

「如果我發現你是在捉弄我，我就永遠、永遠、永遠再也不跟你說話。」

「我沒捉弄你。」尤斯塔斯說：「我發誓我沒有。我可以用任何東西發誓。」

（我在學校讀書的時候，一個人要發誓的時候會說：「我用《聖經》發誓。」但是實驗學校不鼓勵人讀《聖經》。）

「好吧，」吉爾說：「我相信你。」

「而且不告訴別人？」

「你把我當成什麼人了？」

他們說這些話的時候非常興奮。可是話一說完，吉爾環顧四周，看見秋日陰沉的天空，聽見樹葉滴水的聲音，又想到實驗學校裡所有絕望的事（這學期有十三週，眼前還有十一週要過），她又說：

「可是，話說回來，這又有什麼用呢？我們不在那邊，我們在這裡。我們毫無疑問到不了**那邊**。我們能去嗎？」

「這正是我一直在想的事。」尤斯塔斯說：「我們從『那個地方』回來的時候，有人說佩文西家那兩個孩子（就是我的表哥表姊）再也不能去了。你知道吧，那是他們第三次去那裡了。我想他們已經用完了他們的機會，但是他從來沒說我不能去。要是不能再去，他一定會說的，除非他是要讓我再去？我總忍不住想，我們能不能……有沒有可能……？」

「你是說，做點什麼讓它發生？」

尤斯塔斯點點頭。

「你是說，我們可以在地上畫個圈……在圈裡寫幾個奇怪的字……然後站進圈裡……唸點咒語什麼的嗎？」

「嗯，」尤斯塔斯認真想了一會兒以後說：「我相信我一直在想這樣的事，只是我從來沒做。不過現在來到關鍵時刻了，我有個想法，那些圈圈啊、咒語啊什麼的，都是亂七八糟的東西，我想他不會喜歡的。那看起來像我們認為自己能要他做些什麼事。可是，說真的，我們只能請求他。」

「你一直在講的這個人是誰？」

「在『那個地方』，他們叫他阿斯蘭。」尤斯塔斯說。

「好古怪的名字！」

「還沒他本身一半古怪。」尤斯塔斯嚴肅地說：「不過，就讓我們這麼做吧。我們只是請求，不會有什麼害處的。來，我們肩並肩，像這樣；再把手臂伸向前，手掌心朝下，就像他們在拉曼杜的島上做的那樣……」

「誰的島？」

「我改天再告訴你那件事。他大概會希望我們面對東方。讓我想想，哪邊是東邊？」

「我不知道。」吉爾說。

「女孩子真是特別奇怪，她們向來分不清楚東南西北。」尤斯塔斯說。

「你也不知道。」吉爾憤怒地說。

「我當然知道，如果你別一直打岔，我早就找出來了。那邊是東邊，正對著那些月桂樹。現在，你可以跟著我說嗎？」

「說什麼？」吉爾問。

「當然是我要說的話啊。」尤斯塔斯回答：「現在……」

他開始說：「阿斯蘭，阿斯蘭，阿斯蘭，阿斯蘭！」

「阿斯蘭，阿斯蘭，阿斯蘭，阿斯蘭。」吉爾重複道。

「請讓我們兩個人進去……」

這時，體育館另一邊傳來一個聲音說：「波爾？沒錯。我知道她在哪裡。她在體育館後面哭呢。要我把她拖過來嗎？」

吉爾和尤斯塔斯互望一眼，立刻衝到桂冠樹下，開始急忙爬上泥濘陡峭、長滿灌木叢的土坡，速度之快，值得稱讚。（由於實驗學校奇怪的教學方式，學校裡的學生對法語、數學、拉丁語之類的學科學到的東西不多，但是在「他們」找上門來時如何快速又安靜地溜走，倒是學了不少。）

他們忙亂爬了大約一分鐘，然後停下來傾聽，從聽到的嘈雜聲判斷，後面有人在追他們。

「如果那扇門能再打開就好了！」史瓜一邊爬一邊說，吉爾點點頭。在灌木叢頂端有一堵高高的石牆，牆上有一扇門，你可以從那扇門出去，進入一片開闊的石楠荒地上。那扇門幾乎總是鎖著的。不過有幾次大家發現它開著；也或許它只有一次是開著的。可是可以想像，即使門只開過一次，這種記憶也會讓人一直抱持著希望，想嘗試打開門；因為如果門碰巧沒鎖，那會是溜出校園卻不被人看見的好方法。

吉爾和尤斯塔因為幾乎一直彎腰弓身走在月桂樹下，兩人這時又熱又髒。他們氣喘吁吁地來到圍牆邊。門就在那裡，像往常一樣關著。

「肯定開不了的。」尤斯塔斯把手按在門把上說，接著，「噢……噢……噢，我的天啊！」因為，門把轉動，門開了。

剛才他們倆還想，如果碰巧門沒鎖上，他們要以雙倍的速度衝出門去。可是當門真的打開了，他們倆卻站定不動了。因為他們看見的和之前所預期的完全不同。

他們原本以為會看見石楠遍生的荒野坡地，一直往上延伸，與陰沉沉的秋日天空會合在一起。結果迎接他們的是燦爛耀眼的陽光，從門口傾瀉而入，就像在六月天你打開車庫的門，陽光傾瀉進車庫的景象。陽光使草地上的水滴像珠子一樣閃閃發亮，也照出吉爾髒兮兮、淚痕斑斑的臉。他們一看就能看出來，陽光一定來自一個完全不同的世界。他們看見光滑的草坪，比吉爾過去所見過的草坪都更光滑、更明亮，還有碧藍的天空，還有來回飛舞的色彩鮮豔的東西，有可能是珠寶，也可能是巨大的蝴蝶。

吉爾雖然一直渴望見到這種情景，但她還是感到害怕。她望向史瓜的臉，發現他也是一臉害怕。

「來吧，波爾。」他說，聽起來像屏住氣息似的。

「我們回得來嗎？這樣安全嗎？」吉爾問。

這時，後方傳來一個刻薄、惡毒的聲音，尖聲叫道：「好啊，波爾，大家都知道你在那裡。你給我下來。」那是伊蒂絲·傑克爾的聲音，她不是「他們」當中的一員，但是是他們的嘍囉，而且專愛搬弄是非。

「快！」史瓜說：「來，牽著手，我們千萬不能分開。」吉爾還沒搞清楚發生什麼事，他已經抓住她的手，拉她穿過那道門，走出了學校的範圍，離開了英國，離開了我們的世界，進到了「那個地方」。

突然間，就像一下子關掉了收音機那樣，伊蒂絲·傑克爾的聲音消失了。立刻，他們周圍充滿了另一種完全不同的聲音。它來自頭頂上那些色彩鮮豔的東西，原來是鳥。牠們發出的聲音很喧鬧，不過聽起來很像音樂——一種很前衛的音樂，你剛聽的時候可能不太適應——比我們這個世界的鳥鳴更像音樂。然而，儘管有鳥鳴，背景裡還是有一種無聲無息的寂靜。那種寂靜加上空氣的清新，使吉爾覺得他們一定是在一座很高很高的山頂上。

史瓜仍牽著她的手。他們一面向前走，一面瞪大眼睛朝四面張望。吉爾看見四面八方都長著巨大的樹，很像雪松，但比雪松更巨大。不過它們長得很稀疏，樹下也沒有矮灌木叢，所以不會擋住視線，他們可以向左右望進森林裡很遠的地方。吉爾放眼望去，目光所及都是同樣的景物——平坦的草地，飛掠的鳥，藍色的陰影，還有一片空寂。鳥身上的羽毛是黃色、蜻蜓藍或七彩的。涼爽、明亮的空氣裡一點風也沒有。這是一座非常孤寂的森林。

正前方沒有樹木，只有碧藍的天空。他們一直往前走，沒說話，直到吉爾突然聽見史瓜說：「小心！」並感覺自己被往後拉了回去。他們正站在懸崖邊上。

吉爾是沒有懼高症的幸運兒。她一點也不在意站在懸崖邊。史瓜將她一把拽回來反而讓她很氣惱——「就像我還是個小孩似的」——她一邊說，一邊把手從他手裡抽出來。等看見他一臉煞白，她更看不起他了。

「怎麼啦？」她說，並且為了炫耀自己並不害怕，站到離邊緣很近的地方；事實上，她站得比她原來想站的地方更貼近邊緣。然後，她往崖下看了看。

這下她才明白史瓜臉色發白是有道理的，因為我們的世界的懸崖沒有一個能與這個懸崖相比。想像一下你站在你所知最高的懸崖頂上，再想像你正俯瞰著懸崖底部。接著，想像懸崖繼續往下延伸，底部距離更遠，十倍遠，二十倍遠。在你一直這麼往下看去的時候，想像你瞥見一些白色的小東西，乍看之下可能誤以為那是綿羊，但很快你就意識到它們是雲——不是一抹抹薄霧般的浮雲，而是巨大蓬鬆的白雲，它們大多數就像群山一樣巨大。最後，在這些白雲的間隙中，你第一次瞥見了真正的崖底，它是如此之遠，遠得你根本看不出它是田野還是樹林，是土地還是河湖；崖底和那些白雲的距離，遠超過你和那些白雲的距離。

吉爾盯著崖底。然後她想，也許自己該從崖邊往後退一、兩步，可是她又因為顧慮到史瓜的想法而不願意往後退。接著，她突然改變主意，決定不管他怎麼想，她都要趕快遠離這個可怕的懸崖邊緣，並且再也不嘲笑任何有懼高症的人了。然而，就在她想挪步的時候，她發現自己動不了。她的兩條腿就像變成一灘爛泥，眼前的一切都在晃動。

「你在幹什麼，波爾？快回來……你這十足的傻瓜！」史瓜喊道，但是他的聲音似乎是從很遠的地方傳來的。她感覺他抓住了她，可是這時她已經控制不了自己的胳膊和腿了。在懸崖邊緣有一陣短暫的拉扯。吉爾恐懼至極，頭暈目眩，不知道自己在做什麼，不過有兩件事令她終身難忘（它們經常回到她的夢裡）。一是她掙脫了史瓜抓她的手，二是那一瞬間史瓜發出一聲恐怖尖叫，失去了平衡，墜向了深淵。

幸運的是，她還沒來得及思考自己做了什麼，便有一隻巨大、顏色鮮豔的動物衝到了懸崖邊。牠趴下來，往前探出頭去吹氣（這真是怪事）。不是咆哮，不是噴鼻息，而是大大張開嘴巴吹氣；穩穩地吹著，就像吸塵器穩穩地吸一樣。吉爾躺在離這隻動物很近的地方，可以感覺到那股氣在牠體內穩穩震動著。她因為爬不起來，只能一動也不動地躺著，幾乎要暈過去了。事實上，她希望自己能真的暈過去，但是人並不是想暈過去就能暈過去的。最後她終於看見，在她底下很遠的地方，有個小黑點正在飄離懸崖，並且微微向上升。它在上升的同時也飄得更遠。等到它上升到懸崖頂端的高度時，也已經遠到她看不見了。它顯然正以極快的速度遠離他們。吉爾禁不住想，是她身邊那隻動物把它吹走的。

於是她轉頭去看那隻動物。那是一隻獅子。

02 吉爾被委以重任

那隻獅子看也不看吉爾，站起身來吹了最後一口氣。然後，彷彿對自己做的事很滿意，牠轉過身，高視闊步地慢慢走回森林裡去了。

「這一定是夢，一定是。」吉爾自言自語道：「我馬上就會醒過來了。」然而這不是夢，她也沒有醒過來。

「我真希望我們沒有來到這個可怕的地方。」吉爾說：「對於這裡的情況，我相信史瓜和我一樣不瞭解。如果他瞭解，他也沒有權利在沒有警告我這裡的狀況之前，就把我帶來。他掉下懸崖不是我的錯。如果他不來拉我，我們倆都會沒事的。」接著，她又想起史瓜跌落時發出的尖叫，於是忍不住一下大哭起來。

只能哭的時候，大哭一場倒也是個辦法。可是你遲早要哭完，然後你還得決定該怎麼辦。吉爾停止哭泣以後，發現自己渴得要命。她本來一直臉朝下趴著，這時坐起來了。

鳥兒都停止了歌唱，除了從很遠的地方傳來一種微弱、持續不斷的聲音外，四周一片寂靜。她仔細聆聽，幾乎可以確定那是流水聲。

吉爾站起來，非常仔細地環顧四周。沒有獅子的蹤跡，但是周圍有那麼多的樹，獅子很容易藏在附近不被她看見。她猜想樹林裡說不定有好幾隻獅子。可是她現在渴得要命，只能鼓起勇氣去找那流水。她踮起腳尖，小心翼翼地從一棵樹下悄悄走到另一棵樹下，每走一步都停下來環顧一圈。

樹林裡一片寂靜，想確定聲音從哪裡來並不難。水聲愈來愈清晰，出乎她的預料，她很快就來到一片林間空地，看見草坪間有一條明亮如玻璃的小溪穿過，離她只有一石之遙。雖然看到水使她感覺比之前更渴十倍，但是她沒有衝上前去喝水。她動也不動地站著，嘴巴張得大大的，彷彿變成了石頭一樣。她變成這模樣有很好的理由：那隻獅子就趴臥在溪流的這一邊。

牠高昂著頭，兩隻前爪朝前伸，就像倫敦特拉法加廣場上的石獅子一樣。她立刻知道牠看見她了，因為牠的雙眼直視著她的眼睛好一會兒，然後才轉開——彷彿已經很瞭解她，對她不在意了。

「如果我逃跑，牠馬上就會追過來的。」吉爾想：「如果我繼續往前走，我就直接送進牠嘴裡了。」總之，她就算想動也動不了，她的眼睛也無法從獅子身上挪開。她不確定這種情況持續了多久；似乎有好幾小時。她口渴到了極點，幾乎覺得只要能先喝一口水，就算會被獅子吃掉她都不介意。

「如果你渴了，可以過來喝水。」

這是史瓜在懸崖邊和她說過話以後她聽到的第一句話。她四下張望了一會兒，很納悶是誰在說話。然後那個聲音又說：「如果你渴了，就過來喝吧。」這時她想起來，史瓜說過，在另一個世界裡，動物會說話。她明白，是那隻獅子在說話。不管怎麼說，這次她看見牠的嘴唇動了，而且聲音也不像人類的聲音。那聲音更深沉、更狂野、更有力；一種莊嚴凝重的聲音。這沒有減少她之前的恐懼，反而讓她添上另一種不同的恐懼。

「你不渴嗎？」獅子說。

「我快**渴死**了。」吉爾說。

「那就來喝吧。」獅子說。

「我可以……我能不能……我喝水的時候，你能不能走開一點？」吉爾說。

獅子只看了她一眼，低吼一聲做為回答。吉爾凝視著牠那一動也不動的身軀，意識到，自己這個要求，無疑是為了自己的方便而要求一座大山移開。

溪水甜美的潺潺水聲快把她逼瘋了。

「如果我過去了，你可以保證不……不對我做任何事嗎？」吉爾說。

「我不做保證。」獅子說。

吉爾這時口渴到一個地步，不自覺又往前走了一步。

「你會吃女孩子嗎？」她說。

「我吞吃過女孩和男孩，女人和男人，國王和皇帝，城市和王國。」獅子說。牠說話的態度不像吹牛，不像道歉，也不像發怒。牠只是陳述事情。

「我不敢過去喝水。」吉爾說。

「那你就會渴死。」獅子說。

「噢，天哪！」吉爾說著，又走近了一步：「我想我得去找另一條溪流了。」

「沒有別的溪流了。」獅子說。

吉爾毫不懷疑獅子的話——沒有人能在看見那張嚴肅的臉之後，還能起疑心——於是她突然下了決心。這是她不得不做的事情裡最糟糕的一件，不過她直接走到溪邊，跪下來開始用手捧水喝。這是她喝過最清涼、最令人心曠神怡的水。你不需要喝很多，因為它立刻就讓你解渴了。喝水之前，她便暗暗打算，她一喝完立刻就跑，遠離獅子。現在，她意識到那麼做將是這整個情況裡最危險的一件事。她起身，靜靜站在那裡，嘴唇因為喝水還濕著。

「過來。」獅子說。她不得不走過去。這時她差不多就站在牠兩隻前爪之間，直視著牠的臉了。不過她很快就垂下了雙眼，無法再看著那張臉。

「人類的孩子，」獅子說：「那個男孩在哪裡？」

「他從懸崖上摔下去了，」吉爾說著，又補了一句：「先生。」她不知道該怎麼稱呼他，但是不稱呼他又顯得無禮。

「他怎麼會跌下去的，人類孩子？」

「他想阻止我跌下去，先生。」

「你為什麼那麼靠近懸崖邊呢，人類孩子？」

「我在炫耀，先生。」

「這是個很好的答案，人類孩子。以後別再炫耀了。好，（這時，獅子的臉才第一次變得不那麼嚴厲了）那男孩很安全。我把他吹到納尼亞去了。不過，因為你做的事，你的任務會更困難。」

「請問，是什麼任務，先生？」吉爾說。

「我把你和他從你們自己的世界召喚到這裡來執行的任務。」

這話令吉爾非常困惑。「這是把我錯當成別人了吧。」她想。她不敢把這想法告訴獅子，可是又覺得除非她有話實說，否則事情會陷入可怕的混亂裡。

「說出你的想法吧，人類的孩子。」獅子說。

「我在想……我的意思是……會不會搞錯了？因為，你知道，沒有人召喚我和史瓜。是我們請求到這裡來的。史瓜說，我們只要呼喚——某個人——那是個我不認識的人的名字——說不定那個人就會讓我們進來。我們這麼做了，然後發現門打開了。」

「除非我一直在召喚你們，否則你們是不會呼喚我的。」獅子說。

「那麼，先生，你就是那個人了？」吉爾說。

「我就是。現在，聽好你的任務。在離這裡很遠的納尼亞王國有一位年老的國王，他很悲傷，因為他沒有親生兒子繼承王位。他沒有繼承人，因為他的獨子在多年前被人偷走了，納尼亞王國裡沒有人知道王子的下落，也沒有人知道他是否還活著。不過，他確實還活著。我命令你去尋找這位失蹤的王子，直到你找到他，將他帶回他父王的宮中，或在尋找的過程中喪命，或回到你自己的世界。」

「請告訴我，該怎麼找？」吉爾說。

「我告訴你，孩子，」獅子說：「我會用幾個標記來引導你們的尋找。首先，那個男孩尤斯塔斯一踏上納尼亞，就會遇到一位親愛的老朋友。他必須立刻上前去向那個老朋友問好；如果他這麼做了，你們兩個都會得到很好的說明。第二，你們必須離開納尼亞往北走，直到抵達古代巨人廢棄的城市。第三，你們會在那座廢城裡發現寫了字的石頭，你們必須按照那上面所寫的去做。第四，如果你們找到失蹤的王子，你們要透過下面這個方法認出他來：你們在旅途中遇到的人當中，他會是第一個要求你們以我的名義——也就是以阿斯蘭的名義——做某件事的人。」

獅子似乎說完了，吉爾認為自己也該說點什麼，於是她說：「我明白了。非常感謝你。」

「孩子，」阿斯蘭用一種比之前說話更溫柔的聲音說：「也許你沒有你自以為的那麼明白。不過，第一步是記住。現在，你按照順序，把這四個標記對我複述一遍。」

吉爾試著複述，但沒有完全正確。因此獅子糾正她，讓她一遍遍重複這些話，直到她能正確無誤說完為止。他做這件事時很有耐心，所以等這件事情完成以後，吉爾鼓起勇氣問：

「請問，我要怎麼去納尼亞呢？」

「靠我吹氣。」獅子說：「我會像吹尤斯塔斯一樣，把你吹到這個世界的西邊。」

「我必須及時追上他，告訴他第一個標記嗎？可是，我想那不重要。如果他看見老朋友，他一定會過去跟他打招呼的，不是嗎？」

「你沒有時間了，」獅子說：「這就是為什麼我必須馬上派你去。來。你走前面，走到懸崖邊。」

吉爾記得很清楚，如果沒有多餘的時間，那也是她自己的錯。「要是我沒做傻事，史瓜和我就會一起出發。他會和我一樣聽到所有的標記。」她想。因此，她按照獅子的吩咐走回懸崖邊，那真是一件令人心驚膽顫的事，尤其獅子不是和她走在一起，而是走在她背後——他柔軟的腳掌落在地上毫無聲息。

她還沒接近懸崖邊緣，獅子就在她背後說：「站著別動。我馬上就開始吹。不過，首先，要記住、記住、記住那些標記。你每天早晨醒來，晚上躺下睡覺，甚至半夜醒過來時，都要對自己默念一遍那些標記。無論你遇到多麼奇怪的事，都不要讓那些事情改變你跟從標記去做的想法。其次，我要提醒你，在這裡，在這座山上，我對你說話都是清楚直說，但在納尼亞，我不常這麼做。在這裡，在這座山上，空氣很清新，你的頭腦也很清醒；等你降落到納尼亞，空氣會變得濃濁。你要非常小心，不要讓你的頭腦糊塗了。你在這裡熟記的標記，等你在那邊遇到它們的時候，完全不會如同你所預期的那樣。這就是為什麼用心去理解它們，比注意外表來得更重要。記住標記，相信標記。其他的事都不重要。現在，夏娃的女兒，再見……」

這聲音愈說變得愈柔和，最後完全消失了。吉爾回頭一看，不禁大吃一驚，她看見懸崖已經離她有一百多碼遠，那隻獅子已成為懸崖邊上一個金閃閃的斑點。她一直咬緊牙關緊握拳頭，準備承受獅子那吹向她的可怕的氣息，然而那氣息實在太輕柔了，她甚至沒有察覺到自己離開地面的那一刻。此時，在她下方，除了幾千萬英尺的空氣，什麼也沒有。

她只害怕了一下下。首先，她下方的世界是如此遙遠，似乎與她無關。其次，在獅子吹出的氣息中漂浮簡直太舒服了。她發現自己可以仰躺著、趴著和隨心所欲地扭動身體，就像你在水裡一樣（如果你浮水的功夫很好的話）。由於她移動的速度和獅子呼出的氣息一致，所以沒有風，空氣似乎也很溫暖。這完全不像坐在飛機上，因為四周沒有噪音，也感覺不到振動。如果吉爾曾經坐過氣球的話，她可能會覺得這更像搭氣球，只不過更舒服罷了。

這時她回頭看，才第一次看見她離開的那座山的真正大小。她很納悶，為什麼這麼高大的一座山竟沒有冰雪覆蓋——「不過，我猜這個世界裡的一切都是不同的。」吉爾想。然後她看了看下方，但她的位置太高了，所以看不出自己是漂浮在陸地還是海洋的上空，也不知道自己是以什麼樣的速度在前進。

「天哪！標記！」吉爾突然說：「我最好再複述一遍。」她驚慌了一、兩秒鐘，不過她發現自己仍能正確地背出所有的標記。「這樣就可以放心了。」她說，然後在空中躺下，彷彿躺在一張沙發上，心滿意足地歎了口氣。

幾個小時後，吉爾自言自語說：「哎呀，我得說，我睡著了。想想是睡在空氣上。我很好奇以前有沒有人這麼做過。我想沒有。噢，討厭……史瓜可能做過！同樣這趟旅程，他比我提早一點點出發。讓我來看看底下是什麼樣子。」

下方看起來像一片巨大的、深藍色的平原。看不到山丘，但是有巨大的白色的東西在它上方緩緩移動。「那一定是雲，」她想：「但是比我們在懸崖上看見的大得多。我猜是因為它們離得近，所以看起來更大。我一定是愈來愈低了。這太陽真討厭。」

在她開始這趟旅程時，太陽還高掛在她頭頂，但這時已經漸漸照到她的眼睛。這表示在她前方的太陽正在漸漸西沉了。史瓜說得很對，吉爾（我不瞭解一般的女孩是怎麼樣）對羅盤上的方位沒有概念。否則，當太陽開始照到她的眼睛時，她就該知道自己幾乎是在朝著正西的方向前進。

她目不轉睛地望著自己下方那片藍色的平原，很快注意到這裡那裡零星分布著或明亮或灰白的小點。「這是大海！」吉爾想，「我相信那些小點是島嶼。」那確實是島嶼。如果她知道史瓜曾從甲板上看過、甚至登上過其中一些島嶼，她大概會感到嫉妒；不過她不知道。過了一會兒之後，她開始看見在藍色的海平面上泛起了小小的皺紋：如果你身在其中，那些小皺紋一定是相當大的海浪了。這時，地平線上出現了一條很粗的黑線，它愈來愈粗，愈來愈黑，你可以看見它在飛快地變大。這是她頭一次感受到自己飛行的速度有多麼快。她知道那條愈來愈粗的線一定是陸地。

突然，從左邊（因為颳的是南風）有一朵巨大的白雲朝她衝了過來，這次是在和她同一個高度上。還沒等她明白自己身在何處，她已經撞進了那團寒冷潮濕的白雲中。那使她差點喘不過氣，不過她只在裡面待了一會兒，就穿雲而出，來到陽光下。她不住眨眼，並且發現衣服全濕了。（她之前在英國時，天氣陰濕，所以身上穿著運動外套、毛衣、短褲、長襪和厚重的鞋子。）從雲裡出來時，她的高度比進雲裡時低。她一出了雲就注意到一件事，我想她應該一直期盼著，但這時她還是感到訝異和震驚。那就是「聲音」。在這之前，她一直在寂靜中前進。此時，她第一次聽到海浪的聲音和海鷗的叫聲，也嗅到了大海的氣味。她現在知道自己飛得有多快了。她看見兩股浪頭啪地撞在一起，中間冒出一股浪花，但是還沒等她看清楚，那股浪花已經在她背後一百碼遠了。陸地以極快的速度在接近。她可以看見內陸遠處的山脈，在她左邊近一點的地方也有山脈。她可以看見海灣和高地，樹林和田野，綿延的沙灘。海浪拍打著海岸的聲音每時每刻都變得更響亮，蓋過了海上其他的雜音。

突然，陸地展開在她的正前方。她正朝著一條大河的河口前進。她這時的高度很低，離水面只有幾英尺。一個浪頭湧起，打在她的腳趾上，激起的一堆水花把她腰部以下幾乎全打濕了。這時她的速度減慢了。她沒有被帶著沿河直上，而是向左側滑行到河岸邊。出現在眼前的東西太多了，她幾乎有點目不暇給：一片光滑翠綠的草坪、一艘色彩鮮豔看起來像一件巨大珠寶的船、高塔和城垛、在空中飄揚的旗幟、人群、鮮豔活潑的衣服、盔甲、黃金、刀劍和音樂。不過這一切全混雜在一起。她清楚知道的第一件事是她已經降落在地，站在河邊一片茂密的樹叢底下，史瓜就站在離她只有幾英尺遠的地方。

她的第一個念頭是，他看上去怎麼這麼骯髒、邋遢，又不起眼啊。第二個念頭是：

「我怎麼濕成這樣啊！」

03國王出航了

史瓜之所以看上去那麼骯髒邋遢（吉爾如果能看見自己的模樣的話，她也一樣），是因為他們周遭的景物太華麗了。我最好馬上描述一下。

夕陽的光芒這時正從山脈的缺口處照進來（吉爾接近這片陸地時曾看見這些遠在內陸的山脈），照在一片平坦的草地上。在草坪另一頭，高高矗立著一座高塔和角樓林立的城堡，它的風向標在陽光中閃耀，這是吉爾所見過的最美麗的城堡。草坪的這一頭是一個白色大理石碼頭，碼頭上停泊著一艘大船：一艘高船頭、高船尾、船身漆成深紅色並且鍍金的大船，桅頂掛著一面大旗，甲板上有許多旗幟飄揚，沿舷牆還有一排閃亮如銀的盾牌。登船的跳板已經搭好，底下站著一位很老的老人，正準備登船。他披著一件華麗的朱紅斗篷，前面敞開著，露出裡面的銀鎖子甲。他頭上戴著一個細細的金環，鬍鬚白如羊毛，幾乎垂到了腰間。他站得還算筆直，一隻手搭在一位衣著華麗的貴族肩上，這位貴族看起來比他年輕一些，但是看得出來他也很老了，而且身體虛弱，看起來彷彿一陣風就能把他吹走。他的雙眼含著淚水。

國王在登船之前轉過身來對他的臣民講話，在他面前有一把裝了輪子的小椅子，這輪椅套在一頭比獵犬大不了多少的小毛驢身上，輪椅上坐著一個胖胖的矮人。他穿得像國王一樣華麗，不過由於他很胖，又佝僂著背坐在一堆軟墊當中，給人的感覺就完全不同了。他看上去就像一團毛皮、絲綢和天鵝絨裹成的東西。他和國王一樣老邁，不過看起來比國王更健壯矍鑠、更精神旺盛，而且目光銳利。他沒戴帽子，光禿禿的腦袋非常大，在夕陽的照耀下，像一顆巨大的撞球似的閃閃發光。

在矮人後方站著另一群人，排列成半圓形，吉爾一看就知道那是朝臣。他們的衣著和盔甲都很值得一看。那些衣飾使他們看起來更像一個花壇而不是群眾，但真正讓吉爾目瞪口呆的，是這群人民本身——如果用「人民」這個詞正確的話。因為，每五個當中只有一個是人類，其餘的都是你在我們的世界裡從未見過的。人羊、薩堤爾、人馬，吉爾以前看過有關他們的圖片，所以認得出來。她也認得矮人，還認得許多動物：熊、獾、鼴鼠、花豹、老鼠和各種鳥類。不過，牠們和在英國有相同名稱的動物又大不相同。有些動物的體型要大得多——比如老鼠，牠們用後腿站立，身高超過兩英尺。除了體型之外，牠們的神情看起來也完全不同。你可以從牠們臉上的神情看出牠們就像你我一樣能說話會思考。

「天哪！」吉爾想：「所以這都是真的。」不過她接著又想：「不知道他們是不是友好？」因為她剛剛注意到，在人群附近，有一兩個巨人，以及一些她根本叫不出名稱的人民。

就在這時，阿斯蘭和那些標記湧上了她的心頭。剛才起碼有半個小時，她把這事忘得一乾二淨。

「史瓜！」她抓住他的胳膊低聲說：「史瓜，快！你有沒有看到你認識的人？」

「噢，**你**又出現了啊？」史瓜不高興地說（他當然有理由不高興）：「嗯，別出聲好吧？我想聽他們說話。」

「別傻了，」吉爾說：「一分鐘都不能耽擱。你在這裡有沒有看見老朋友？因為你必須馬上去跟他說話。」

「你在說什麼啊？」史瓜說。

「阿斯蘭——那隻獅子——說，你必須這麼做。」吉爾絕望地說：「我見過他了。」

「噢，你見過他了？他說了什麼？」

「他說你在納尼亞見到的第一個人會是你的老朋友，你必須立刻去跟他說話。」

「嗯，我這輩子從來沒見過這裡的這些人，而且我也不知道這裡是不是納尼亞。」

「你不是說你以前來過這裡嗎？」吉爾說。

「哦，你想錯了。」

「哦，答得好！你告訴過我……」

「看在老天爺的分上，閉嘴，讓我們聽聽他們在說什麼。」

國王正在和矮人說話，但是吉爾聽不見他說什麼。此外，根據她的判斷，矮人也沒有回答，只不過點了點頭，又搖了搖頭。接著，國王提高了嗓門，對所有的朝臣講話，但是他的聲音太老、太沙啞了，吉爾幾乎聽不懂他的演說——主要是因為他所說的人名和地名都是她從來沒聽過的。演講結束後，國王彎下腰親吻矮人的雙頰，然後直起身子，舉起右手像是在祝福，接著才緩緩邁著無力的腳步，走上跳板，上了船。朝臣們對他的離去顯得萬分傷感。眾人紛紛掏出手帕，嗚咽啜泣的聲音從四面八方傳來。踏板被撤掉了，船艉樓上響起號角聲，大船駛離了碼頭。（那是由一艘划艇拖出港的，不過吉爾沒看到。）

史瓜說：「現在……」，不過他沒再往下說，因為這時有個巨大的白色物體——吉爾一時間以為是一只風箏——從空中滑翔而下，落在他的腳前。那是一隻白色貓頭鷹，但是牠太巨大了，站在那裡像矮人一樣高。

牠眨了眨眼睛，像近視眼似的盯著他們，頭微微側向一邊，用一種輕柔的、嗚嗚叫的聲音說：

「吐呼，吐呼！你們兩個是誰？」

「我姓史瓜，她姓波爾。」尤斯塔斯說：「可以請你告訴我們，我們現在在哪裡？」

「在納尼亞王國的土地上，在國王的凱爾帕拉維爾城堡前。」

「剛剛上船離開的是國王嗎？」

「沒錯，沒錯，」貓頭鷹悲傷地搖搖牠的大頭說：「但你們是誰？你們兩個身上有魔法的味道。我看見你們到來：你們是**飛**來的。其他人都忙著為國王送行，除了我，沒有人知道。我碰巧注意到了你們，你們會飛。」

「我們是阿斯蘭派來的。」尤斯塔斯低聲說。

「吐—呼，吐—呼！」貓頭鷹說著，抖抖身上的羽毛：「這對我來說實在有點受不了，天色還太早了。要等太陽下山之後，我的頭腦才會清醒。」

「我們被派來尋找失蹤的王子。」吉爾說，她一直急著想加入談話。

「我頭一次聽說這件事，」尤斯塔斯說：「什麼王子？」

「你們最好馬上去和攝政王談談。」貓頭鷹說：「那就是他，在那邊的驢車上，矮人特朗普金。」那隻鳥轉過身，開始領路，一邊自言自語地說：「嗚呼！吐—呼！真是一團亂啊！我還無法清楚思考。時間還太早了。」

「國王叫什麼名字？」尤斯塔斯問道。

「凱斯賓十世。」貓頭鷹說。正在走路的史瓜突然停下腳步，臉色變得極其難看。吉爾覺得很奇怪，她從來沒見過他對任何事情露出這麼難看的臉色。不過，她還沒來得及問任何問題，他們已經來到矮人的面前。矮人正收緊驢子的韁繩，準備駕車返回城堡。朝臣已經四散開來，三五成群地朝同一個方向走去，就像看完比賽或運動會後散場出來的人群一樣。

「吐—呼！啊哼！攝政王大人，」貓頭鷹說著，彎下腰把嘴湊近矮人的耳朵。

「呵？什麼事？」矮人說。

「大人，來了兩個陌生人。」貓頭鷹說。

「摸生人！你這話是什麼意思？」矮人說：「我看見兩個髒兮兮的人類幼崽。他們想要什麼？」

「我名叫吉爾。」吉爾說著，又往前走近一點。她非常急著想說明他們來到這裡的重要任務。

「那個女孩叫吉爾。」貓頭鷹盡量大聲地說。

「什麼？」矮人說：「女孩們都被殺了[2]！我一個字也不相信。多少女孩？誰殺了她們？」

「只有一個女孩，大人，」貓頭鷹說：「她的名字叫吉爾。」

「大聲一點，大聲一點，」矮人說：「不要站在那裡對著我的耳朵哼哼唧唧的。誰被殺了？」

「沒有人被殺。」貓頭鷹吼道。

「誰？」

「**沒有人**。」

「好了，好了。你不必大喊大叫的。我還沒聾到那個地步。你到這裡來告訴我沒有人被殺是什麼意思？為什麼有人要被殺？」

「你最好告訴他我是尤斯塔斯。」史瓜說。

「那男孩是尤斯塔斯，大人。」貓頭鷹拚命用最大聲的聲音喊道。

「沒用[3]？」矮人暴躁地說：「我敢說他是沒用。嘿，這就是把他帶進宮廷來的理由嗎？」

「不是沒用，」貓頭鷹說：「是**尤斯塔斯**。」

---

2 特朗普金年紀大了，耳背，把女孩叫吉爾（the girl's called Jill）聽成女孩們都被殺了（the girls are all killed）。

3 尤斯塔斯（Eustace）的發音很接近沒用（Useless）。

「以前沒用？我不知道你在說什麼，我很確定。我來告訴你怎麼回事，格林羽大人；我還是個年輕矮人的時候，這個國家的**能**言獸和**能**言鳥都是真正會說話的。不是像你這樣含含糊糊、嘰嘰咕咕、低聲細語。這種說話方式一刻也不能容忍。一刻也不行，先生。烏爾努斯，請把我的助聽器給我……」

一直靜靜站在矮人身邊的一個小人羊，這時遞給他一個銀質的喇叭聽筒。它的外觀就像一種叫做「蛇形管」的樂器，彎管可以繞在矮人的脖子上。他在安放助聽器時，貓頭鷹格林羽突然低聲對兩個孩子說：

「我的腦子現在清楚多了。別提什麼失蹤王子的事。我稍後再給你們解釋。不能提的，不能提，吐─呼！噢，**該怎麼辦啊！**」

「好了，」矮人說：「如果你**有**什麼明智之言，格林羽大人，你就說吧。深呼吸，話別說得太快。」

在兩個孩子的幫助下，儘管矮人不時咳上幾聲，格林羽還是說明了這兩個陌生人是阿斯蘭派來拜訪納尼亞宮廷的。矮人迅速抬眼瞥了他們一眼，眼中有一種新的神色。

「是獅子親自派來的，嘿？」他說：「是從……嗯哼……從另一個地方……世界盡頭之外來的，是嗎？」

「是的，大人。」尤斯塔斯對著助聽器大聲喊道。

「亞當之子和夏娃之女，是吧？」矮人說。可是實驗學校裡的小孩從沒聽過亞當和夏娃，所以吉爾和尤斯塔斯無法回答。不過矮人似乎也沒注意。

「好吧，親愛的，」他說著分別和兩個孩子握了握手，微微點了一下頭：「非常歡迎你們。如果我們的好國王——我可憐的主人——沒有在這個時候出發去七島群島，他一定會很高興你們的到來。這會讓他暫時重返青春歲月——暫時。現在，該是吃晚飯的時候了。明天早上，你們再把你們的任務告訴我吧。格林羽大人，一定要以最高規格為這兩位客人準備臥室、合適的衣服和其他一切事物。還有……格林羽……耳朵靠過來一下……」

說到這裡，矮人把嘴貼近貓頭鷹的頭，無疑是想悄悄低語，但是就像其他聾子一樣，他無法好好判斷自己的音量，因此兩個孩子都聽到他說：「關照下去，要讓他倆都好好梳洗乾淨。」

說完之後，矮人拍了拍他的驢子，驢子便以一種不快不慢、搖搖擺擺的步伐朝城堡走去（那是一匹肥胖的小東西），而人羊、貓頭鷹和孩子們則以很慢的速度跟在後面。太陽已經下山，空氣漸漸涼爽起來。

他們穿過草坪，然後穿過一個果園，來到凱爾帕拉維爾城堡的北門，門大大敞開著。走進門內，他們見到一個綠草如茵的院子。燈光已經從右邊大廳的窗戶和前方結構更複雜的一群建築物中照了出來。貓頭鷹領著他們走進那群建築，然後召喚一個非常討人喜歡的人來照顧吉爾。她只比吉爾高一點，卻比吉爾瘦得多，不過顯然是個成年人，優雅得像柳樹，頭髮也如柳絲一般，頭髮裡似乎還夾雜著青苔。她把吉爾帶到一座塔樓的一個圓形房間裡，房間地上有個下凹的小浴池，平底壁爐中燒著一堆香味撲鼻的木柴，拱形的屋頂上垂下一條銀鏈，吊著一盞燈。窗戶朝西，吉爾望著納尼亞這片陌生的土地，看見遠處群山的後方仍煥發著夕陽的餘暉。這使她渴望更多的冒險，並確信這一切才剛剛開始。

等洗完澡，梳好頭髮，穿上為她準備好的衣服——這些衣服不僅觸感舒服、看起來漂亮、聞起來很香，而且走動時發出的聲音也好聽——正打算走到那扇令人興奮的窗戶前朝外凝望時，一陣敲門聲打斷了她。

「請進。」吉爾說。進來的是史瓜，他也洗了澡，穿上了華麗的納尼亞的服飾。不過，看他的臉色，似乎並不高興。

「噢，終於找到你了。」他生氣地說，猛地跌坐在一張椅子上：「我找你可是找了好久。」

「嗯，現在你找到了。」吉爾說：「我說，史瓜，這一切太讓人興奮、太令人愉快了，簡直無法用言語形容。」她一時之間忘了所有那些標記和失蹤王子的事。

「噢！你是這樣想的嗎？」史瓜說，然後停頓了一會兒之後，他又說：「我真希望我們根本沒來才好。」

「為什麼？」

「我受不了看見凱斯賓國王……」史瓜說：「變成一個步履蹣跚的老人，真是……真是太可怕了。」

「咦，那關你什麼事呢？」

「噢，你不明白。現在我才想到，你不會懂的。我還沒告訴你，這個世界的時間和我們的世界完全不一樣。」

「你這話什麼意思？」

「你待在這裡的時間，完全不占用我們的時間。你懂嗎？我的意思是，不管我們在這裡待多長的時間，我們回到實驗學校的時候，還是我們離開時的那一刻……」

「那可不怎麼好玩了。」

「噢，閉嘴！別老是打斷我。當你回到英國——回到我們的世界裡——你不知道這裡的時間是怎麼過的。有可能我們在家只過了一年，但是在納尼亞已經過了很多年。佩文西兄妹對我解釋過，而我卻像傻瓜一樣，把這件事忘得一乾二淨。現在看來，從我上次來到現在，顯然已經過了大概七十個納尼亞年。你現在明白了嗎？我回來了，並且發現凱斯賓是個老頭子了。」

「這麼說，國王**是**你的老朋友！」吉爾說著，突然腦中冒出一個可怕的想法。

「我想是的，」史瓜痛苦地說：「可說是一個人能擁有的最好的朋友了。上次見面時他才比我大幾歲而已。如今看到那個白鬍子老人，想起凱斯賓占領孤獨群島的那個早晨的模樣，或在和海蛇戰鬥時的模樣……噢，這真是太可怕了。這比回來發現他死了還糟糕。」

「噢，閉嘴！」吉爾不耐煩地說：「這比你想像的要糟糕得多。我們錯過了第一個標記了。」當然，史瓜不明白這話的意思。於是吉爾把自己和阿斯蘭的對話、四個標記，以及找到失蹤王子的任務已經落到他們身上等全都告訴了他。

「所以，你明白了吧，」她總結說：「就像阿斯蘭說的，你真的見到了一位老朋友，你應該馬上過去和他說話的，但是你沒去，事情從一開始就出了差錯。」

「可是我怎麼會知道？」史瓜說。

「如果我告訴你的時候，你能聽我的話，我們就順利了。」吉爾說。

「是的，如果你沒在懸崖邊緣做那些蠢事，而且差點就謀殺了我——對，我說**謀殺**，我想說多少次就說多少次，所以你冷靜點——我們早就一起過來了，而且都會知道該怎麼做。」

「我猜，他**是**你見到的第一個人對吧？」吉爾說：「你一定比我早到這裡幾個小時。你確定你沒先看見其他人？」

「我只比你早到大約一分鐘，」史瓜說：「他一定吹你比吹我更快一些。好彌補耽誤掉的時間——**你**耽誤掉的時間。」

「別這麼惹人厭好吧，史瓜。」吉爾說：「嘿！那是什麼聲音？」

那是城堡用晚餐的鐘聲，就這樣，本來眼看著就要發生的大爭吵被愉快地打斷了。這時兩個人的胃口都好極了。

在城堡的大廳裡吃晚飯，是他們倆所見過最美妙的事。雖然尤斯塔斯以前來過這個世界，但是整個旅程都是在海上度過的，對於納尼亞人在他們自己的國度和家中的豪華排場和禮儀，他一無所知。從屋頂上垂下來許多旗幟，每一道菜端上來都要吹號並擊鼓。每一道湯都能讓你一想就流口水，還有可愛的彩虹魚，還有鹿肉、孔雀、餡餅、冰品、果凍、水果和堅果，還有各式各樣的酒和果汁。就連尤斯塔斯也高興了起來，承認這頓晚飯「很像樣」。等正式的餐飲結束後，一位盲人詩人走上前來，開始吟唱一個偉大的古老故事：柯爾王子和阿拉維絲以及一匹叫做布瑞的馬，故事的名稱是〈能言馬與男孩〉，講述的是發生在納尼亞、卡羅門及兩國之間那片土地上的奇事，故事發生在黃金時代，那時彼得在凱爾帕拉維爾城堡當最高王。（這故事很值得一聽，但我現在沒有時間講。）

等他們呵欠連天，拖著疲倦的身子上樓睡覺時，吉爾說：「我敢打賭，我們今晚一定會睡得很好。」因為這一天實在太充實了。這話顯示了人對接下來會發生在自己身上的事，知道得真是太少了。

04 貓頭鷹大會

這事說來滑稽，你愈想睡覺，就愈拖延著上床，尤其你要是夠幸運，在房間裡有個生了火的壁爐的話。吉爾覺得自己除非先在爐火前坐一會兒，否則不能更衣睡覺。一旦她坐下了，她就不想再站起來了。她已經對自己說了大概五次「我必須上床睡覺了」，這時，窗戶上的一聲敲擊嚇了她一跳。

她站起來，拉開窗簾，一開始，除了一片漆黑，她什麼也沒看見。接著，她跳起來向後退了一步，因為有個很大的東西朝窗戶撲過來，對著玻璃重重敲了一下。她心裡突然冒出一個令人不快的念頭：「說不定這個國家有巨大的飛蛾！噁！」接著，那東西又來了，這次她差不多確定自己看見了一隻鳥喙，正是這鳥喙在敲擊玻璃，發出聲音。「是一隻大鳥。」吉爾想：「會不會是一隻老鷹呢？」即使是老鷹，這時間她也不想接受牠們來拜訪。不過，她還是打開了窗戶，向外張望。立刻，隨著一陣巨大的振翅聲，那傢伙落在窗臺上站定，把整個窗子都填滿了，吉爾只好退後一步，為牠騰出空間。是那隻貓頭鷹。

「噓，噓！吐—呼，吐—呼，」貓頭鷹說：「別出聲。現在，你們兩個對必須去做的那件事是真心誠意的嗎？」

「你是說，關於失蹤王子的事？」吉爾說：「是的，我們必須去找他。」這時，她想起了獅子的聲音和面容，而剛才她在大廳裡享用宴席和聆聽故事的時候，幾乎把它們都忘了。

「很好！」貓頭鷹說：「那就不能浪費時間了。你必須馬上離開這裡。我去叫醒另一個人類，然後就回來找你。你最好把這些宮廷的衣服換掉，換上方便旅行的衣服。我兩分鐘後回來。吐—呼！」牠說完不等回答就飛走了。

如果吉爾慣於冒險，她可能會懷疑貓頭鷹的話，但是她從來沒冒過險，所以也沒任何疑心。午夜逃跑的想法太令人興奮了，她忘了自己的睡意。她換回原來的毛衣和短褲，短褲的腰帶上掛了一把童軍刀，可能會用得上。她又拿了幾樣那個頭髮如柳絲的姑娘留在房間裡給她的東西。她選了一件有兜帽的及膝短斗篷（「如果下雨就可派上用場。」她想）、幾條手帕和一把梳子，然後坐下來等。

她又快睡著的時候，貓頭鷹回來了。

「現在我們準備好了。」牠說。

「最好由你帶路，」吉爾說：「我還不熟城堡裡的這些通道。」

「吐—呼！」貓頭鷹說：「我們不穿過城堡。那可行不通。你必須騎在我身上。我們必須飛過去。」

「噢！」吉爾說著，張大了嘴站在那裡，不太喜歡這個主意：「我對你來說會不會太重了？」

「吐—呼，吐—呼！別傻了。我已經載過另一個人了。這就走。不過，我們得先把燈熄了。」

燈一熄，你從窗戶望出去的夜色就不那麼黑了——不再是黑色，而是灰色。貓頭鷹背對房間站在窗臺上，舉起兩隻翅膀。吉爾不得不爬上牠那肥短的身體，把兩個膝蓋伸到牠翅膀底下夾緊。羽毛感覺很溫暖又很柔軟，可是沒有手可以抓握的地方。吉爾想：「我很好奇史瓜有多喜歡**他的**這趟飛行！」就在她這麼想的時候，他們已經可怕地往下一跳，離開了窗臺，貓頭鷹的翅膀在她耳邊搧起疾風，夜晚涼爽又潮濕的空氣朝她撲面而來。

外面的光線比她想像的要明亮，雖然天空中烏雲密布，但是在月亮隱藏的地方，現出一團水也似的銀白。在她下方的田野看起來是灰色的，樹木是黑的。風不小——一種颼颼作響的風聲，意味著很快就要下雨了。

貓頭鷹轉了一圈，這時城堡變成在他們前方。只有少數幾扇窗戶透出燈光。他們飛過城堡，徑直朝北飛去，越過了大河。空氣變冷了一些，吉爾認為自己可以看見貓頭鷹在下方水面上的白色倒影。不過，他們很快就到了大河北岸，飛在森林茂密的鄉野上空。

貓頭鷹猛地咬住了某個東西，吉爾看不見是什麼。

「噢，拜託別這樣！」吉爾說：「不要像那樣突然猛力晃動。你差一點就把我甩出去了。」

「對不起，」貓頭鷹說：「我剛抓到一隻蝙蝠。沒有什麼比一隻上好的肥胖小蝙蝠更滋補了。要我抓一隻給你嗎？」

「不用了，謝謝。」吉爾打了個寒顫說。

這時他飛得低了一點了，有個黑乎乎的龐然大物正朝他們迎面逼來。吉爾剛來得及看出那是一座塔樓——「一座部分已經損毀的塔樓，上面爬滿了常春藤。」她想——就趕緊縮身低頭，避過拱形的窗框，貓頭鷹載著她擠進一個布滿蜘蛛網和常春藤的開口，從清新的灰色暗夜鑽入幽暗的塔頂內部。裡面充滿一股刺鼻的霉味，她一滑下貓頭鷹的背脊，立刻知道（就像你通常會感覺到的）這裡相當擁擠。黑暗中，從四面八方開始傳來「吐呼！吐—呼！」的聲音，她知道這裡擠滿了貓頭鷹。當另一種完全不同的聲音傳來時，她倒是鬆了一口氣。

「是你嗎，波爾？」

「是你嗎，史瓜？」吉爾說。

「好了，」格林羽說：「我想我們都到齊了。讓我們召開貓頭鷹大會吧。」

「吐夜呼，吐夜呼。你說的沒錯。就該這麼做。」好幾個聲音說。

「等等，」史瓜出聲說：「我想先說一件事。」

「說吧，說吧，說吧。」貓頭鷹們說。接著吉爾說：「快說吧。」

「我猜，各位仁兄——我是說各位貓頭鷹們，」史瓜說：「我猜你們都知道，國王凱斯賓十世年輕的時候曾經揚帆遠航，向東航行到了世界的盡頭。好吧，那次的航行，我和他在一起，同行的有老鼠銳脾氣、德里尼安勳爵，以及其他人。我知道這聽起來很難相信，但是在我們的世界裡，人衰老的速度和你們的世界不一樣。我想說的是，我是國王的人；如果這場貓頭鷹大會是想陰謀反叛國王，我就絕對不會參與。」

「吐—呼，吐—呼，我們也都是國王的貓頭鷹。」貓頭鷹們說。

「那麼，這是怎麼回事？」史瓜說。

「事情是這樣的，」格林羽說：「如果攝政王矮人特朗普金知道你們要去尋找失蹤的王子，他不會讓你們展開行動的。他會很快就把你們關起來。」

「我的老天！」史瓜說：「你該不是說，特朗普金是個叛徒吧？以前在海上的時候，我聽了許多關於他的事。凱斯賓——我是說國王——絕對信任他。」

「噢，不是的，」有個聲音說：「特朗普金不是叛徒。是因為在此之前，有三十多個勇士（騎士、人馬、善良的巨人和各種各樣的生靈）先後出發去尋找失蹤的王子，卻沒有一個回來。最後，國王說，他絕不再讓納尼亞最勇敢的勇士去為他兒子送死。現在，誰都不准去了。」

「可是，」史瓜說：「當他知道我是誰，還有是誰派我來的以後，他一定會讓**我們**去的。」

（「派我們兩個來。」吉爾插嘴說。）

「是的，」格林羽說：「我想，他很可能會讓你們去，但是國王遠航去了。特朗普金會堅持遵守規定。他忠貞無比，但耳朵聾得一塌糊塗，脾氣又很暴躁。你永遠不可能讓他明白，這時候或許正好可以破例。」

「你也許認為他會注意**我們**，因為我們是貓頭鷹，大家都知道貓頭鷹是多麼聰明。」另一隻貓頭鷹說：「可是他現在太老了，他只會說：『你們不過是隻小雞。我還記得你是個蛋的時候。別打算來教訓**我**，先生。荒唐！』」

這隻貓頭鷹模仿特朗普金的聲音說話，學得非常像，周圍的貓頭鷹全都大笑起來。

兩個孩子開始明白，納尼亞人對特朗普金的感覺，就像學校裡的人對某個脾氣暴躁的老師的感覺一樣，雖然每個人都有點怕他，每個人也都拿他開玩笑，但沒有人會真的不喜歡他。

「國王要離開多久？」史瓜問。

「要是我們知道就好了！」格林羽說：「你瞧，最近有謠言說，阿斯蘭親自出現在島上——我想是在泰瑞賓西亞島。國王說，他要在死前爭取再次與阿斯蘭見面，請教阿斯蘭，該任命誰來繼承王位。可是我們都很擔心，如果他在泰瑞賓西亞沒有遇見阿斯蘭，他會繼續往東走，去七島群島和孤獨群島——然後一直往東去。他從來不談那件事，但是我們都知道，他從未忘記那趟到世界盡頭的旅程。我敢確定，在他的內心深處，他是很想再去一次的。」

「那麼，就沒必要等他回來了？」吉爾說。

「是的，沒必要。」那隻貓頭鷹說：「噢，這該怎麼辦！要是你們兩個當時就知道是他，而且立刻跟他說話就好了！他會安排好一切——說不定還會派一支軍隊和你們一起去尋找王子。」

吉爾對這話保持沉默，並希望史瓜能有足夠的團隊精神，不要告訴在場的貓頭鷹為什麼他們會錯失國王。史瓜沒說，或者說，他幾乎沒說。也就是說，他只低聲咕噥了一句：「嗯，這不是我的錯。」然後便大聲說：

「很好。我們必須在沒有軍隊的情況下盡力而為。不過我還想知道一件事。如果這個貓頭鷹大會是像你們所說的，公平、光明正大、沒有謀反的意圖，那為什麼要這樣鬼鬼祟祟，在三更半夜到這樣的廢墟裡來開祕密會議？」

「吐—呼！吐—呼！」好幾隻貓頭鷹叫了起來：「那我們該在哪裡開會？除了晚上，大家還什麼時候有空啊？」

「你瞧，」格林羽解釋說：「在納尼亞，大多數生物都有這樣不自然的習性。他們在大白天——在明明所有人都該睡覺的時間——在明亮的陽光下（噁！）做事。結果，到了晚上，他們就變得又笨又瞎，以至於你從他們嘴裡連一句話都問不出來。因此，我們貓頭鷹已經養成了一個習慣，當我們有事情要討論時，我們會選自己精神最好的時候來開會。」

「我明白了。」史瓜說：「好吧，現在我們開始吧。把失蹤王子的故事告訴我們。」

於是，一隻老貓頭鷹（不是格林羽）講述了這個故事。

大約十年前，凱斯賓的兒子瑞里安還是個很年輕的騎士，在五月的某一個早晨，他和母后騎馬到納尼亞的北部去遊玩。和他們同行的有許多隨從和貴婦，頭上戴著新鮮樹葉編織的花環，身側掛著號角；不過他們沒帶獵犬，因為他們是出來採花，不是打獵。

中午天正熱的時候，他們來到一片宜人的林間空地，那裡有一股清新的泉水從地裡湧出來，他們在那裡下馬，吃吃喝喝，十分快樂。過了一會兒，王后覺得睏了，他們便將斗篷鋪在草地上讓她休息，瑞里安王子和其他人都退到離她稍遠的地方，以免他們的談笑聲吵醒她。不久，有一條大毒蛇從茂密的樹林裡爬出來，咬了王后的手。所有的人都聽見王后尖叫，也立刻衝到她跟前，瑞里安是第一個來到她身邊的人。他看見那條毒蛇從她身邊溜走，便拔劍去追牠。那蛇很大，閃閃發亮，顏色綠得像毒藥一樣，所以王子能看得很清楚，然而牠滑進了濃密的灌木叢中，他根本無法鑽進去追。於是，他回到母親身邊，發現他們全都手忙腳亂地在救她。不過他們都白費力氣了，因為瑞里安只瞥了她的臉一眼，就知道這世界上沒有一種藥能救她。在她一息尚存時，她似乎拚命想要告訴他什麼。但是她無法清楚說出來。無論她想說什麼，她沒說完就死了。那時距離所有人聽到她尖叫還不到十分鐘。

他們把死去的王后抬回凱爾帕拉維爾，瑞里安、國王和納尼亞全國百姓全都沉痛地哀悼她。她是一位偉大的女士，睿智、仁慈、快樂，是凱斯賓國王從世界東方的盡頭帶回家來的新娘。人們都說，她身上流著星星的血液。王子對母親的死一直耿耿於懷。從那以後，他就經常騎馬到納尼亞的北部邊界，想獵殺那條毒蛇，為母親報仇。每次王子從遊蕩中歸來，總是疲憊不堪，心神恍惚，但沒有人對此發表太多意見。不過，在王后去世大約一個月後，有人說他們看出他變了。他的眼中有一種神色，就像那些見過特殊異象的人，雖然他整天在外，但是他的馬卻不像辛苦奔跑了一天的樣子。在老一輩的朝臣中，他最主要的朋友是德里尼安勳爵，在那趟向東航行到世界盡頭的偉大航海中，德里尼安是他父親的船長。

有一天晚上，德里尼安對王子說：「殿下，你必須盡快放棄尋找那條大蟲的事。一條缺乏思維能力的畜生不能與人相提並論，你對牠無法真正復仇的。你只是在白白耗費自己的心力。」王子回答說：「大人，這七天我幾乎忘了那條大蟲了。」德里尼安問他，既然如此，為什麼他還是不斷騎馬到北方的樹林裡。王子說：「大人，我在那裡看見了有史以來最美的東西。」德里尼安說：「英俊的王子啊，蒙您厚愛，請你明天讓我陪你一起騎馬出去，讓我也能看看那美麗的東西。」瑞里安說：「我很樂意。」

第二天上午，他們備好馬鞍，快馬加鞭奔往北方的樹林裡，並在王后遇害的那個泉水旁下了馬。德里尼安覺得很奇怪，地方這麼大，王子竟選擇在這裡逗留。他們在泉水旁休息，直到正午時分。那時，德里尼安抬起頭來，看見生平所見最美麗的女人；她站在泉水北側，一語不發，只向王子招了招手，彷彿要他過去她身邊。她身材高大，容光照人，身上裹著一件薄薄的、綠得像毒藥似的衣服。王子兩眼發直、失魂落魄地盯著她看。然而，這女郎突然不見了，德里尼安不知道她到哪裡去了；於是兩個人返回了凱爾帕拉維爾。德里尼安心裡確信，這個容光照人的綠衣女子是個妖孽。

德里尼安十分糾結，不知道自己該不該把這次奇遇告訴國王，但是他不想做個瞎說亂講、搬弄是非的人，所以他什麼也沒說。不過事後他真希望自己說了。因為，第二天，瑞里安王子獨自騎馬出去，那天晚上沒有回來，並且從那時開始，無論在納尼亞或任何其他鄰近地區都再也不見他的蹤跡，也沒有人發現他的馬、帽子、斗篷或任何其他的隨身物品。德里尼安內心十分痛苦，他去見凱斯賓說：「陛下，快把我當成大叛徒處死吧，因為我的保持沉默，害死了你的兒子。」接著他把事情經過告訴了國王。凱斯賓聽了立刻抓起一把戰斧衝向德里尼安勳爵，想殺了他。德里尼安站定不動，等候那致命的一擊。可是凱斯賓才舉起斧頭，突然又一把扔了它，大聲喊道：「我已經失去了我的王后和兒子，我豈能再失去我的朋友？」說完，他撲倒在德里尼安肩上，抱住他，二人放聲痛哭，他們的友誼就此保住了。

這就是瑞里安的故事。當故事說完了之後，吉爾說：「我敢打賭，那個女人就是那條蛇。」

「是的，是的，我們的想法和你一樣。」貓頭鷹們呼呼地說道。

「不過，我們認為她沒有殺害王子，」格林羽說：「因為沒有發現屍骨……」

「我們知道她沒有，」史瓜說：「阿斯蘭告訴波爾，王子還活著。」

「這簡直更糟糕，」最年長的那隻貓頭鷹說：「這表示他對她有用，表示她對納尼亞有重大的陰謀。很久很久以前，在世界剛開始的時候，有個白女巫從北方來，把我們的國家用大雪和寒冰封住了一百年。我們認為，這女人可能是女巫的同黨。」

「很好，那麼，」史瓜說：「波爾和我必須找到這位王子。你們能幫助我們嗎？」

「你們兩個有任何線索嗎？」格林羽問。

「有。」史瓜說：「我們知道必須向北走，也知道必須找到一座巨人城市的廢墟。」

聽見這話，貓頭鷹們發出比之前更響亮的吐—呼聲，還有換爪子站立和抖動羽毛的聲音，接著，所有貓頭鷹開始七嘴八舌說起話來。牠們都解釋自己有多麼遺憾，不能陪兩個孩子一起去尋找失蹤的王子。「你們想要白天旅行，我們想在晚上旅行，」他們說：「那可不成，那可不成。」有一、兩隻貓頭鷹補充說，即使這時在這座破敗的塔樓裡，天也不像他們大會剛開始時那麼黑了，這場議會已經開得太久了。事實上，僅僅是提到前往巨人的廢城，這些鳥兒的興致便受到了重大打擊。不過格林羽說：

「如果他們想走那條路——進入埃廷斯荒原——我們就必須把他們送到沼澤怪人的地方去。他們是唯一能幫助他們倆的人。」

「沒錯，沒錯。就這麼辦。」貓頭鷹們說。

「那麼，來吧。」格林羽說：「我載一個。誰載另一個？這件事必須在今晚完成。」

「我載，」另一隻貓頭鷹說：「只到沼澤怪人那裡。」
「你準備好了嗎？」格林羽對吉爾說。
「我想波爾睡著了。」史瓜說。

05 沼澤怪人泥沉沉

吉爾睡著了。從貓頭鷹大會一開始，她就拚命打哈欠，這時她已經睡著了。又被叫醒，並且發現自己躺在光禿禿的地板上，在一個滿是灰塵的鐘樓裡，一片漆黑，而且幾乎到處都是貓頭鷹，讓她很不高興。等她聽到他們必須出發去其他地方——顯然不是去睡覺——還要騎在貓頭鷹背上，她就更不高興了。

「噢，來吧，波爾，振作一點。」史瓜的聲音說：「畢竟，這是一趟冒險之旅。」

「我受夠了冒險。」吉爾生氣地說。

不過，她還是順從地爬到了格林羽的背上，當他載著她飛進夜空中，突如其來的冷空氣倒使她（有那麼一會兒）整個清醒過來了。月亮已經不見了，天空中也沒有星星。在她背後很遠的地方，可以看到離地面很高的地方有一扇燈火通明的窗戶；毫無疑問，那是凱爾帕拉維爾的一座塔樓。那燈火使她渴望回到那間令人愉快的臥室，舒舒服服地躺在床上，看著映在牆上的火光。她把雙手縮在斗篷底下，拉住斗篷裹緊身子。聽到不遠處黑暗的夜空中傳來兩個說話的聲音，感覺真不可思議。那是史瓜在和他的貓頭鷹交談。「他聽起來一點也不累啊。」吉爾想。她沒有意識到，史瓜以前曾在這個世界進行過偉大的冒險，納尼亞的空氣使他恢復了一種力量，那是他隨凱斯賓國王一起向東方海域航行時所獲得的力量。

吉爾為了保持清醒，不得不時時掐自己一把，因為她知道，如果在格林羽的背上打瞌睡，她可能會摔下去。兩隻貓頭鷹終於結束了飛行，她僵硬地爬下格林羽的背，發覺自己站在平坦的地面上。一陣陣寒風吹來，他們所在的地方似乎一棵樹也沒有。「吐—呼，吐—呼！」格林羽喊道：「醒醒，泥沉沉。醒醒。這是獅子交辦的事。」

過了很久都沒人回應。然後，從很遠的地方出現了一點昏暗的燈光，慢慢愈來愈近。接著傳來一個聲音。

「貓頭鷹啊！」那聲音說：「什麼事？國王駕崩了？有敵人在納尼亞登陸了？發生洪水了？還是有龍出現了？」

燈光來到他們面前時，才看出原來那是一盞大燈籠。吉爾看不清楚提著燈籠的人。他看起來手長腳長。兩隻貓頭鷹對他說話，解釋所有的事，但吉爾累得聽不進他們在說什麼。當她意識到貓頭鷹在向她道別時，她勉強讓自己清醒一點。不過後來她怎麼也想不起來當時的情況，只記得不久之後她和史瓜彎腰走進一個低矮的門，接著（噢，謝天謝地）躺在一個柔軟暖和的東西上，有個聲音說：

「好啦。我們盡力而為了。你們只能睡在這又冷又硬的地方，而且也很潮濕，我一點也不懷疑。就算沒有雷雨，沒有洪水，這帳棚小屋也不會塌下來壓在我們頭上，我知道它們以前塌過，你們可能還是睡不著。只能儘量湊合了……」不過那聲音還沒說完，她已經睡熟了。

第二天早上，兩個孩子很晚才醒來，發現自己躺在一個黑暗的地方，睡在十分乾燥又溫暖的稻草床上。光線從一個三角形的開口照進來。

「我們到底在哪裡？」吉爾問。

「在一個沼澤怪人的帳棚小屋裡。」尤斯塔斯說。

「一個什麼？」

「一個沼澤怪人。別問我沼澤怪人是什麼。昨天晚上我也看不見他。我要起床了。我們去找他吧。」

「穿著這些衣服睡覺，起床的感覺好糟啊。」吉爾坐起來說。

「我正在想，起床不用換衣服多好啊。」尤斯塔斯說。

「我猜，不用洗漱也很好。」吉爾鄙視地說。不過史瓜已經起身，打了個哈欠，活動了一下筋骨，便爬出了小屋。吉爾也跟著爬了出去。

外頭的景觀和他們前一天見到的納尼亞完全不一樣。他們在一片平坦的大平原上，平原被無數的水渠分割成無數小島。島上長滿了粗草，島的邊緣長著蘆葦和燈心草。有些地方會有一片片大約一英畝見方的燈心草草圃。成群結隊的鳥不斷地在草圃上起起落落，有野鴨、鷸、麻鷺、蒼鷺。四處還散布著許多他們昨晚過夜的那種帳棚小屋，不過彼此距離都很遠；因為沼澤怪人是一群喜歡保有隱私的人。放眼四顧，除了西邊和南邊幾英里外可見到樹林的邊緣，其他地方一棵樹也沒有。平坦的沼澤一直向東延伸到地平線上的低矮沙丘為止，從那個方向吹來的風帶著刺鼻的鹹味，你可以確知大海就在那後面。北面是低矮的淺色山丘，有些地方還有岩石堡壘，其餘的地方全是平坦的沼澤。如果遇到下雨的傍晚，這會是個令人鬱悶的地方，但在清晨的陽光下，有清爽的風吹來，空氣中充滿鳥兒的鳴叫，這裡的孤寂便有了一種美好、清新、乾淨的感覺。兩個孩子感覺有了精神。

「我很好奇，那個什麼東西到哪裡去了？」吉爾說。

「沼澤怪人。」史瓜說，彷彿很自豪自己知道這個詞：「我想……啊哈，那一定是他。」他們兩人都看見了。沼澤怪人正背對著他們，坐在距離大約五十碼遠的地方釣魚。一開始他們沒看見他，是因為他的膚色和沼澤幾乎完全一樣，也因為他坐在那裡一動也不動。

「我想，我們最好過去和他說說話。」吉爾說。史瓜點點頭。兩人都感到有點緊張。

他們走近時，那人轉過頭來，露出一張瘦長的臉，雙頰凹陷，嘴巴緊閉，鼻子很尖，沒有鬍鬚。他戴著一頂尖尖的高帽子，像教堂的尖塔似的，帽簷扁平寬大。他的頭髮——如果那也可以叫做頭髮的話——垂蓋在大耳朵上，是綠灰色的，每一綹都是扁平的，而不是圓的，所以看起來像一根根小小的蘆葦。他表情莊嚴，皮膚是泥巴色，你一眼就能看出來，他對生活的態度很嚴肅。

「早安，客人們，」他說：「不過，雖然我說了**安**，但意思不是不會下雨，也不是說不會下雪、不會有大霧或不會打雷。我敢說，你們昨晚根本就沒睡吧。」

「不是啊，我們睡了，」吉爾說：「我們睡得很好。」

「啊，」沼澤怪人搖搖頭說：「我明白了，你們是在逆境中也會保持樂觀的人。沒錯。你們被教養得很好，是的，你們學會了積極樂觀地面對事情。」

「不好意思，我們還不知道你的名字。」史瓜說。

「我叫泥沉沉[4]。不過你們要是忘了也沒關係。我可以隨時再跟你們說一遍。」

孩子們分別在他兩邊坐下。現在，他們看到他的雙臂和雙腿都很長，因此，雖然他的身軀沒比矮人高多少，但是站起來的時候還是比大多數人類要高。他雙手的手指像青蛙一樣長著蹼，垂在泥水中晃來晃去的一雙赤腳也有蹼。他穿的衣服也是土色的，寬鬆地掛在身上。

「我正嘗試釣幾條鰻魚來燉，當作我們的中飯。」泥沉沉說：「不過我要是一條也沒釣到，我也不覺得奇怪。就算我釣到了，你們大概也不會喜歡吃。」

「為什麼？」史瓜問道。

「哦，因為你們沒有理由喜歡我們這裡的食物啊。不過，我相信你一定會擺出一張處變不驚的臉。總之，我在釣魚的時候，你們倆能不能試著生個火——試試無妨！木頭在帳棚小屋後面。可能是濕的。你們可以在帳棚小屋裡生火，然後我們就能全被煙薰了眼。你們也可以在屋外生火，要是下雨就會把火熄滅。這是我的火絨盒。我想你們不會用吧。」

不過史瓜在上次的冒險中已經學會了生火。兩個孩子一起跑回小屋，找到了木柴（完全是乾燥的），幾乎毫無困難就生好了一堆火。然後史瓜坐下來照看著火堆，吉爾去最近的水渠裡洗漱——其實也沒能好好地洗。之後由她照看火堆，換他去洗漱。兩個

4 泥沉沉（Puddleglum），puddle的意思是泥水坑，glum的意思是憂鬱、悶悶不樂。在這套書中，作者多次把英文單字合成故事人物的名字，讓讀者望文生義。Puddleglum這名字長而古怪，所以沼澤怪人才會對兩個孩子說，記不住的話他會再說一遍。

人都覺得神清氣爽多了，可是也覺得很餓。

不久，沼澤怪人回來加入他們。儘管他預計自己抓不到鰻魚，實際上他抓了十幾條，而且已經把牠們都剝皮清洗過了。他放了一個大鍋到火堆上，把火添旺，然後點上菸斗。沼澤怪人抽的菸草非常奇怪，氣味很濃（有人說，他們在菸草裡混了泥巴），孩子們注意到泥沉沉的菸斗裡冒出來的煙幾乎不往上飄，而是從菸斗裡漫溢而下，像霧一樣沿著地面飄散開去。煙的顏色很黑，把史瓜嗆得咳嗽。

「好了，」泥沉沉說：「這些鰻魚要煮很久很久，說不定還沒煮好，你們當中哪一個就已經餓得昏過去了。我認識一個小女孩——不過我最好還是別告訴你那個故事，說了可能會讓你們喪氣，我從來不做令人喪氣的事。所以，為了不讓你們一直去想肚子餓，我們不妨來談談我們的計畫。」

「對，我們來談談吧。」吉爾說：「你能幫我們找到瑞里安王子嗎？」

沼澤怪人吸了一下臉頰，雙頰凹陷的程度令你難以想像。「嗯，我不知道你會不會稱它是**幫助**，」他說：「我不知道有誰能真正**幫上忙**。照道理來說，在每年這個時候，我們不可能往北走得太遠，因為冬天很快就要到了。從周圍的景物來看，今年的冬天會來得早一些。不過，你們別因此感到喪氣。很可能，我們因為路上遇到敵人、必須攀爬山脈、渡過河流、還會迷路、幾乎沒有食物可吃，還加上腳痛，因此不會注意到天氣的變化。如果我們走得不夠遠，沒辦法完成什麼事，我們也可能因為走得太遠，無法馬上就趕回來。」

兩個孩子都注意到他說的是「我們」，而不是「你們」，因此他們同時驚呼：「你要和我們一起去嗎？」

「噢，是的，我當然要去。一起去也不錯嘛。你瞧，國王既然已經出航去了國外，而且走的時候咳得很厲害，我想我們不會在納尼亞再見到他了。還有特朗普金。他的健康也每況愈下。你還會發現，在今年夏天遭遇了可怕的乾旱後，秋天的收成會很差。如果有敵人來攻擊我們，我也不覺得奇怪。記住我的話。」

「那我們要怎麼開始呢？」史瓜說。

「好吧，」沼澤怪人緩緩說道：「每一個出去找瑞里安王子的人，都是從德里尼安勳爵看見那位女郎的噴泉那裡出發的。他們大部分都往北走。由於他們都沒有回來，所以我們也無法斷定他們是怎麼走的。」

「我們必須從找到一座巨人的廢城開始。」吉爾說：「阿斯蘭是這麼說的。」

「我們必須從**找到**它開始，是嗎？」泥沉沉回答道：「我猜，不可以從先**尋找**它開始吧？」

「當然可以，我就是這個意思。」吉爾說：「然後，當我們找到它以後……」

「是啊，找到的時候！」泥沉沉略帶揶揄地說。

「難道不是人人都知道它在哪裡？」史瓜問。

「我不認識人人。」泥沉沉說：「我也不會說，我沒聽說過那座『廢城』。雖然你不必從噴泉那裡出發，但是你得穿過埃廷斯荒原。如果真有什麼廢城的話，應該就是在那裡了。可是我曾經往那個方向走得和大多數人一樣遠，卻從來沒見過任何廢墟，所以我不會騙你們。」

「埃廷斯荒原在哪裡？」史瓜說。

「你往北看，」泥沉沉說著，用菸斗指了指：「看見那些山丘還有懸崖了嗎？從那裡開始就是埃廷斯荒原。不過，在荒原和我們之間橫著一條河，施里波爾河。當然，沒有橋。」

「不過，我想我們可以涉水過去吧。」史瓜說。

「嗯，是**有**人曾經涉水過去。」沼澤怪人承認說。

「也許我們會在埃廷斯荒原遇到可以為我們指路的人。」吉爾說。

「遇見人這點，你說得對。」泥沉沉說。

「住在那裡的是什麼樣的人？」她問。

「我不能說他們那種我行我素的方式好或不好。」泥沉沉答道：「說不定你們會喜歡他們的方式。」

「是，但他們**是**什麼呢？」吉爾追問道：「這個國家有那麼多奇怪的生物。我是說，他們是動物、鳥類、矮人，還是其他什麼呢？」

沼澤怪人吹了一聲長長的口哨。「咻！」他說：「你不知道？我以為貓頭鷹已經告訴你們了。他們是巨人。」

吉爾畏縮了一下。她從來就不喜歡巨人，即使書中寫到她也不愛看，而且她在噩夢中遇到過巨人。然後，她看到史瓜的臉色發青，她心想：「我敢打賭，他比我更害怕。」這讓她感覺自己勇敢多了。

「很久以前，」史瓜說：「國王告訴過我——就是我和他一起航海那次——他很高興在戰爭中擊敗了那些巨人，讓他們向他進貢。」

「一點也沒錯。」泥沉沉說：「他們一直和我們和平相處。只要我們待在施里波爾河的這一邊，他們就不會來傷害我們。可是去到他們那一邊，去到荒原上……不過，還是有機會的。如果我們不接近任何巨人，如果他們當中沒有人忘記和平協定，如果我們沒被他們看見，我們就有可能走很遠。」

「聽著！」史瓜突然發火了，就像人們在受了驚嚇之後很容易會發脾氣。他說：「我不相信整件事會有你說的一半糟糕，就像小屋裡的床沒那麼硬，木柴也不潮濕。如果一點機會都沒有的話，我不相信阿斯蘭會派我們來。」

他預料沼澤怪人會很生氣地回答他，但對方只說：「就是這股精神，史瓜。就該這麼說話。鼓起勇氣面對它。不過，我們都需要好好控制我們的脾氣，因為我們將一起度過一段艱難的日子。吵架不能成事，你知道的。總之，不要太快發脾氣。我知道一些探險隊經常是這樣**結束**的：探險還沒結束便自相殘殺，對此我毫不懷疑。可是我們要儘量遠離這種事……」

「好吧，」史瓜打斷他說：「如果你覺得這事根本沒希望，我想你最好留下來。波爾和我可以自己去，對吧，波爾？」

「閉嘴，史瓜，別當笨蛋。」吉爾急忙說，害怕沼澤怪人會把他的話當真。

「別洩氣，波爾，」泥沉沉說：「我當然是一定會一起去的。我可不想失去這樣的機會。這對我有好處。他們都說——我是說，其他沼澤怪人都說——我太反覆無常，對生活的態度不夠認真。他們只要說過一次，就會說上千次。『泥沉沉啊，』他們說：『你太浮躁、太活力旺盛、太精力充沛了。你要知道，生活不全是燉青蛙和鰻魚餡餅。你需要一些能讓你冷靜下來的東西。我們這麼說都是為了你好，泥沉沉。』他們是這麼說的。現在，這件工作——在初冬時分開始北上旅行，尋找一位可能不在那裡的王子，經過一座沒有人見過的廢城——會是最適合我的事了。如果這還不能讓一個小伙子變得穩重下來，我不知道還有什麼可以做到。」他搓著兩隻像青蛙一樣的大手，好像談的是去參加一場聚會或是去看一場默劇一樣。「現在，」他補充說：「我們來看看那些鰻魚煮得怎麼樣了。」

鰻魚端上來，味道非常鮮美，孩子們各吃了兩大盤。一開始，沼澤怪人還不相信他們真的喜歡吃，等他們吃得太多之後，他不得不相信，可是他又回過頭來說，這食物可能會讓他們很不舒服。「沼澤怪人的食物要是對人類來說有毒，我也相信。」他說。飯後，他們用錫罐子喝茶（就像你看到馬路工人喝茶時那樣），泥沉沉從一個黑色的方罐子裡喝了許多茶。他遞給孩子們讓他們喝，但是他們覺得很噁心。

這天剩下的時間都用來為明天一早的出發做準備。泥沉沉的個子最大，他說他會揹三條毯子，並將一大塊培根捲在毯子裡一起帶著。吉爾要帶剩下的鰻魚、一些餅乾，還有那個錫罐子。史瓜負責在他自己和吉爾都不想穿的時候揹著他們的斗篷。史瓜又帶了泥沉沉第二好的弓（他在隨同凱斯賓向東航行時學會了射箭），泥沉沉自己帶著他最好的弓；儘管他說有時因為颳風、弓弦受潮、光線糟糕和手指僵冷，他們可能只有百分之一的機會射中任何東西。他和史瓜都佩戴著寶劍，史瓜把在凱爾帕拉維爾他房間裡留給他用的寶劍帶來了，但吉爾只能湊合著使用自己的小刀。這件事本來會引起一場爭吵，但是他們才開始說，沼澤怪人就搓搓手說：「啊，果然沒錯。我就猜會這樣。冒險中經常發生這樣的事。」這讓他們倆都閉上嘴了。

三個人都早早進了小屋上床睡覺。這一次，兩個孩子真的很難睡著。因為泥沉沉說了一句：「你們兩個最好試著睡一覺，我可不想今天晚上我們三個都睜著眼睛睡不著。」話一說完，他立刻呼呼大睡，鼾聲如雷。最後，吉爾終於睡著了，她整夜都在作夢，夢見鑽路機、瀑布，以及坐在特快列車上穿過隧道。

06 北方的荒野

第二天早上九點左右，只見三個孤獨的身影已經在施里波爾河踩著淺灘和踏腳石渡河。河水很淺，水聲嘈雜，他們到達北岸時，連吉爾都沒弄濕膝蓋以上的部位。大約前方五十碼，地面開始升高，成為荒原的起點，到處都是陡坡，而且經常變成了峭壁。

「我想**那就是**我們要走的路！」史瓜說著，朝左邊也就是西邊指了指，那裡有一條小溪從荒原經過一個淺峽谷流出來。不過沼澤怪人搖搖頭。

「那些巨人主要沿著峽谷兩側居住。」他說：「你可以說，峽谷對他們而言就像一條街道。我們最好還是往前直走，雖然這邊比較陡。」

他們找到一個可以往上爬的地方，大約十分鐘後，三人便喘著氣站在山頂了。他們帶著眷戀回望著納尼亞的谷地平原，然後轉身面向北方。那片廣袤而孤寂的荒原一望無際，直達天邊。他們左方的地面更崎嶇。吉爾心想，那一定是巨人峽谷的邊緣，她也不想往那個方向多看。接著他們便出發了。

這裡的地面土質鬆軟，很適於走路，這也是冬日陽光明媚的一天。他們愈深入荒原，孤獨感就愈強烈。他們可以聽見田鳧的叫聲，偶爾還能看見一隻蒼鷹飛過。到了上午十點左右，他們停下來休息，在一條小溪旁的小水潭中喝了水，吉爾開始覺得自己還是喜歡冒險的，並且這麼說了出來。

「我們可還沒開始冒險啊。」沼澤怪人說。

第一次休息之後——就像學校早晨課間休息，或搭火車旅行換車之後——接下去的感覺和之前再也不一樣了。他們再次出發後，吉爾注意到峽谷那岩石嶙峋的邊緣離他們愈來愈近，岩石也不像之前那樣平整，而是更加挺直了。事實上，它們像一座座岩石堆砌的小塔樓，形狀和樣子非常滑稽！

「我相信，」吉爾想：「所有關於巨人的故事，可能都來自那些滑稽的岩石。如果你在天快黑的時候來到這裡，很容易就會把那一堆堆石頭當作巨人。啊，看那塊石頭！你簡直可以把頂端那個腫塊想像成一顆腦袋。它對那個身體來說是太大了一點，但是配在一個醜陋的巨人身上，倒是挺合適的。所有那些叢叢茂密的東西——我想是石楠花和鳥窩吧，真的——把它們當成頭髮和鬍鬚，都很合適。還有，兩邊突出的東西很像耳朵。它們可大得嚇人啊，但是我敢說，巨人會有像大象一樣大的耳朵。還有……噢！……」

她的血液登時凝結了。那東西動了。那是個真正的巨人。如假包換。她已經看見他轉過頭來了。她瞥見那張巨大、愚笨、鼓鼓囊囊的臉。所有那些東西都不是岩石，全是巨人。他們大約有四、五十個，排成一排，顯然腳踏在峽谷的底部，兩個手肘就擱在峽谷邊上——就像一些懶人，在晴朗的早晨吃過早飯後，倚牆站著一樣。

「一直往前走，」泥沉沉低聲說，他也注意到那些巨人了：「別看他們。還有，不管你做什麼，都別跑。否則他們會馬上追上來的。」

於是他們繼續往前走，假裝沒有看到那些巨人。這就像路過一戶內有惡犬的人家的大門一樣，只是情況更糟得多。這些巨人有幾十個。他們看上去既不生氣，也不友好，就是百無聊賴的模樣。看起來他們並未注意到這三位旅人。

接著——嗖—嗖—嗖—，某種重物破空飛過，砰的一聲，一塊大石頭落在他們前方大約二十步遠的地方。然後——砰的一聲——另一塊落在他們背後二十英尺的地方。

「他們是瞄準我們丟的嗎？」史瓜問道。

「不是，」泥沉沉說：「如果是瞄準我們丟的，我們反而安全一些。他們想打的是**那個**——右邊那個石堆界標。他們打不中的，你懂吧。**那個石堆**很安全；他們毫無準頭。他們通常會在晴朗的早晨玩丟石頭打靶的遊戲。這是他們的腦袋唯一能懂的遊戲。」

這段時光真可怕。這排巨人的隊伍似乎沒完沒了，他們不停扔石頭，有些石頭就落在三人身邊很近的地方。除了這種真正的危險之外，光是看到巨人的臉和聽到他們的聲音，就足以嚇倒任何人。吉爾儘量不看他們。

過了大約二十五分鐘以後，巨人們顯然吵起架來。投擲遊戲隨之結束，但是身在距離爭吵的巨人方圓一英里之內，可一點也不好玩。他們彼此用又長又無意義的話咒罵和嘲弄對方，每個字大概有二十個音節那麼長。他們在憤怒中口沫橫飛，胡言亂語，暴跳如雷，每跳一下都像炸彈爆炸一樣震動地面。他們用笨重的大石錘敲打彼此的腦袋，但他們的腦殼太硬了，以致於大石錘砸上去竟反彈回來，然後打人的傢伙會把錘子一扔，痛得號叫起來，因為錘子砸到自己的手指頭。可是，他太笨了，因此一分鐘之後他又會做同樣的事。不過，歸根究柢，這是一件好事，因為一個鐘頭之後，所有的巨人都受了傷，痛得坐下來嚎啕大哭。他們一旦坐下，他們的頭就低於峽谷邊緣，你就看不到他們了。不過吉爾依舊能夠聽見他們像巨嬰似的哭號和吵鬧，甚至走離這地一英里遠之後還能聽見。

那天晚上，他們露宿在光禿禿的荒原上，泥沉沉向孩子們示範如何藉由背靠背睡覺來充分利用他們的毯子。（背靠背可以互相保暖，還能蓋上兩條毯子。）不過，即使是這樣，夜裡還是非常冷，地面又硬又凹凸不平。沼澤怪人告訴他們，只要他們想到接下來再往北走天氣會更加寒冷，他們這時就會感到舒服一些，但是這個辦法對他們完全不管用。

他們在埃廷斯荒原上走了許多天，為了節省燻肉，他們主要是靠尤斯塔斯和沼澤怪人獵獲的荒原禽類維生（當然，這些禽類不是**能言鳥**）。吉爾非常羨慕尤斯塔斯能射箭，他是在和凱斯賓國王一起航海時學會的。由於荒地上有無數溪流，所以他們從不缺水。吉爾心想，書上提到人靠打獵為生時從不告訴你，幫死鳥拔毛和清理是一件多麼耗時、難聞、又骯髒的工作，也沒告訴你，這會讓你的手指變得多冰冷。不過，最棒的是，他們幾乎沒有遇到任何巨人。有一個巨人看到了他們，但他只是轟隆大笑了幾聲，就踏著沉重的腳步離開去忙自己的事了。

大約第十天，他們來到了一個地方，那裡的地形地貌變了。他們來到了荒原北端邊緣，向下望去，是一面長而陡的斜坡，朝下通往一片完全不同、更陰森淒涼的地方。陡坡的盡頭是懸崖，懸崖再過去，是一個有崇山峻嶺、黑暗峭壁、多岩山谷的國家，峽谷深邃狹窄得看不見底，大小河流從回聲轟隆的峽谷中奔騰而出，沖入漆黑的深淵。不用說，指出散布在更遠處山坡上點點白雪的人是泥沉沉。

「不過，我相信那些山坡的北面會有更多的雪。」他補充說。

他們費了一些時間才走下坡腳，到達之後，他們從懸崖頂向下俯瞰，底下有一條河從西向東流。河的兩岸都是懸崖峭壁，不見陽光的河水綠黝黝的，到處是急流和瀑布。

河流的轟鳴聲震動大地，甚至連他們站的地方都能感覺到。

「從好的方面來看，」泥沉沉說：「如果我們摔落懸崖跌斷脖子，那就免去了淹死在河裡的可能。」

「**那邊**怎麼樣？」史瓜突然指著河上游的左邊說。接著他們全都望過去，看見他們最沒有想到的東西——一座橋。好壯觀的一座橋！一個巨大的單拱橋，橫跨峽谷，兩端落在兩側懸崖頂上，拱頂遠高於懸崖頂，就像聖保羅大教堂的穹頂遠遠高於街道一樣。

「啊，那一定是一座巨人的橋！」吉爾說。

「更可能是一座巫師的橋。」泥沉沉說：「在這種地方，我們必須小心魔法這種東西。我想這是個陷阱。我想它會在我們走到一半的時候化為薄霧，消失不見。」

「噢，看在老天爺的分上，別老是這麼澆冷水好吧。」史瓜說：「為什麼那就不能是一座正常的橋呢？」

「你認為我們見過的那些巨人，能有頭腦建造這樣的東西嗎？」泥沉沉說。

「但是其他巨人就不能建造它嗎？」吉爾說：「我是說，幾百年前的巨人，他們比現代的巨人聰明得多。也許建造這橋的巨人，也建造了我們正在尋找的那座巨人城呢。換句話說，我們正走在正確的道路上——一座通往古城的古橋！」

「真是靈機一動啊，波爾。」史瓜說：「一定是這樣。走吧。」

於是，他們轉身朝那座橋走去。他們到了橋前一看，這橋無疑非常堅固。每一塊石頭都像英國巨石陣的石頭那麼大，而且肯定曾被一流的石匠鑿切過，不過這時已經出現龜裂和破損了。欄杆上顯然曾有繁複的雕刻，現在還殘留著一些痕跡，其中有許多模糊的面孔和身影，有巨人、人身牛頭怪、烏賊、蜈蚣和可怕的神像。泥沉沉仍然不放心，不過他同意與孩子們一起過橋。

往前爬上拱頂的那段路走起來既冗長又吃力。許多地方的巨石已經脫落，留下恐怖的缺口，從缺口往下看，可以看見數千英尺底下的河水奔騰的水沫。他們看見一隻老鷹從他們腳下飛過。他們愈往高處走，氣溫就愈低，風吹得他們幾乎站不住腳，似乎連橋都被吹得在搖晃。

他們到達拱橋的頂端時，可以看見下坡的另一端，只見一條像古代巨人走的大道的遺跡，一路往前延伸到他們前方那座山脈的深處。大道上鋪的石頭有許多已不知所終，殘餘的石頭之間長著大片的青草。在這條古道上，有兩個人騎著馬朝他們走來，兩人的身影都是正常的成年人。

「繼續走。朝他們走過去。」泥沉沉說：「你在這種地方遇見的任何人，都可能是敵人，但是不能在他們面前露出怯意。」

他們剛走下橋，踏到草地上，兩個陌生人已經來到眼前。其中一個是穿著全套盔甲的騎士，面罩也放了下來。他的盔甲和馬都是黑色的，盾牌上沒有徽記，長矛上也沒有旗幟。另一位是女士，騎著一匹白馬，那匹馬可愛得讓你想親吻牠的鼻子，立刻餵牠一塊糖吃。不過那位騎著側鞍的女士穿著一件耀眼的綠色連衣裙，長長的裙裾隨風飄動，更顯得可愛迷人。

「日安，各位旅……旅客。」她開口的聲音甜如最甜美的鳥兒的歌唱，又把旅字拖得很長，聽起來很悅耳：「在這片艱困的荒野上行走，你們的年紀也太輕了。」

「也許是吧，夫人。」泥沉沉滿心戒備，非常生硬地說。

吉爾說：「我們在找一座巨人的廢城。」

「一座廢……廢城？」夫人說：「找那樣的地方可真奇怪。如果找到了，你們打算做什麼？」

「我們得要……」吉爾才開口，泥沉沉就打斷她的話。

「請見諒，夫人。我們不認識你和你的朋友——他真是個沉默的人，是吧？——你們也不認識我們。我們不便貿然和陌生人談論自己的事，希望你別介意。你想，這天是不是很快就要下雨了？」

那女士聞言笑了，那是你能想像到的最優美、最像音樂的笑聲。「好吧，孩子們，」她說：「你們身邊有一位既睿智又莊重的老嚮導。我不會因為他守口如瓶而見怪，不過我可以自由表達我的看法。我經常聽到『巨人的廢城』這個名稱，卻從未遇到一個人能告訴我到那裡去的路怎麼走。眼前這條路通往自治的哈爾方城堡，那裡住著溫和文雅的巨人。他們溫順、文明、謹慎又有禮貌，不像埃廷斯荒原裡的巨人，愚蠢、凶殘、野蠻，像畜生一樣。你在哈爾方不一定能聽到廢城的消息，但是你一定會找到舒適的住處和愉快的主人。你們最好在那裡過冬，那才明智，或者至少在那裡住上幾天，緩解疲憊並恢復精神。在那裡，你們會有熱水可以洗澡，有柔軟的床鋪，明亮的火爐，還有烤肉、烤麵包、甜品和烈酒，一天供應四餐呢。」

「哇啊！」史瓜叫道：「這才像樣！想想看，又能睡在床上了。」

「是的，還可以洗熱水澡。」吉爾說：「你想他們會邀請我們住下來嗎？你瞧，我們並不認識他們。」

「你只要告訴他們，」那女士回答說：「綠衣女士請你們向他們致意，並派你們兩個漂亮的南方孩子來參加秋季盛宴。」

「噢，謝謝你，非常感謝你。」吉爾和史瓜說。

「但是要留意，」女士說：「無論你們哪天到達哈爾方，你們到城門口的時間都不能太晚。因為他們在正午過幾個鐘頭以後就關城門了，而城堡的規矩是，城門一旦插上門閂，無論誰來都不開門，你們再怎麼使勁敲門都是沒用的。」

孩子們兩眼發亮，再次向她道謝，那位女士向他們揮手道別。沼澤怪人摘下尖頂帽子，生硬地鞠了個躬。然後，那位沉默的騎士和女士開始策馬爬上橋的斜坡，馬蹄聲噠噠噠響了一陣。

「好吧！」泥沉沉說：「我真想知道**她**是從哪裡來，又要到哪裡去。在巨人國的荒野裡，你沒想到會遇見她這種人，對吧？一定沒好事，我敢保證。」

「噢，胡扯！」史瓜說：「我覺得她簡直太棒了。想想看，熱騰騰的飯菜和溫暖的房間。我真希望哈爾方離這裡不遠。」

「我也這麼想。」吉爾說：「她穿的那身連衣裙真是漂亮。還有那匹馬也是！」

「儘管如此，」泥沉沉說：「我還是希望我們能多瞭解她一點。」

「我**本來**想讓她說說她自己的事，」吉爾說：「但是你不跟她說我們的事，我怎麼好意思問呢？」

「對啊。」史瓜說：「你為什麼渾身緊繃，那麼令人不舒服呢？你不喜歡他們嗎？」

「他們？」沼澤怪人說：「**他們**是誰？我只看到一個人。」

「你沒看見那個騎士嗎？」吉爾問。

「我看見一套盔甲。」泥沉沉說：「他為什麼不說話？」

「我想他是害羞。」吉爾說：「不然，就是他只是想看著她，聽她可愛的聲音。如果我是他，我肯定也會這樣。」

「我在想，」泥沉沉說：「如果你把頭盔的面罩掀開往裡看，會看到什麼。」

「真是見鬼了。」史瓜說：「想想那套盔甲的形狀吧！裡面除了人**還會是**什麼？」

「如果是一副骷髏呢？」沼澤怪人用陰森快活的語氣問。「或者說，」他隨後又補了一句：「裡面什麼也沒有。我是說，你看不見裡面的東西。一個隱形的人。」

「真是的，泥沉沉，」吉爾打了個寒顫說：「你總有最恐怖的想法。你究竟是怎麼看待他們兩個的？」

「噢，去他的想法！」史瓜說：「他總是往最壞的地方想，而且總是想錯。我們還是多想想那些溫和的巨人，並盡快趕往哈爾方吧。我真希望知道它有多遠。」

這時，他們差點第一次發生泥沉沉事前說過的那種爭吵：不是吉爾和史瓜以前發生過多次的那種鬥嘴，而是他們當中第一次真正出現了嚴重的分歧。泥沉沉完全不同意他們去哈爾方。他說，他不知道巨人「溫和」是什麼意思，而且，不管怎麼說，不管他們溫不溫和，阿斯蘭的標記也沒說要去巨人那裡住幾天。可是，另一方面，厭倦了寒風苦雨、營火燒烤骨瘦如柴的禽鳥，以及睡在堅硬、寒冷土地上的兩個孩子，堅持要去拜訪「溫和的巨人」。最後，泥沉沉只好同意，但是他有個條件。兩個孩子必須保證，除非經過他允許，他們不得告訴那些溫和的巨人他們是從納尼亞來的，也不能說他們正在尋找瑞里安王子。兩個孩子都答應了他，於是他們繼續往前走。

在和那個女士談過話之後，從兩方面來看，接下來的情況變得更糟了。首先，鄉野的路變得更難走。這條路穿過望不到邊際的狹窄山谷，刺骨的北風不斷迎面吹來。谷中沒有可用來當柴火的東西，也沒有荒原上那種可以宿營的小巧洞穴。地面上全是石頭，白日扎得你腳痛，夜間睡覺使你渾身痠痛。

第二，不管那位女士告訴他們哈爾方時是什麼用意，那給兩個孩子帶來的實際影響都很不好。除了床、熱水澡和熱騰騰的飯菜，還有進入室內有多溫暖美好之外，他們什麼都沒法想了。這時他們再也不談阿斯蘭，甚至不談失蹤的王子了。吉爾也放棄了每天早晚背誦那些標記。起初，她告訴自己，她不背是因為太累了，但是她很快就把這件事忘得一乾二淨。你或許會以為，到達哈爾方之後會過舒服日子的想法能讓他們更開心，但實際上卻使他們覺得自己更可憐，對彼此和對泥沉沉都火氣更大、更暴躁。

終於，一天下午，他們來到了一個地方，峽谷在那裡開展，變得寬闊起來，兩邊都是拔地而起的黑暗冷杉林。他們往前看，發現自己已經走出了山區，前方是一片荒涼、滿布岩石的平原。平原再過去是還有積雪覆蓋的群山。可是，在遠山和他們之間，有一座低矮的山丘，山丘頂上平坦卻不規則。

「看！快看！」吉爾喊著，指著平原對面。穿過漸濃的暮色，在平坦丘陵的另一邊，他們每一個人都看見了點點的光芒。燈光！不是月光，也不是火光，而是一排令人歡欣的家常燈火。如果你從來沒有在荒野中連續日夜跋涉過幾個星期，很難理解他們這時的感覺。

「哈爾方！」史瓜和吉爾既高興又興奮地大喊。「哈爾方。」泥沉沉用呆滯、陰鬱的聲音重複道。不過，他馬上又說：「哇！一群野鵝！」並立刻從肩上取下弓箭。他獵到一隻大肥鵝。想在那天趕到哈爾方已經來不及了。不過他們吃了一頓熱飯，生了一堆火，過了數星期以來最溫暖的一個夜晚。火滅了之後，夜晚變得極其寒冷，他們第二天早上醒來時，毯子上都結了硬硬的寒霜。

「沒關係！」吉爾跺著腳說：「今天晚上可以洗上熱水澡了！」

07 有奇怪壕溝的山丘

不可否認，這一天的天氣十分惡劣。頭頂天空不見太陽，濃雲密布，顯示即將降下大雪。腳下是一片黑霜，寒風迎面吹來，感覺像要把你的臉皮都颳掉一樣。等他們走上平原後，才發現這段古道比他們之前見過的任何一條路都更破敗。他們必須在碎裂的巨石、大鵝卵石之間擇路而行，痠痛的腳走在石礫上真是艱難。況且，不管他們有多累還是必須走，天氣冷得他們不敢停下來休息。

大約上午十點鐘左右，第一片細小的雪花飄落下來，落在吉爾的手臂上。十分鐘後，雪便下得很大了。二十分鐘後，地面明顯變白了。半個鐘頭以後，一場非常穩定、看來像要持續一整天的暴風雪已經朝他們撲面而來，使他們幾乎看不見東西。

為了能了解接下來發生的事，你必須牢記，這時他們幾乎什麼也看不見。他們逐漸走近那座隔在他們和亮著燈火的窗戶之間的小山丘時，他們對它的整體形勢毫無概念。

因為要看清前面幾步路都成了問題，即便想看，也只能瞇著眼睛。不用說，他們沒開口說話。

到達山腳下，他們瞥見兩邊都是岩石——如果仔細看的話，那是方方整整的岩石，但是沒有人這麼做。他們全都更關注正前方擋住去路的那個大岩塊。它大約四英尺高。沼澤怪人腿長，毫無困難就跳到岩塊頂，再幫助兩個孩子爬上去。這對他們倆來說是一件濕漉漉的麻煩事，不過對他來說不是，因為岩塊上面已經積著很厚的雪了。接著他們在崎嶇的地面往上艱難地爬了大約一百碼——吉爾還摔倒了一次——然後來到第二個大岩塊前。這種大岩塊一共有四塊，岩塊之間的距離長短不等。

他們奮力爬上第四個大岩塊後，顯然此時他們來到了平坦的山丘頂上。直到目前為止，他們剛才爬的斜坡為他們遮擋了一部分風雪，到了這裡，他們完全暴露在狂風當中。奇怪的是，這山丘的頂部就像從遠處看見時一樣，十分平坦。那是一片巨大平坦的臺地，暴風雪毫無阻力地橫掃過它。大多數地方毫無積雪，因為狂風不斷把一團團的雪捲離地面，朝他們的臉上擲來。他們腳邊的雪被狂風吹得不住打轉，像一個個小漩渦，就像你有時在冰面上看見的那樣。事實上，這裡的地面有許多地方已經幾乎像冰一樣平滑。然而，更糟糕的是這裡還有許多奇怪的土堤，縱橫交錯，有時圍成正方形，有時圍成長方形。當然，所有這些土堤只能爬過去；它們的高度從二英尺到五英尺不等，有好幾碼厚。

每一道土堤的北面都已經堆了很厚的積雪，每翻過一個土堤，就會陷入一次積雪裡，把自己搞得渾身濕透。

吉爾罩著兜帽，垂著頭，麻木的雙手縮在斗篷裡，奮力往前走。在這片可怕的臺地上，她還瞥見了一些奇怪的東西——她的右邊看起來有點模模糊糊，好像是工廠煙囪，左邊是一個巨大的懸崖，比任何懸崖都筆直。可是她毫不感興趣，對它們連想也不多想一下。她唯一想到的是她冰冷的雙手（還有冰冷的鼻子、冰冷的下巴和冰冷的耳朵），以及在哈爾方的熱水澡和床。

突然間，她滑倒了，滑了大約五英尺遠，並驚恐地發現自己滑下了一個又黑又窄的裂縫中，這裂縫彷彿是這一刻才出現在她面前。不過半秒鐘，她已經滑到了底。她似乎是在某種溝渠或凹槽裡，大約只有三英尺寬。雖然這一摔讓她嚇一大跳，但是她注意到的第一件事是擺脫了狂風的吹襲真令人鬆一口氣；因為壕溝的兩壁比她高了很多。她注意到的第二件事，自然是史瓜和泥沉沉從壕溝邊緣俯視著她的焦急的臉。

「你受傷了嗎，波爾？」史瓜喊道。

「**兩條**腿都跌斷了，我相信。」泥沉沉也喊道。

吉爾站起來解釋說她沒事，但他們必須救她出去。

「你跌進去的是什麼地方？」史瓜問。

「是一種壕溝吧，也可能是一種凹陷的小巷子或什麼的。」吉爾說：「這條通道挺直的。」

「是的，天哪，」史瓜說：「而且它通向北方！我好奇它是不是道路？如果是的話，我們就能擺脫這地獄般的狂風了。壕溝底部的雪多嗎？」

「幾乎沒有雪。我猜雪都從上面被吹跑了。」

「再往前是什麼樣子？」

「稍等。我去看看。」吉爾說。她站起來，沿著壕溝往前走，但是沒走多遠，壕溝就向右直轉了。她大聲將這情況告訴上面兩個人。

「轉過去是什麼情況？」史瓜問。

說來也巧，吉爾對於地底下或接近地底下的彎曲通道和黑暗的地方感到恐懼，就像史瓜站在懸崖邊緣感到恐懼一樣。她不想一個人轉過那個拐角，尤其當她聽見泥沉沉在她背後喊道：

「小心點，波爾。這可能是一個通往惡龍洞穴的地方。在一個巨人國裡，可能會有巨大的蚯蚓或巨大的甲蟲。」

「我想，這壕溝通不到哪裡去的。」吉爾說著，急急忙忙退回來。

「我一定要親自下去看看，」史瓜說：「我想知道你說**通不到哪裡去**是什麼意思。」

於是，他在壕溝邊緣坐下（這時每個人都已經濕透了，也不在乎身上更濕一點），接著跳下去。他從吉爾身邊擠過去，雖然他什麼也沒說，但是她確信他知道她害怕。因此，她緊跟著他，但很小心地不走到他前面去。

然而，事實證明，這是一次令人失望的探索。他們繞過右邊拐角，直走了幾步，就面臨了選擇：繼續直走，或向右直拐九十度。史瓜朝往右轉的那條路瞥了一眼，說：「不能往這走，那會把我們帶回南邊去。」他選擇往前直走，但是和之前一樣，走沒幾步，又發現第二個向右拐的彎。但是這次他們別無選擇，因為他們順著壕溝走到這裡，已經是盡頭。

「不行。」史瓜咕噥道。吉爾毫不浪費時間，轉身率先走了回去。他們回到吉爾原先跌下來的地方，沼澤怪人伸出長長的手臂，毫不費力就把他們倆拉了上去。

然而，再次回到山丘頂真是太可怕了。在底下那些狹長的壕溝裡，他們的耳朵幾乎開始回暖了。他們也能看得清楚，輕鬆呼吸，不用大喊大叫就能聽見彼此說話。回到極度寒冷當中真是太悲慘了。泥沉沉卻還在這時說了兩句令人聽了更難受的話：

「波爾，你還能確定那些標記嗎？現在我們該注意的是哪個標記？」

「噢，**拜託**！見鬼的標記。」波爾說：「我想應該是有人提到阿斯蘭的名字。不過，我才不要在這裡背誦它。」

如你所見，她已經弄錯了標記的順序。那是因為她放棄了每天晚上背誦它們。如果她費心去想，她還是記得的，只是她無法再對她的功課那麼熟練，能夠一提就不假思索地按照正確順序背出來。泥沉沉的問題惹惱了她，因為在她內心深處，她已經對自己沒有牢記獅子的教訓非常懊惱了，她覺得自己應該要記得的。這種懊惱，加上極其寒冷與疲倦的痛苦，使她說出「見鬼的標記」這種話。也許她不是真心這麼說的。

「噢，你說的是下一個，是吧？」泥沉沉說：「現在我懷疑你說的對不對？要是弄混了，我也不奇怪。在我看來，這座山丘，這個我們所站的平坦的地方，值得停下來看一看。你注意到了嗎……」

「噢，天哪！」史瓜說：「現在是停下來欣賞風景的時候嗎？看在老天的分上，我們繼續走吧。」

「噢，看，看，看。」吉爾一邊喊，一邊伸手指著。他們全都轉過身子，也都看見了。北方不遠之處，在一塊比他們所在的臺地高出許多的地方出現了一排燈火。這次，燈火比三個旅人前一天晚上看見的更明顯。那是窗戶。小窗戶讓人想到舒服的臥室，大窗戶讓人想到寬闊的大廳，廳中壁爐熊熊燃燒著，桌子上擺著熱騰騰的湯和多汁的牛腰肉。

「哈爾方！」史瓜叫道。

「那是很好沒錯，」泥沉沉說：「但是我要說的是……」

「噢，閉嘴。」吉爾乖戾地說：「我們一刻也不能耽誤。那位女士說他們很早就會關閉城門，難道你忘了嗎？我們必須及時趕到那裡，我們一定要趕到，我們一定要趕到。在這樣的夜晚，我們如果被拒於門外，我們都會**死掉**的。」

「嗯，現在不算真正到晚上，還不到。」泥沉沉剛開口說，兩個孩子就齊聲說：「走吧。」然後就加快腳步，在這濕滑的臺地上跌跌撞撞地朝前走。沼澤怪人跟在他們後面，嘴裡仍說個不停，但這時他們再次迎風前進，所以就算他們想聽，也不可能聽見他在說什麼。何況他們不想聽。他們想的是熱水澡、床鋪和熱飲。一想到太晚抵達哈爾方會被拒於門外，就讓人無法忍受。

雖然他們拚命趕路，還是花了很長時間才穿過山丘上的平頂。即使穿過了，也還得爬下另一邊的好幾塊大岩塊。不過，最後他們還是到達山腳下，看見了哈爾方的模樣。

城堡矗立在一座高高的山崖上，撇開那許多塔樓不論，與其說它是一座城堡，不如說它是一棟巨大的房子。從外牆上許多窗戶接近地面這點來看，溫和的巨人顯然不害怕攻擊，因為防禦嚴謹的堡壘不會有這樣的窗戶。外牆上還這裡那裡分布著一些奇怪的小門，所以不用穿過庭院也能輕易進出城堡。這使整個地方看起來更加友好，不那麼令人畏懼，也使吉爾和史瓜精神大振。

起初，山崖的高度和陡峭度嚇到了他們，不過，他們馬上注意到左邊有一條比較容易走的路，蜿蜒而上直通城堡。經歷過長途跋涉之後，這趟攀爬實在可怕，吉爾幾乎放棄了。最後一百多碼，史瓜和泥沉沉不得不攙著她走。最後，他們終於站在城堡門前。吊閘高懸，大門也開著。

不管你有多累，走到巨人的家門前都需要勇氣。雖然在這之前泥沉沉提出種種警戒哈爾方城堡的言論，但這時最有勇氣的還是他。

「現在，穩住腳步。」他說：「不管做什麼，都不要露出害怕的樣子。我們到這裡來，已經是做了世界上最愚蠢的事，不過，既然來了，我們最好裝出勇敢的樣子。」

說完這些話，他大步走進城門，站在拱門底下，拱門的回聲可以助長他的音量。他使盡全力大喊：

「喂！門房！有客人來尋找住宿的地方啦。」

喊完他便等著看有什麼事發生，同時摘下帽子，拍掉堆在寬闊帽簷上的厚厚積雪。

「我說，」史瓜小聲對吉爾說：「他雖然老潑人冷水令人掃興，但是他有足夠的勇氣……還有臉皮也厚。」

有一扇門開了，流洩出一絲溫暖的火光。門房出現了。吉爾咬緊嘴唇，怕自己會尖叫出聲。門房不是一個標準的巨人，也就是說，他只比蘋果樹高一些，但沒有高得像電線杆那麼高。他有一頭粗硬的紅髮，身上穿著無袖短皮衣，上面釘滿了金屬片，這使衣服變成某種的鎖子甲。他還裸露著膝蓋（確實長著許多毛），腿上裹著像綁腿之類的東西。他彎下身來，瞪大眼睛看著泥沉沉。

「你是哪種生物？你怎麼稱呼自己？」他說。

吉爾握緊雙手，鼓足勇氣。「請聽我說，」她大聲對巨人喊道：「綠衣女士問候溫和巨人的國王，她派我們兩個南方來的孩子和這位沼澤怪人（他的名字叫泥沉沉）來參加你們的秋季盛宴。」她又補上一句：「——當然，如果對你們來說方便的話。」

「噢—啊！」門房說：「那情況就不一樣了。進來，小傢伙們，進來。你最好在我把話傳給國王陛下的時候，進到門房裡來。」他一臉好奇地看著孩子們。「青紫的臉，」他說：「我以前不知道他們是這種顏色的。我自己倒不在乎，但是我敢說，你們看彼此應該挺順眼的。人家都說，同類相吸。」

「我們臉色青紫，是凍出來的。」吉爾說：「我們**真的**不是這種顏色。」

「那就進來暖和一下吧。進來吧，小蝦子們。」門房說。他們跟著他進了小屋。那麼大一扇門在他們背後砰地關上，雖然聽起來相當可怕，但是他們一看見那堆熊熊的火——那是他們從昨天晚餐以來就一直渴望的東西——立刻就把關門的事忘了。多棒的火堆啊！看起來就像有四、五棵完整的樹在燃燒，而且火堆的溫度高得他們距離好幾碼就無法再靠近了。不過，他們全撲通一聲坐倒在磚鋪地板上，儘量靠近，直到能忍受得住熱氣的地方，舒服地大大歎了一口氣。

「喂，小伙子，」門房對另一個巨人說，那個巨人一直坐在房間後方，瞪大眼睛看著幾個訪客，瞪得眼珠子像要跳出來似的。「快把這消息帶到王宮那裡去。」他把吉爾對他說的話重複了一遍。那個年輕的巨人看了他們最後一眼，大聲狂笑一陣，便離開了屋子。

「好了，青蛙人，」門房對泥沉沉說：「你看上去好像需要開心一下。」他拿出一個黑罐子，很像泥沉沉自己用的那個，不過大了將近二十倍。「讓我想想看，讓我想想看，」門房說：「我不能給你一杯，否則你會淹死的。讓我想想。這個銀的鹽瓶子才合適。你們別跟王宮提到這件事。銀器**會**一直跑到這裡來，可不是我的錯。」

這個鹽罐和我們用的不太一樣，更窄也更直，巨人把鹽罐往泥沉沉身旁一擺，正好是個很合適的酒杯。孩子們期望不信任溫和巨人的泥沉沉會拒絕，但泥沉沉喃喃地說：「現在要提高警覺已經晚了，我們已經進來了，門也在我們背後關上了。」然後他聞了聞酒，說：「聞起來沒問題。不過，不能光用聞來判斷。最好確定一下。」然後他喝了一口，說：「味道也沒什麼不對。不過，**第一口**總是這樣。繼續喝會怎樣呢？」他又喝了一大口。「啊！」他說：「可是，一直喝到完都會一樣嗎？」他再喝了一口。「底部一定有什麼髒東西，我相信。」他說著，把酒都喝完了。他舔了舔嘴唇，對兩個孩子說：

「你們明白了吧，這是個測驗。要是我倒在地上蜷成一團，或者身子爆裂開來，或者變成蜥蜴什麼的，你們就知道不可以接受他們給你們的任何東西。」泥沉沉壓低了聲音對他們說，然而巨人太高大離得太遠，聽不清楚。巨人轟笑著說：「嘿，青蛙人，你也是人類嘛。看你竟然把它喝完了！」

「不是人類……是沼澤怪人。」泥沉沉用多少有些含糊的聲音回答：「也不是青蛙人，是沼澤怪人。」

這時，他們背後的門開了，那個年輕的巨人進來說：「叫他們馬上到大殿去。」兩個孩子站了起來，但是泥沉沉仍然坐著，說：「沼澤怪人。沼澤怪人。非常值得尊敬的沼澤怪人。值得尊敬的怪人。」

「給他們帶路，小伙子。」巨人門房說：「你最好把那個青蛙人扛著。他剛才喝得有點多了。」

「我沒事。」泥沉沉說：「我不是青蛙。我和青蛙沒關係。我是值得尊敬的怪人。」

可是那年輕的巨人不管他說的，一把將他攔腰抓起，用手勢示意孩子們跟著他走。他們就以這種不大體面的方式穿過院子。泥沉沉被巨人抓在手裡，茫然地在空中拳打腳踢，看起來確實很像一隻青蛙。不過他們沒有多餘的時間注意這一點，因為他們很快就走進了主堡的大門——兩人的心跳都比平常更快——為了跟上巨人的步伐，他們一路小跑著，啪噠啪噠穿過幾條走廊，發現自己來到一間巨大的廳堂，光線亮得他們睜不開眼，廳中明燈燦亮，壁爐裡火光熊熊，燈光和火光在鍍金的房頂和屋簷的反射下，更顯得滿室通明。大廳的左右兩邊站著多得令他們數不清的巨人，都穿著華麗的長袍；在遠處那頭有兩張寶座，上面坐著兩個巨人，看來應該是國王和王后。

他們在距離王座大約二十英尺的地方停下腳步。史瓜和吉爾笨拙地鞠了躬（實驗學校沒有教女孩該如何屈膝行禮），年輕的巨人也小心翼翼地把泥沉沉放到地板上，他就勢癱坐在地。說實在的，他那手長腳長的模樣，看上去像極了一隻大蜘蛛。

08 哈爾方堡

「去啊，波爾，該你說話了。」史瓜小聲說。

吉爾發現自己的嘴乾得一句話也說不出來。她狠狠朝史瓜點了一下頭。

史瓜心裡想，他永遠也不會原諒吉爾（或是泥沉沉）。接著，他舔了舔嘴唇，對著巨人大喊：

「如果您願意的話，陛下，綠衣女士派我們來向您致敬，並說您會喜歡我們來參加您的秋季盛宴。」

巨人國王和王后互望一眼，彼此點了點頭，臉上露出一種吉爾並不喜歡的笑容。她喜歡國王勝於王后。國王有漂亮捲曲的鬍子和筆挺的鷹勾鼻，就巨人來說，他真的長得很好看。王后胖得嚇人，一副雙下巴，一張肥胖的大臉塗滿脂粉——即使打扮到最好，也不好看，當然，當那張臉有人類的十倍大的時候，看起來就更糟了。這時，國王伸出舌頭舔了舔嘴唇。這個普通的動作誰都會做，但是他的舌頭那麼大又那麼紅，如此出其不意地伸出來，使吉爾嚇了一大跳。

「噢，多**好**的孩子啊！」王后說。（「也許她是那個比較好的。」吉爾心裡想。）

「的確是啊，」國王說：「非常優秀的孩子。我們歡迎你們來到我們的宮廷。來，握個手吧。」

他把自己巨大的右手往下伸——這隻手非常乾淨，手指上戴著許多戒指，但是也有可怕的尖尖的指甲。他太巨大了，沒法和孩子握手，孩子們把手朝他伸上來時，他握了握他們的手臂。

「**那**是什麼？」國王指著泥沉沉問。

「知得准靜的乖人[5]。」泥沉沉說。

「噢！」王后尖叫一聲，急忙把裙子收攏到腳踝旁邊。「那個可怕的東西！竟然是活的。」

「他人很好，陛下，真的，他是好人。」史瓜急忙說：「等你認識他之後會更喜歡他的。我相信你會的。」

如果我告訴你，吉爾在這個時候開始哭起來，我希望你在接下來的後半本書裡不會

5 泥沉沉這時口齒不清，其實他說的是「值得尊敬的怪人」。

不想看到她。她哭是有道理的。她的手腳、耳朵、鼻子才剛剛開始解凍，融化的積雪順著她的衣服往下滴；她那天幾乎什麼也沒吃沒喝；她的雙腿痛得感覺快要站不住了。總之，她這一哭，比做任何其他事都要好，因為王后說：

「啊，可憐的孩子！陛下，我們讓客人站著是不對的。快，來幾個人！把他們帶下去。讓他們吃飯、喝酒和洗澡。安慰一下那個小女孩。給她棒棒糖，給她洋娃娃，給她吃點藥，你們能想到什麼就給她什麼——牛奶酒、糖果、香菜、玩具和唱唱搖籃曲。別哭了，小姑娘，要不然到了盛宴的時候你做什麼都不討喜了。」

吉爾像你我一樣，一聽到被當成玩洋娃娃和各種玩具的幼兒，不免火冒三丈。棒棒糖和糖果本身雖然不錯，但是她更希望他們能給她更實在一點的東西吃。不過，女王這幾句愚蠢的話還是產生了極好的效果，因為泥沉沉和史瓜立刻被一位大塊頭侍從拎起來，吉爾也被一位高大的侍女抱起來，分別帶到他們的房間裡。

吉爾的房間大約有一座教堂那麼大，要不是壁爐裡燃著熊熊的火，地板上鋪著厚厚的深紅色地毯，這房間會顯得很陰森。在這裡，讓她愉快的事情開始發生了。侍女把她交給了女王的老保母。從巨人的角度來看，她是個上了年紀、彎腰駝背的瘦小老婦人，從人類的角度來看，她是個個頭夠小、能在普通人類房間裡來來去去也不會把頭撞到天花板的巨人。她很能幹，可是吉爾真希望她不要老是咂著嘴說：「哦，啦，啦！小乖乖啊。」和「給你一隻鴨子啊。」和「我的小寶貝，現在沒事啦。」她在一個巨人的洗腳盆裡注滿熱水，把吉爾抱進去。如果你會游泳（像吉爾一樣），洗個巨人的澡還挺舒服的。巨人的浴巾雖然有點粗糙，但是也很舒服，因為它們鋪開來有好幾畝大。事實上，你根本不需要拭乾身子，只要在壁爐前的浴巾上痛快打幾個滾就行。身子擦乾後，吉爾穿上了乾淨、嶄新、暖和的衣服。衣服非常華麗，對她來說有點太大，不過顯然是給人類而不是給巨人穿的。「我猜，如果那個穿綠衣服的女士來過這裡，這些巨人一定已經習慣了我們這種尺寸的客人了。」吉爾想。

她很快看見自己猜得完全正確，因為巨人保母為她擺好了一套桌椅，高低大小正好適合普通的成年人類，刀叉和湯匙的大小也是。坐下的感覺真好，而且終於全身暖和又乾淨了。她仍然光著腳，但踩在巨人的地毯上很舒服，她踩下去時能陷到腳踝那麼深，這正是治療痠痛雙腳的良方。這頓飯——雖然這是下午茶的時間，我想我們還是應該稱它為午餐——是韭蔥雞湯、熱騰騰的烤火雞、蒸布丁、烤栗子，以及你想吃多少有多少的水果。

唯一讓人討厭的是老保母不停走進走出，每次進來時都帶著一個巨大的玩具——比吉爾本人還大的洋娃娃、像大象一樣大小的有輪子的木馬、一個看起來像小型煤氣罐的鼓，還有一隻毛茸茸的小羊羔。這些東西很粗糙、做工低劣、塗著俗豔的顏色，吉爾看了就討厭。她不停告訴老保母她不要這些東西，但是老保母說：

「嘖—嘖—嘖—嘖—。我知道，等你睡過覺以後，你就會想要它們了！嘻嘻！現在，上床睡覺。小乖乖！」

那張床倒不是巨人的床，只是一張你會在老式旅館裡看到的那種四柱大床。在這個巨大的房間裡，它看起來很小。她很高興地滾進床裡。

「保母，外面還在下雪嗎？」她睡意濃重地問。

「不下啦。現在下雨，小親親！」女巨人說：「雨會沖走所有骯髒的雪。寶貝兒明天就可以出去玩了！」她把吉爾的被子蓋好，親吻她，並道晚安。

我知道，沒有什麼比被一個女巨人親吻更令人不舒服了。吉爾也這麼想，不過五分鐘後她就睡著了。

那天傍晚和整個晚上都不停地下著雨，雨敲打著城堡的窗戶，但是吉爾都沒聽見。她睡得很沉，晚飯時間過了，午夜也過了。然後，深夜中最寂靜的時刻來臨，巨人的房子裡除了老鼠沒有任何動靜。那時，吉爾作了個夢。她感覺自己醒過來，還是在同一間屋子裡，她看見壁爐的火變微弱了，在火光中她還看見那匹巨大的木馬。木馬竟然自己動起來，它的四個輪子滾過地毯，過來站在她的床頭邊。這時，它不再是一匹木馬，而是一頭像木馬一樣巨大的獅子。接著，它不是玩具獅子，而是真正的獅子，就像她在世界盡頭之外的山上看見他時一樣。房間裡充滿一股包含了所有美妙香氣的氣味，但吉爾內心有些苦惱，雖然她想不出自己在苦惱什麼，眼淚卻已順著她的臉流下來，濕了枕頭。獅子叫她背誦那些標記，她發現自己已經把它們忘光了。她登時嚇壞了。阿斯蘭用嘴把她叼起來（她感覺到他的嘴唇和呼吸，沒感覺到他的牙齒），叼到窗前，讓她向外張望。月光皎潔明亮，只見不知道是在空中還是在地面上（她弄不清楚），寫著UNDER ME（「在我之下」）幾個字。之後，夢就消失了。等她睡醒，已經是第二天日上三竿，她也已經不記得自己作過什麼夢。

她起身穿好衣服，在爐火前吃完早餐，這時保母才打開門說：「美麗的小寶貝，你的小朋友們來找你玩啦。」

史瓜和沼澤怪人走進來。

「喂！早上好。」吉爾說：「很好玩吧？我相信我睡了十五個鐘頭。我確實感覺好多了，你們呢？」

「**我**也這麼覺得，」史瓜說：「但是泥沉沉說他頭痛。啊哈！你的窗戶有窗臺座呢。如果我們爬上去，就能看到外面了。」他們立刻都爬上了窗臺座。才看了第一眼，吉爾就說：「噢，真是太可怕了！」

窗外陽光燦爛，除了少數幾堆雪，大多數的雪都被雨水沖走了。在他們下方，如同地圖一般展開、呈現眼前的，是他們昨天下午掙扎穿過的平頂山丘的山頂。從城堡看下去，無疑那是一座巨大城市的廢墟，你不會認錯的。吉爾現在看出來了，它之所以平坦，是因為全經過人工鋪設，儘管有些地方的路面已經破損了。那些縱橫交錯的土堤原來是巨大建築物的斷垣殘壁，那些建築物很可能是巨人的宮殿和神廟。有一道大約五百英尺高的牆仍然屹立著，她昨天還以為那是一座懸崖。那些看上去像工廠煙囪的東西，是巨大無比的石柱，只是斷成了高低不等的石樁，斷掉的部分就躺在柱底，就像一棵棵被砍倒的巨石樹。他們從山丘北面爬下來的那些巨大岩塊，還有他們從南邊爬上山頂的那些巨大岩塊，無疑都是巨人上下山的梯階的殘跡。最糟糕的是，在鋪石地面的中央橫著一行黑黝黝的大字：UNDER ME（「在我之下」）。

三個旅人面面相覷，驚愕不已。史瓜吹了一聲口哨，說出了三人心裡的想法：「第二和第三個標記都錯過了。」這時，吉爾一下想起了她作的夢。

「是我的錯。」她絕望地說：「我……我放棄了每天晚上背誦那些標記。如果我想過那些標記，我就能看出那是一座城市，即使是在那樣的大雪裡也能看出來。」

「我更差勁。」泥沉沉說：「我**確實**看出來了，或者說，幾乎看出來了。我覺得它看起來特別像一座城市的廢墟。」

「唯一不該受到責備的人就是你。」史瓜說：「你**確實**想讓我們停下來。」

「但是，我不夠堅決。」沼澤怪人說：「我甚至沒逼自己試一下。我應該那麼做的。好像我不能一手拉一個攔住你們倆似的！」

「事實是，」史瓜說：「我們那時候太渴望趕到這裡來，其他所有的事都不顧了。至少我知道我是這樣的。自從遇到那個女人和那個沉默的騎士後，我們就無心再去想其他的事了。我們幾乎把瑞里安王子都忘了。」

「如果那就是她的目的，」泥沉沉說：「我也不覺得奇怪。」

「我不大明白的是，」吉爾說：「我們怎麼會沒看見那些字母？難道它們是昨天晚上才出現在那裡的。會不會是他——阿斯蘭——昨天晚上來把那些字放在那裡的？我昨晚作了一個奇怪的夢。」於是她把整個夢告訴他們。

「嘿，你這個笨蛋！」史瓜說：「我們確實看見了。我們還走進了字母裡。你還不明白嗎？我們走進了ME這個單字的字母E裡面，就是你掉下去的那條壕溝。我們沿著E的底部那一橫向北走——然後向右拐走上了那一豎——之後又遇到右邊有個拐角——就是中間那一橫——然後繼續往前走到了左上角，或者說（如果你高興的話）字母的東北角，然後轉回原點。我們真是一群白痴。」他狠狠踢了一下窗臺座，接著說：「不行，波爾。我知道你在想什麼，因為我也這麼想。你在想，如果阿斯蘭在我們經過之後才在廢城的石頭上布下這些標記，那該多好。這樣一來，就會是他的錯而不是我們的錯了。

大有可能，是不是？不是。我們必須承認，我們總共有四個標記，而我們已經錯過前三個了。」

「你是指我錯過了。」吉爾說：「一點也沒錯。自從你帶我來到這裡以後，我弄砸了每一件事。現在說什麼都沒用了——對這一切我真的很抱歉——儘管如此，那個標記**是**什麼呢？UNDER ME（在我之下）似乎沒什麼意義啊。」

「不，它是有意義的。」泥沉沉說：「那意思是，我們必須到那座城市底下去尋找王子。」

「但是，我們要怎麼去呢？」吉爾問。

「問題就在這裡。」泥沉沉一邊說，一邊搓著他那青蛙似的大手：「**現在**我們怎麼去？無疑，如果我們在『廢城』的時候把心思放在任務上，應該已經知道怎麼去了——找到一扇小門、一個洞穴、一條地道，或遇見一個幫助我們的人。說不定（你永遠不知道）遇到的就是阿斯蘭本人。這樣我們早就到了那個岩石平頂底下了。阿斯蘭的標記向來都是有效的：沒有例外。可是**現在**該怎麼辦——那是另外一回事。」

「好吧，我想我們只能回到那裡去。」吉爾說。

「說來簡單，是吧？」泥沉沉說：「我們可以先從試著打開那扇門開始。」他們一起看了看那扇門，發現沒有一個人能構得到門的把手，而且差不多可以確定，就算構到門把，也沒有人能把門打開。

「如果我們要求要出去，你想他們會不准嗎？」吉爾說。沒有人說出來，但每個人心裡都想：「他們可能不會答應。」

這個想法很令人氣悶。泥沉沉堅決反對告訴巨人他們真正的目的，只同意請求巨人放他們出去。當然，沒有得到他的允許，孩子們也不能說，因為之前他們做過承諾。他們三人都很確定，他們沒有機會在夜裡逃出這座城堡。他們一旦進了自己的房間，門被關上，他們就會一直被關到天亮。當然，他們可以要求巨人把門開著，但這麼做會引起懷疑。

「我們唯一的機會，」史瓜說：「是設法在白天偷偷溜走。大部分巨人不是都會在下午睡上一小時嗎？如果我們可以偷溜進廚房，說不定會有一個後門開著？」

「這不是我所說的那種『機會』，」沼澤怪人說：「不過這是沒辦法中的辦法。」事實上，史瓜的計畫也不是你想的那樣毫無希望。如果想離開一棟房子又不被人看見，在午後嘗試，從某些方面來講，比半夜嘗試更好。在白天，門和窗很可能都是開著的；如果你被逮到，總能假裝自己沒什麼特別的計畫，也沒打算走遠。（如果你是在凌晨一點從臥室的窗戶爬出去，那麼無論是巨人或成年人，你都很難使他們相信你。）

「不過，我們必須讓他們放鬆警惕。」史瓜說：「我們必須假裝我們喜歡待在這裡，並且渴望參加秋季盛宴。」

「那個盛宴是明天晚上。」泥沉沉說：「我聽見他們其中一人這麼說。」

「我明白了。」吉爾說：「我們必須假裝對這件事情很興奮，並且不斷問東問西。反正他們認為我們就是嬰兒，這反而會讓事情變得更容易。」

「歡欣鼓舞。」泥沉沉深深歎了一口氣說：「這就是我們該做的。歡欣鼓舞。好像我們對這個世界毫不在乎。歡樂笑鬧。我注意到，你們兩個年輕人老是一副無精打采的模樣。你們必須看著我，我怎麼做你們就怎麼做。我會興高采烈地，就像這樣……」然後他齜牙咧嘴，露出很可怕的笑容。「還有歡樂笑鬧，」他這時哭喪著臉手舞足蹈了一下：「如果你們一直看著我，你們很快就能進入狀態的。你瞧，他們已經認為我是個有趣的傢伙。我敢說，你們兩個昨晚都以為我喝醉了，但是我跟你們保證……嗯，大部分時候都是裝的。我當時有個主意，認為裝醉多少能派上用場。」

兩個孩子在事後講述他們的冒險經歷時，始終都不確定最後這句話是不是真的。不過他們可以肯定，泥沉沉在說出這話的時候，自認是千真萬確的。

「好吧。歡欣鼓舞最重要。」史瓜說：「現在，只要我們能找到人來把這房間的門打開就好了。我們在玩耍嬉鬧、四處跑跑跳跳的時候，必須盡可能把這座城堡的情況弄清楚。」

幸運的是，這時房門開了，巨人保母匆忙進來說：「現在，我的寶貝們，想不想看國王和大臣們出發去狩獵？場面可壯觀了！」

他們片刻都不耽誤，立刻從她身邊衝了出去，爬下他們遇到的第一道樓梯。獵犬聲、號角聲和巨人的喧嚷聲都為他們指出方向，幾分鐘後，他們就來到庭院裡。巨人們都是徒步行走，因為這個世界上沒有可供巨人騎乘的巨馬，而且巨人的狩獵是徒步追擊，就像在英國帶著小獵犬追獵一樣。這些獵犬的體型也是正常大小。吉爾看見沒有馬時，先是十分失望，因為她確信，王后那麼胖，絕不會徒步跟著獵犬去打獵，但也不可能要她整天待在城堡裡。不過，她接著就看見王后坐在由六個年輕巨人扛著的擔轎上。那個愚蠢的老怪物穿了一身綠衣服，身邊還放著一隻號角。包括國王在內，一共有二、三十個巨人聚集在一起，準備要去打獵，他們談笑的聲音能把你震聾。在下方接近吉爾高度的地方，是一條條搖著尾巴、汪汪叫的獵犬，牠們用鬆軟、流著口水的嘴和狗鼻子來拱你的手。泥沉沉正想擺出他認為歡樂嬉戲的神態時（他那副樣子要是被人注意到，那麼一切就都完了），吉爾露出她最迷人的孩子氣的微笑，衝到王后的擔轎旁，仰起臉來對她喊道：

「噢，請告訴我！你不會**走遠**的，是吧？你會回來嗎？」

「是的，親愛的，」王后說：「我今晚就回來。」

「噢，**太好了**。太棒了！」吉爾說：「明天晚上我們**可以**來參加盛宴，對嗎？我們很想在場，簡直等不及了啊。你們出去的時候，我們可以在整座城堡裡到處走走，到處看看嗎？請你一定要答應嘛。」

王后確實答應了，但所有大臣哄笑的聲音幾乎使吉爾聽不見王后的回答。

09 發現祕密

事後，另外兩個人都承認，吉爾那天的表現精彩極了。國王和整個狩獵隊伍一出發，她就開始參觀整座城堡並提出問題，不過都是用一種天真爛漫、幼童式的方式來問，讓人不會懷疑她有任何預謀。雖然她的舌頭沒一分鐘閒著，但你真不能說她在說話：她忽而**瞎扯**，忽而傻笑。她討好每一個人——男僕、門房、女僕、侍女，以及那些上了年紀不能參加狩獵的老巨人。她順從地讓每個女巨人親吻和撫摸，她們當中似乎有許多人為她感到難過，並且喊她「可憐的小東西」，不過沒有人解釋為什麼這麼喊她。她和廚師交情特別好，還發現了最重要的事實：廚房洗碗碟的房間有一扇門可以直通牆外，這樣你就不必穿過庭院，也不用經過那座巨大的門樓。她在廚房裡假裝貪嘴，把廚師和幫傭樂於給她的各種殘羹剩菜都吃下去。可是到了樓上，在一群仕女當中時，她又問了她該穿什麼衣服去參加盛宴、她可以待到多晚才去睡覺，以及她可不可以和一個個子很小很小的巨人跳舞等等。然後（她事後回想起這一點時都覺得非常難為情），她把頭一歪，擺出一副傻傻的呆萌模樣——無論是人類的成人，或是巨人，還是其他什麼人，都會覺得她很可愛的模樣——然後搖搖她的滿頭鬈髮，坐立不安地說：「噢，我真希望現在就是明天晚上，你們希不希望呢？你想時間會很快就來到明天晚上嗎？」所有的女巨人都說她是個完美的小寶貝，其中有些女巨人用手帕擦著眼睛，好像要哭了似的。

「他們在這年齡都是這麼可愛的小東西，」一個女巨人對另一個女巨人說：「這真是太令人遺憾了……。」

史瓜和泥沉沉也都盡力而為，但這種事女孩子做得就是比男孩好，而男孩子做得也比沼澤怪人好。

午餐的時候發生了一件事，使他們三人比任何時候都更急著想離開這座溫和巨人的城堡。他們在大廳裡一張靠近壁爐、專屬他們的小桌子上吃飯。離他們大約二十碼的一張大桌子上，有六個老巨人正在吃喝。他們的談話實在很吵，不過因為高高在上，所以兩個孩子很快就沒留意那些聲音了，就像你不會注意窗外的汽車喇叭聲或街上交通的噪音一樣。他們正在吃冷鹿肉，吉爾從來沒吃過這種食物，她很喜歡。

突然，泥沉沉轉過頭來面對他們，臉色十分蒼白，白得你可以從他天然的泥土膚色底下看見的慘白。他說：

「一口都別再吃了。」

「怎麼了？」另外兩人低聲問道。

「你們沒聽到那些巨人在說什麼嗎？其中一個說：『這塊鹿腰肉很嫩啊。』另一個說：『那麼那頭雄鹿是個騙子。』第一個說：『為什麼？』另一個說：『噢，他們說，當他被捕的時候，他說別殺我，我的肉很硬，你們不會喜歡吃的。』」吉爾一時之間沒明白這些話背後的意思。不過，她後來明白了，因為史瓜瞪大眼睛驚恐地說：

「所以我們吃的是一隻**能言鹿**。」

這發現對他們三人造成的影響，不盡相同。吉爾是第一次來到這個世界，她為這隻可憐的雄鹿感到難過，認為巨人殺害他很卑鄙。史瓜曾經來過這個世界一次，並且至少有一隻能言獸和他是好朋友，因此他覺得很恐怖，就像你面對一場謀殺的感覺。可是在納尼亞出生長大的泥沉沉卻直接感到噁心，簡直快暈倒了，那就像你發現自己吃了一個嬰兒時的感覺。

「阿斯蘭的憤怒已經臨到我們身上了。」他說：「這就是不注意那些標記的結果。我想我們被詛咒了。要是情況允許，我們能做的最好的選擇是拿起這些刀子刺進自己的心臟。」

即使是吉爾，也慢慢能從他的觀點來看這件事。無論如何，他們誰都不想再吃這頓午飯了。他們一等無人注意的安全時刻，立刻悄悄溜出了大廳。

這時已逐漸接近他們在一天當中有望逃跑的時刻，三個人都開始緊張起來。他們在走廊裡徘徊，等待所有人安靜下來。大廳裡的巨人們在吃過飯後還坐了很長一段時間。禿頭的那個巨人在講故事。等那些巨人都散了以後，三個旅人閒蕩到廚房，但廚房裡仍有很多巨人在，或者說，至少洗碗間裡還有很多巨人在刷洗東西和收拾殘羹剩菜。這是最難捱的時刻，必須等到他們都做完事情，一個接一個擦乾手離開。最後，房間裡只剩一個老巨人。她慢吞吞地走來走去，走來走去，最後，三個旅人才驚恐地意識到，她根本不打算離開。

「好啦，親愛的，」她對他們說：「活兒差不多都做完啦。讓我們把水壺放到這兒。這樣很快就能泡上一杯好茶了。現在，我可以休息一下了。乖寶寶們，替我到洗碗間裡去看看，告訴我後門是不是開著。」

「是開著的。」史瓜說。

「那就好。我總是把門開著，這樣貓就可以進出，那可憐的小東西。」

然後她在一張椅子上坐下，把腳擱到另一張椅子上。

「不知道我能不能打四十個盹。」那個女巨人說：「要是那幫討厭的狩獵隊不要太早回來就好了。」

聽到她說打四十個盹，他們都精神大振，再一聽到她說狩獵隊伍回來，他們的心又往下一沉。

「他們通常都什麼時候回來啊？」吉爾問。

「這誰也說不準。」女巨人說：「去吧，安靜一會兒，我的寶貝們。」

他們退到廚房的另一頭，要不是那個女巨人突然坐起來，睜開眼睛，揮走一隻蒼蠅，他們早就溜到洗碗間去了。「別再試了，等我們確定她真的睡著以後再說。」史瓜小聲說：「不然就整個都毀了。」因此，他們全擠在廚房那一頭，等待，觀望。獵人們隨時都會回來的想法真可怕。那個女巨人老睡不安穩。每當他們認為她真的睡著了，她就又動了動。

「我受不了了。」吉爾想。為了分散自己的緊張，她開始東張西望。在她面前是一張乾淨的大桌子，桌上有兩個乾淨的餡餅盤和一本翻開的書。那兩個餡餅盤當然很巨大。吉爾想，她可以舒舒服服地躺在其中一個盤子裡面。接著，她爬到桌旁的長凳上，去看那本書。她讀到：

野鴨（MALLARD）。這種美味的禽類有多種烹調的方式。

「這是一本食譜。」吉爾不感興趣地想，回頭瞥了一眼。女巨人的眼睛閉著，不過看起來不像睡熟了的樣子。吉爾回過頭來看那本書。菜譜是按字母順序排列的，看到下一個菜名時，吉爾的心跳差點停止。它是這樣寫的：

人類（MAN）。這種優雅小巧的兩足動物，長久以來一直被公認是一道美味佳餚，是傳統的秋季盛宴上不可或缺的，上菜順序排在魚和燒肉之間。每個人類……

但是她無法再往下讀了。她轉過身去。女巨人醒了，正在咳嗽。吉爾用手肘推了推另外兩個人，指指那本書。他們倆也爬上長凳，俯身看著巨大的書頁。史瓜還在讀「人類」的烹飪方式，泥沉沉已經指著下一個條目。它是這樣寫的：

沼澤怪人（MARSH-WIGGLE）。一些權貴人士完全拒絕這種動物，認為不適合巨人食用，因為多筋，又有泥土味。不過，如果處理得好，土味可以大量減少，方法是……

吉爾輕輕踢了一下泥沉沉和史瓜的腳，三人都回頭看了看那位女巨人。她的嘴微微張開，鼻子裡發出一種聲音，在那一刻，他們覺得這聲音比任何音樂都更受歡迎。她在打斛。現在，就看躡手躡腳的功夫了。他們不敢走得太快，甚至不敢呼吸。他們穿過洗碗間（巨人的洗碗槽的味道太可怕了），終於來到冬日午後慘澹的陽光下。

他們站在一條崎嶇小徑的頂端，向下的路十分陡峭。謝天謝地，他們看見那座廢城就在城堡的右邊。幾分鐘後，他們就回到了那條寬闊陡峭的大路上，就是通往城堡大門的那條路。他們這時的位置，從城堡這一面的每扇窗戶都可以看見。如果只有三、五扇窗子也就罷了，他們不被看見的機會還挺大的，但那裡起碼有五十扇窗子，而不是五扇。他們現在也意識到，他們所在的這條路，事實上，包括他們和廢城之間的這整片土地，連讓狐狸藏身的地方都沒有。到處都是粗草、鵝卵石和平坦的石頭。更糟糕的是，他們現在穿著昨晚巨人提供給他們的衣服，除了泥沉沉因為沒有合適他的衣服所以還穿舊衣外，吉爾穿了一件鮮綠色的長袍，袍子對她來說太長了，外面還圍了一件鑲了白色毛皮邊的紅斗篷。史瓜穿著深紅色的長襪、藍色的外衣和斗篷，配著一把金柄的劍，戴著一頂插著羽毛的帽子。

「你們倆穿得可真鮮豔啊。」泥沉沉喃喃地說：「在冬天裡漂亮得太顯眼了。如果你們在射程之內，就算世界上最糟糕的弓箭手也能射中。說到弓箭手，我相信，我們很快就會遺憾沒帶上自己的弓箭了。還有，你們的衣服似乎單薄了點，對嗎？」

「是的，我已經凍僵了。」吉爾說。

幾分鐘之前，他們還在廚房裡的時候，吉爾還在想，他們只要能逃出城堡，他們的逃亡計畫就算完成了。她現在才意識到，最危險的部分還沒開始呢。

「穩住，穩住，」泥沉沉說：「別回頭，也別走得太快。不管你做什麼，都別奔跑。我們要看起來像是在散步，那麼，就算有人看到我們，也很可能不會起疑心。一旦我們被人看出像要逃跑的樣子，我們就完了。」

吉爾沒想到前往廢城的路竟然那麼遠。不過他們一步一步朝它接近。這時，突然傳來一片嘈雜聲。另外兩人倒吸了口氣。吉爾不知道那是什麼，問道：「那是什麼聲音？」

「狩獵的號角聲。」史瓜小聲地說。

「可是現在還不能跑，」泥沉沉說：「等我說跑的時候再跑。」

這次，吉爾忍不住轉頭瞥了一眼。在大約半英里遠的地方，狩獵的隊伍正從他們的左後方回來。

他們繼續往前走。突然，巨人當中響起好大一陣喧鬧聲，接著是喊叫和吆喝聲。

「他們看見我們了。跑！」泥沉沉說。

吉爾提起長長的裙子——這東西對奔跑太礙事了——開始狂奔。他們這時確實是身在險境。她聽見獵犬吠叫，聽見國王的聲音咆哮道：「快追他們，快追，不然我們明天就沒有人肉餡餅吃了。」

這時她是三人當中跑最後的一個，受到長裙的阻礙，她不時在鬆動的碎石上滑倒，頭髮又飛進嘴巴裡，胸口跑得發痛。獵犬們追得更近了。現在她必須往山丘上跑，爬上通往巨人臺階最底層的石子斜坡。她不知道他們跑到那裡之後要做什麼，也來不及想他們爬到頂上之後又該怎麼辦。她此時就像一隻被追獵的小獸，只要一群獵犬還在追她，她就得一直跑到倒下為止。

沼澤怪人跑在最前面。當他跑到最低一層臺階前，他停了下來，稍微往右看了看，然後突然一頭扎進臺階底部一個小洞或裂縫裡，他那雙消失進洞裡的長腿看上去真像蜘蛛的腿。史瓜遲疑了一下，也跟在他後面爬了進去。吉爾氣喘吁吁，搖搖晃晃，大約一分鐘後也趕到了這裡。這是個不起眼的洞——是個位在地面和石頭之間的裂縫，長約三英尺，高不到一英尺。你必須俯身平趴在地上爬進去，而且還沒法爬很快。她確信自己在完全爬進去之前，獵犬的牙齒就會咬住她的腳後跟了。

「快，快。石頭。把洞口塞滿。」黑暗中在她身旁傳來泥沉沉的聲音。洞裡一片漆黑，只有他們爬進來的洞口有一點灰暗的光。其他兩人正忙成一團。她可以看見史瓜的小手，以及沼澤怪人那雙像青蛙一樣的大手，背著光拚命地把石頭堆高，以便塞住洞口。她頓時明白了這有多麼重要，並開始自己去摸索大石頭，把石頭遞給他們二人。在獵犬奔到洞口大聲吠叫之前，他們已經把洞口堵得嚴嚴實實的了。當然，現在洞裡一點光也沒有了。

「再進去一點，快點。」泥沉沉的聲音說。

「我們大家手牽著手。」吉爾說。

「好主意。」史瓜說，但是他們花了很長時間才在黑暗中找到彼此的手。這時，那些獵犬正在石堆另一邊狂嗅和咆哮。

「試試看我們能不能站起來。」史瓜提議說。他們試了試，果然能站起來。然後，泥沉沉向後伸出一隻手拉住史瓜，史瓜向後伸出一隻手拉住吉爾（吉爾非常希望自己走在中間而不是在最後一個）。他們開始用腳探索地面，在黑暗中跌跌撞撞地向前走去。腳下都是鬆散的碎石。然後，泥沉沉碰到了一堵石壁。他們稍微向右轉了一點，繼續前進。一路上遇到許多拐彎和轉折。吉爾這時已經完全失去方向感，也不知道洞口在哪裡。

「問題是，」泥沉沉的聲音從前方的黑暗中傳來：「把一件事拿來和另一件事擺在一起考慮，走回去（如果我們還**走得回去**的話）被那些巨人在秋季盛宴上做成一道菜吃掉，不見得比迷失在一座山丘的山腹裡糟糕，這裡十之八九會有龍，有深洞，有毒氣，有水……啊！放手！救你們自己的命。我……」

接下來一切都發生得非常快。只聽一聲狂野的慘叫，嗖地一聲，塵土飛揚的沙沙聲，石頭滾落聲，吉爾發現自己在往下滑，一直滑，無望地下滑，並且愈來愈快地滑下一個愈來愈陡的斜坡。這斜坡既不平坦也不穩固，是個布滿砂石和亂七八糟的東西的斜坡。就算你能站起來也沒用。你無論把腳踩在斜坡上的哪個點，它都會從你的腳下滑開，還把你拖下去。不過與其說吉爾是站著，還不如說她是躺著。他們滑得愈遠，攪動的石頭和泥土就愈多，因此往下衝的東西（包括他們自己）的速度就愈快，聲音也愈大，揚起的灰土愈多，搞得也愈髒。從另外兩人的叫喊和咒罵聲中，吉爾知道自己踩鬆的許多石頭都重重打在史瓜和泥沉沉的身上。這時她正以瘋狂的速度往下衝，她相信自己衝到底時會摔得粉身碎骨。

然而，不知何故，他們沒有粉身碎骨，只是弄得一身瘀青，吉爾臉上那濕濕黏黏的東西似乎是血。在她周圍堆滿了鬆散的泥土、石子和更大的石塊（有一部分覆蓋在她身上），使她根本站不起來。這裡漆黑極了，無論睜開眼睛還是閉上眼睛都沒差別。這裡也沒有聲音。這是吉爾一輩子所經歷過最糟糕的時刻。萬一她變成獨自一人，萬一其他人……。然後她聽到周圍有了動靜。過了一會兒，三個人都用顫抖的聲音解釋自己似乎沒有跌斷任何骨頭。

「我們再也爬不回上面去了。」史瓜的聲音說。

「你們注意到這裡有多暖和嗎？」泥沉沉的聲音說：「這表示我們往下跌得很深，恐怕有將近一英里路那麼遠。」

沒人說話。過了一會兒，泥沉沉加了一句：

「我的火絨盒不見了。」

又過了一會兒，吉爾說：「我渴得要命。」

沒人提議該做什麼。顯然所有人都無計可施。此刻，他們的感覺沒有像大家想的那麼糟；因為他們實在太累了。

過了很久很久以後，一個完全陌生的聲音，在毫無預警的情況下出聲說話。他們立刻知道，這不是他們內心暗暗盼望的那個聲音——阿斯蘭的聲音。這聲音陰鬱、毫無起伏，幾乎是一種漆黑的聲音，如果你明白那是什麼意思。它說：

「『上界』的生物，你們來這裡做什麼？」

10 不見天日的旅行

「是誰？」三個旅人大喊。

「我是『下界』邊境守衛隊的隊長，我身邊站著一百個武裝的『地底人』。」那聲音回答說：「快告訴我，你們是什麼人？到這地底王國來有什麼任務？」

「我們跌下來完全是意外。」泥沉沉相當誠實地說。

「跌下來的很多，返回陽光之地的很少。」那聲音說：「現在，做好準備，跟我一起去見地底王國的女王吧。」

「她會怎麼處理我們？」史瓜小心翼翼地問。

「我不知道。」那聲音說：「她的旨意只能服從，不能質疑。」

他說這些話的時候，黑暗中傳來一種輕微的爆炸聲，立刻，一股灰白略帶藍色的冷光充滿了山洞。他們原本希望那聲音說自己有上百名武裝衛隊的話是吹牛，這時希望破滅了。吉爾發現自己眨著眼瞪著一大群人。那些人大小各異，從只有一英尺高的地精[6]到比人類還高的威猛大個子，所有的人都拿著三叉戟，所有的人都蒼白得可怕，所有的人都像雕像一樣動也不動地站著。除了這幾點之外，他們個個不同：有的有尾巴，有的沒有，有的留著大鬍子，有的長著圓而光滑的臉，大如南瓜。有的鼻子尖又長，有的鼻子長又軟，如小小的象鼻，還有的鼻子是巨大一團。還有幾個的額頭中間長著獨角。不過，有一點他們完全都一樣：這一百張臉，每一張都悲傷無比。他們是如此悲傷，以至於吉爾瞥了一眼之後，幾乎忘了要怕他們。她覺得自己只想讓他們開心起來。

「好吧！」泥沉沉搓著手說：「這正是我需要的。如果這些傢伙不能教會我嚴肅面對人生，我不知道還有誰能。看看那個留著海象鬍子的傢伙……或者那個有……」

「起來。」地底人的隊長說。

他們別無選擇。三個旅人急忙爬起來，手牽著手。這種時刻，人會特別想要握住朋友的手。地底人用柔軟的大腳啪噠啪噠走上前來圍住他們三人，那些腳有的有十個腳趾頭，有的有十二個腳趾頭，有的連一個腳趾頭都沒有。

「前進。」守衛隊的隊長說，於是他們邁步向前走。

那團冷光是從一根長竿頂端的一個大球發出來的，個子最高的地精拿著竿子走在隊伍的最前面。藉著這陰鬱的光線，他們看見自己是在一個天然的洞穴裡，洞壁和洞頂凹凹凸凸、歪歪扭扭，或裂成千奇百怪的形狀，岩石地面隨著他們的前進不斷向下傾斜。吉爾一向討厭黑暗的地下場所，這情況使她比其他兩人感覺更難受。他們愈往前走，洞穴就變得愈來愈低也愈窄，最後，拿燈的人站到一旁，地精們一個接一個彎身（除了幾個個子最小的）走進一個黑暗的小裂縫消失了，吉爾覺得自己再也忍受不了了。

「我不能進去，我不能！我做不到。我不願意。」她氣喘吁吁地說。地底人什麼也沒說，但全都放低長矛指著她。

「鎮定，波爾，」泥沉沉說：「如果這個洞進去之後沒變寬，那些大塊頭是不會爬進去的。這種地下工程有個好處，我們不會淋到雨。」

「噢，你不明白。我辦不到。」吉爾哭著說。

「你想想**我**在懸崖上的感覺吧，波爾。」史瓜說：「泥沉沉，你先走，我來走在她後面。」

「沒錯。」沼澤怪人說著，一邊雙手和膝蓋都趴在地上：「你抓住我的腳跟，波爾，史瓜會抓住你的腳跟。那樣一來，我們都會安心一點。」

---

6 地精（gnomes）是兒童故事裡一種想像的生物，外觀像留著鬍鬚戴著尖帽子的小老頭。在英國，有時人們會在自己的花園裡擺著小地精的塑像。

「安心！」吉爾說，但還是趴了下來。他們用手肘爬了進去。那是個討厭的地方。你必須臉貼著地往前爬，雖然前後可能只有五分鐘，但感覺就像過了半小時那麼久。洞裡很熱。吉爾覺得自己悶得透不過氣來。不過，最後前面出現了一道微弱的光線，地道愈來愈寬，也愈來愈高，他們又熱又髒，顫抖著爬了出來，進入一個大得幾乎不像洞穴的洞穴。

洞裡充滿一種昏暗、令人昏昏欲睡的光，所以他們在這裡不需要地底人那盞奇怪的燈籠了。地面長滿了某種苔蘚，很軟，還長出了許多奇形怪狀、分很多叉、高度像樹、但鬆軟得像蘑菇一樣的東西。這些東西彼此距離太遠，無法形成森林，倒像個公園。洞穴裡的（灰綠色的）光似乎來自這些東西和苔蘚，光線也不夠強，照不到洞頂，洞頂一定在上方非常高的地方。穿過這個溫和、柔軟、令人昏昏欲睡的地方，他們被迫繼續前進。這裡瀰漫著非常悲傷的感覺，不過是一種平靜的悲傷，像輕柔的音樂。

他們經過的路上，有好幾十隻奇怪的動物躺在草皮上，究竟是死了還是睡著了，吉爾也看不出來。牠們大部分的樣子像龍或蝙蝠一類的生物；泥沉沉也不認得任何一種。

史瓜問守衛隊長：「牠們是在這裡生長的嗎？」對有人跟他說話，守衛隊長似乎很驚訝，不過他還是回答：「不是。這些野獸是自己從裂縫或洞穴鑽下來或掉下來的，離開『上界』，進入地底王國。落下來的很多，返回陽光之地的很少。據說，牠們會在世界末日時醒來。」

說完之後他的嘴像盒子一樣閉上。在這無比寂靜的洞穴中，孩子們感覺不敢再說話了。地精的光腳踩在深厚的苔蘚上沒發出一點聲音。沒有風聲，沒有鳥叫，也沒有水聲。那些奇怪的野獸也沒有呼吸聲。

他們走了好幾英里路，來到一堵岩壁前，岩壁上有個通向另一個洞穴的低矮拱門。不過，這個入口沒有上一個那麼糟，吉爾不必低頭就能走進去。他們進入一個狹長的洞穴裡，它的形狀和大小和一座大教堂差不多。這裡躺著一個巨大的人，正在熟睡，巨大的身體幾乎占滿了整個洞穴。他比任何巨人都要高大得多，他的臉不像巨人的臉，而是高貴又俊美。他的胸口在一把垂到腰部的雪白鬍鬚下輕輕起伏著。有一束純淨的銀光照在他身上（沒有人看見光從何而來）。

「那是誰？」泥沉沉問。已經很久沒人說話了，吉爾詫異他怎麼有這個膽子。

「那是『時間老人』，他曾經是上界的國王。」守衛隊長說：「如今他落入了地底王國，躺在那裡夢著所有在上界做過的事。沉落的很多，返回陽光之地的很少。他們說他會在世界末日時醒來。」

出了那個洞穴，他們又進入另一個，接著又一個，直到吉爾數不清到底有多少個為止。不過他們一直在走下坡路，每個洞都比前一個洞低，直到你一想到在你上方的土有多重多厚，便感到窒息。最後，他們來到一個地方，守衛隊長命人重新點亮那盞陰鬱的燈籠。然後他們進入一個寬闊又黑暗的山洞，除了前方有一條淺色的沙灘伸進平靜的水裡，他們什麼也看不見。水邊有個小碼頭，碼頭旁泊著一艘有許多槳的船，但是無桅杆也無風帆。他們被帶上船，帶到船頭，在划船者坐的長凳前有一片空地，沿著舷牆內側安設有一排座位。

「我想知道一件事，」泥沉沉說：「有沒有人從我們的世界——從上面的世界——我的意思是，從前有人有過這樣的旅程嗎？」

「在白沙灘上乘船的很多，」守衛隊長回答：「而……」

「是的，我知道，」泥沉沉插嘴說：「**返回陽光之地的很少**。你不必再說一遍。你**是**個死心眼的傢伙，對吧？」

兩個孩子緊緊靠在泥沉沉左右兩側。他們還在地面上時都認為他是個掃興的人，但是在這地底下，他似乎成了他們唯一的安慰。隨後，那個蒼白的燈籠被掛在船中央，地底人坐到船槳旁，船開始移動。燈籠只能照到很近的距離。向前望去，他們只看見平滑、黑暗的水，逐漸沒入一片絕對的漆黑中。

「噢，我們會怎麼樣？」吉爾絕望地說。

「別灰心，波爾，」沼澤怪人說：「有一件事你必須記住。我們回到了正確的路線上了。我們該到廢城底下，我們**正在**它底下。我們是按著標記在走。」

不一會兒，他們分到了一些食物……一種平淡、鬆軟的蛋糕，幾乎沒有味道。之後，他們漸漸睡著了。不過，他們醒過來時，一切仍然一樣，地精仍在划船，船仍在滑行，前方仍是一片漆黑。他們醒了睡，睡醒了吃，吃了再睡，究竟有多少次，他們自己也記不得了。最糟糕的是，你開始覺得自己好像一直住在船上，在黑暗中，你開始懷疑太陽、藍天、風和鳥是否只是一場夢。

就在他們幾乎放棄希望也放棄懼怕任何事情的時候，他們終於看見前方有亮光，像他們自己的燈籠一樣陰沉沉的燈光。接著，突然有一個這樣的燈光靠近，他們這才看見他們正與另一艘船擦身而過。之後他們又遇到了好幾艘船。然後，他們凝視著前方，直到雙眼發痛。前方有些燈光照著看似碼頭、牆壁、塔樓的東西，以及走動的人群。可是仍然沒有任何聲音。

「天哪，」史瓜說：「是一座城市！」不久，他們都發現他說得沒錯。

不過那是一座很怪異的城市。燈光很少，又隔得很遠，比我們的世界裡零星分布的農舍燈火還不如。不過，從零星的燈光下，你瞥見的那一小塊地方，看起來像一個大型的海港。有一個地方，你可以看見一大堆船在上貨下貨；在另一個地方，你可以看見成堆的貨物和倉庫；在第三個地方，牆壁和柱子讓人想到宏偉的宮殿或廟宇，而無論是哪裡，燈光所照之處總有無數的人群——成百上千的地底人在狹窄的街道、寬闊的廣場或巨大的臺階上互相推擠著，輕手輕腳忙著自己的事。隨著船愈駛愈近，那些人群的來來往往產生出一種輕柔如呢喃的聲音，但是那裡沒有歌聲，沒有叫喊，沒有鐘聲，也沒有車輪的嘎嘎聲。整座幾乎漆黑一片的城市，就像一個蟻丘內部一樣安靜。

他們的船終於靠在一個碼頭上，並且牢牢拴緊了。三個旅人被帶上岸，朝城裡走去。在擁擠的街道上，一群群相貌形狀各異的地底人與他們擦肩而過，悲傷的光照在那麼多悲傷又怪誕的臉上，但沒有人對陌生人表現出任何興趣。每個地精似乎都很忙，也很悲傷，儘管吉爾始終看不出他們究竟在忙什麼。只有走動，推搡，奔忙，和輕柔的啪噠—啪噠—啪噠的腳步聲始終響個不停。

最後，他們來到一個地方，看起來是一座很大的城堡，不過只有少數幾扇窗裡亮著燈。他們被帶進城堡中，穿過院子，爬上許多樓梯，最後來到一間燈光昏暗的大房間。不過房間一角——噢，太棒了！——有一個充滿某種完全不同光亮的拱門，一種實實在在、微微泛黃的溫暖光線，就像人類使用的燈所發出的。這燈光照出拱門裡是一道樓梯的底端，樓梯在石牆之間盤旋而上。光線似乎是從上方照下來的。拱門兩邊各站著一個地底人，像是衛兵或僕役。

守衛隊長走到這兩人面前，說了一句像口令一樣的話：

「沉落下界的很多。」

他們立刻像回應口令般回答：「返回陽光之地的很少。」然後三人把頭靠在一起，說了幾句話。最後，其中一個守衛的地精說：「我告訴你，女王陛下出門辦大事去了。我們最好把這些上界的人關進窄牢裡，等她回來。返回陽光之地的很少。」

就這時候，他們的交談被一個吉爾認為是世界上最令人高興的聲音打斷了。那聲音從樓梯頂上傳下來，清脆、響亮，完全是人類的聲音，是一個年輕男子的聲音。

「馬魯古瑟倫，你們在底下糾纏什麼？」那聲音喊道：「上界人，哈！把他們帶到我這裡來，馬上帶來。」

「請殿下記住……」馬魯古瑟倫才開口，那個聲音立刻打斷他的話，說：

「本殿下最高興的是有人服從命令，囉唆的老傢伙。把他們帶上來。」

馬魯古瑟倫搖搖頭，示意三個旅人跟著他，然後開始走上樓梯。每上一級樓梯，光線就更亮一點。兩邊牆上掛著華麗的掛毯。金黃的燈光從樓梯頂端薄薄的垂簾裡透了出來。地底人分開垂簾，站到一旁，讓他們三人走進去。他們來到一間漂亮的房間，四壁掛滿華麗的掛毯，乾淨的壁爐裡燃著明亮的火焰，桌上的紅酒和雕花玻璃杯閃閃生輝。有個金髮的年輕人站起來迎接他們。他很英俊，看起來既英勇又和善，不過他的臉色有點不太對勁。他穿著一身黑衣，看上去有一點像哈姆雷特。

「歡迎，上界的人。」他喊道：「請你們行行好，多待一會兒吧！我之前見過你們兩個可愛的孩子，還有這位奇特的監護人。那天我和夫人騎馬在埃廷斯荒原邊界的橋頭遇見的，不就是你們三位嗎？」

「噢……你就是那個一直沒有說話的黑騎士啊？」吉爾驚叫道。

「那位夫人是下界的女王？」泥沉沉問，聲音並不友善。正想著同一件事的史瓜脫口說：「如果是的話，我認為她是故意把我們送到那個想吃掉我們的巨人城堡裡去的。我想知道，我們到底哪裡對不起她？」

「啊？」黑騎士皺著眉頭說：「小子，要不是看在你這位武士的年紀太小，我肯定要和你在這場爭論中拚個你死我活。我聽不得任何有損我的夫人名譽的話。不過關於這件事你大可放心，無論她對你說過什麼，都是出於好意。你不瞭解她。她集所有美德於一身，真理、仁慈、堅毅、溫柔、勇氣等等。我只說我知道的。單憑她對我的好——任誰都無法報答她——就可以載入史冊傳為佳話。不過你們從今以後會瞭解她並愛她的。話說回來，你們來地底王國有什麼差事？」

泥沉沉還來不及阻止，吉爾就脫口說：「我們正在努力尋找納尼亞的瑞里安王子。」接著，她才意識到自己冒了多麼可怕的風險。這些人可能是敵人。不過那位騎士顯然毫無興趣。

「瑞里安？納尼亞？」他漫不經心地說：「納尼亞？那是什麼地方？我從來沒聽說過這個名字。那一定離我所知的地上世界有一千里格[7]遠吧。不過，這真是一件怪事，你們竟然到我的夫人的王國來尋找這個……你們怎麼稱呼他？畢裡安？崔裡安？事實上，據我所知，這裡沒有這麼一個人。」他對這事放聲大笑。吉爾自言自語道：「我很**好奇**他的臉究竟怎麼回事？他是不是有點傻？」

「我們得到指點，要在那座廢城石頭上找到一個資訊。」史瓜說：「我們看見『在我之下』幾個字。」

騎士笑得比之前更開心了。「你們被騙慘了。」他說：「那些字句對你們來說毫無意義。如果你們問過我的夫人，她會給你們更好的建議。那幾個字是一段話裡的一部分，那是古代的一段話，她記得很清楚，是這樣說的：

雖然我如今在地底下並失去了王位，

然而，我活著時整個世界都在我之下。

「毫無疑問，古代巨人國的某個偉大的國王葬在那裡，並把這段誇耀自己的話刻在

7 里格（league）：長度單位，一里格約等於三英里。

他墓地上方的石頭上；雖然有些石頭碎裂了，有些石頭被人搬去造新房子了，有的字縫被碎石沙礫填平了，只剩下這幾個字可以被認出來。你們竟然以為那些字是為你們寫的，那難道不是世界上最好笑的笑話嗎？」

這些話就像一盆冷水澆在史瓜和吉爾的背上；因為這樣一看，那幾個字很可能和他們的探索毫無關係，他們只是碰巧上了當。

「別在意他說的，」泥沉沉說：「**沒有**碰巧這回事。我們的嚮導是阿斯蘭；那位巨人國王叫人刻下那些字句的時候，他就在那裡了，他已經知道那些字句會導致什麼結果；包括**這件事**。」

「朋友，你們這位嚮導真是個長壽的人啊。」騎士又大笑著說。

吉爾開始覺得這些笑聲有點煩。

「在我看來，先生，」泥沉沉回答：「如果你的這位夫人還記得那些字句剛被刻下時的樣子，那麼她也必定是個長壽的人。」

「你很敏銳，青蛙臉。」騎士拍拍泥沉沉的肩膀，再次大笑說：「你說得很對。她是神聖的種族，既不會老，也不會死。我無比感謝她，竟施予我這樣一個可憐的凡人無限的恩惠。先生們，你們要知道，我是個遭受最怪異的痛苦的人，除了女王陛下，沒有人有耐心對待我。耐心，我說了耐心是吧？但遠不止是耐心。她答應要給我一個上界的偉大的王國，等我登基為王以後，她將紆尊降貴下嫁給我。不過這故事太長了，不該讓你們餓著肚子站著聽。喂，來人啊！去拿點酒和上界人吃的東西來招待我的客人。請坐，先生們。小姑娘，來坐這張椅子。我要把整個故事從頭到尾說給你們聽。」

11 在黑暗的城堡裡

餐點端上來（有鴿子派、冷火腿、沙拉和蛋糕），大家把椅子挪到桌邊開始吃的時候，騎士繼續說：

「朋友們，你們必須明白，我不知道我是誰，也不知道我是什麼時候來到這個黑暗世界的。我只記得住在這位無比美好的女王的宮殿裡的事，之前的歲月我全不記得了。不過，我想，她以她無限的慷慨，把我從某種邪惡的魔法中解救出來，並帶我來到這裡。（誠實的青蛙腳，你的杯子空了。請容我把它斟滿。）這是最有可能的情況，因為即使到現在，我還是受到魔咒的束縛，只有我的女士才能拯救我。每天晚上，我會發作一個小時，我的心神會發生可怕的變化，之後我的身體也會發生變化。首先，我會變得暴怒和狂野，如果沒把我綁住的話，我會撲向我最親愛的朋友，殺了他們。然後，我會變成一條大蛇，飢餓，凶猛，致命。（先生，請再來一塊鴿胸肉吧。來，我幫你拿。）他們是這麼告訴我的，他們說的一定是實話，因為我的夫人也這麼說。我自己對此一無所知，因為那一小時過後，我就會醒來，除了有一點累，從裡到外都恢復正常，完全忘了自己發作時的惡形惡狀。（小姑娘，再吃一塊這些蜂蜜蛋糕，這些蛋糕是從世界最南端的野蠻地區為我帶來的。）如今，女王陛下藉由她的魔法得知，一旦她讓我當上上界的國王，將王冠戴在我頭上，我就會從這個魔咒中解脫。那個王國和我們要攻打出去的地方都已經選好了。她的地底人正夜以繼日地在那下面挖一條隧道，現在已經挖得很遠，也挖得很高，離那個地上王國居民腳下所走的草地不到二十英尺了。現在，那些上界者的厄運很快就會降臨在他們身上。女王本人今晚就在挖掘現場，我希望捎個口信給她。那層將我和我的王國隔開的薄薄的土即將被挖穿，到時候，我將在她的引導下，率領上千個地底人，全副武裝騎馬衝出去，瞬間攻向我們的敵人，殺掉他們的首領，奪取他們堅固的城池。毫無疑問，我將在二十四小時內加冕成為他們的國王。」

「這對**他們**來說，運氣可真背啊，是吧？」史瓜說。

「你這小子，真是個反應很快的奇才！」騎士驚叫道：「因為，我以我的名譽發誓，我之前從來沒有這樣想過。我明白你的意思了。」他這時微微露出一點不安的神色，但只有短暫的片刻，接著他的神色又明朗起來，並再次爆出大笑，說：「呸！這真是天底下最滑稽可笑的事了！想到他們終日忙忙碌碌，卻作夢都沒有想過，在他們寧靜的田野和地板底下不過六英尺的地方，有支大軍隨時準備像噴泉一樣破土而出，攻擊他們！他們從來沒有懷疑過！嘿嘿，等他們吃下第一場漂亮的敗仗後，他們將別無選擇，只能嘲笑自己的愚蠢！」

「我一點也不覺得好笑，」吉爾說：「我認為你會是個邪惡的暴君。」

「什麼？」騎士仍用十分令人惱怒的方式大笑著，並拍拍她的腦袋說：「難道我們這位小姑娘也是個深謀遠慮的政政治家嗎？不過，別怕，親愛的。在統治那個王國時，我將完全聽從我的夫人的建議，她也將成為我的王后。她的話將成為我的法律，就如我的話將成為我們征服的人民的法律。」

「在我的家鄉，」吉爾對他的反感與時俱增，她說：「人們看不起那些被妻子擺布的男人。」

「等你有了自己的男人，我保證你就不會這麼想了。」騎士說，顯然他覺得這也很好笑：「不過，談到我的女士，那就是另一回事了。我很樂意對她言聽計從，她已經救我脫離了上千種的危險。女王對我的恩慈，比天下任何母親對她孩子的恩慈更大。讓我舉個例子，在她日理萬機的忙碌中，還多次陪我騎馬到上界，好讓我的眼睛能多適應陽光。上去的時候，我必須全副武裝，放下面罩，以免有人看見我的臉，我也不許和任何人說話。因為她已經從魔法中得知，那會阻礙我擺脫控制我的妖術。這樣一位女士，難道不值得男人全心崇拜嗎？」

「聽起來確實是一位非常好的女士。」泥沉沉說，但那語氣正好和所說的意思相反。晚飯還沒吃完，他們對騎士所說的話已經徹底不耐煩了。泥沉沉在想：「我很好奇，那個女巫到底對這個年輕的傻瓜玩什麼把戲。」史瓜在想：「他是個被那女人拴在裙帶上的巨嬰，如假包換；他就是個笨蛋。」吉爾在想：「他是我這麼久以來所見過最愚蠢、最自負也最自私的豬。」不過，等到晚餐結束後，騎士的情緒已經變了。他再也沒發出笑聲了。

「朋友們，」他說：「我發作的時間快到了。我很羞愧要讓你們看見我的樣子，但是我又害怕自己一個人。他們馬上就要進來把我的手腳都綁在那張椅子上了。唉，非如此不可；因為他們告訴我，我在暴怒中會毀掉所有我能碰到的東西。」

「我說，」史瓜說：「對於你身中魔法，我當然感到非常非常遺憾，但是那些傢伙進來綁住你的時候，他們會對**我們**不利嗎？他們說過要把我們關進監牢裡的。我們一點也不喜歡那些黑暗的地方。如果可以的話，我們寧願待在這裡，等到你……比較好一點……。」

「你想得很周到。」騎士說：「習慣上，在我被邪惡纏身時，除了女王本人，誰也不能留下來。她是如此關心我的名譽，以至於她除了自己以外，不願任何人聽見我在發狂時的胡言亂語。我大概無法輕易說服那些侍從地精，讓你們和我待在一起。我想我已經聽見他們柔軟的腳步聲上樓來了。你們從那扇門出去，它通向我其他的房間。你們可以待在那裡，等他們回來幫我鬆綁後再過來；或者，你們願意的話，在我發狂的時候，坐在我旁邊陪伴我。」

他們順著他的指示，從一扇先前沒看見是開著的門走了出去。他們很高興看見門外是一條燈火通明的走廊，而不是一團黑暗。他們試著打開幾扇門，找到了（他們非常需要的）水來洗漱，甚至還有一面鏡子。「晚飯前他竟沒讓我們梳洗一下，」吉爾一邊擦乾臉一邊說：「真自私，真是個自我中心的豬。」

「我們回去看他魔法發作，還是留在這裡？」史瓜說。

「我贊成待在這裡。」吉爾說：「我寧願不看。」話雖如此，她還是感到有點好奇。

「不，要回去看。」泥沉沉說：「我們可能會得到一些資訊，我們需要獲得能得知的一切。我相信女王是個女巫，而且是敵人。那些地底人一看到我們就會打破我們的頭。這片土地上有一種比我以前嗅到的更強烈的危險、謊言、魔法和反叛的味道。我們需要睜大眼睛和豎起耳朵。」

他們沿著走廊走回去，輕輕推開了門。「沒事。」史瓜說，意思是房間裡沒有地底人。然後他們都回到了剛才吃晚飯的房間裡。

房間裡那扇主要的門這時已經關上，擋住了他們第一次進來時的簾子。騎士坐在一張怪異的銀椅子上，他的腳踝、膝蓋、手肘、手腕和腰部全都被繩子綁在椅子上。他滿頭大汗，臉上神情十分痛苦。

「進來吧，朋友們，」他說著，迅速抬起頭來：「魔咒還沒發作。別出聲，因為我告訴那個愛打探的侍從說你們已經上床睡覺了。現在……我感覺到它馬上就要發作了。快！趁我神智還清醒的時候，聽我說。等魔咒發作後，很可能我會苦苦哀求你們，哀求或威脅你們為我鬆綁。他們說我會這麼做。我會用最親愛或最可怕的方式叫喚你們，但是別聽我的。你們要硬起心腸，堵住耳朵。因為我被捆綁著的時候你們是安全的，可是一旦我離開這張椅子站起來，我首先會暴怒，然後會……」他打了個寒顫：「……會變成一條可怕的大蛇。」

「別怕，我們不會為你鬆綁，」泥沉沉說：「我們不想看見瘋狂的人，也不想看見大蛇。」

「我也不想。」史瓜和吉爾同聲說。

「不過，」泥沉沉低聲補充道：「我們也別太肯定。我們要保持警惕。你們知道，我們已經把每件事都搞砸了。我毫不懷疑，他一旦發作起來會很狡猾的。我們能互相信任嗎？我們能一致保證，不管他說什麼我們都不去碰那些繩子嗎？**不管**他說什麼，記住了嗎？」

「記住了！」史瓜說。

「不管他說什麼或做什麼，都不能讓我改變主意。」吉爾說。

「噓！有事情發生了。」泥沉沉說。

騎士在呻吟。他的臉蒼白得像油灰一樣，整個人在束縛中不停扭動。不知道是因為他感到難過，還是其他原因，吉爾認為他現在的樣子比之前看上去和善得多。

「啊，」他呻吟著說：「魔法，魔法……那沉重、糾纏、冰冷、黏膩如網的邪惡魔法。活埋。被拖到大地之下，向下進入漆黑之中……多少年了？……我在這深坑中生活十年了？還是一千年了？我周圍都是蛆一樣的人。噢，老天發發慈悲吧。讓我出去，讓我回去。讓我感受一下風，看看天空……以前有個小水塘。當你往水塘裡看的時候，可以看見水裡所有的樹都是倒著長的，都是綠色的，在這些樹底下很深很深的地方，是蔚藍的天空。」

他一直是低聲說話，這時，他抬起頭來，盯住他們，大聲又清楚地說：

「快！我現在神志正常了。每天夜裡我都會神志正常。只要我能離開這張被施了魔法的椅子，就能一直保持正常。我就會再次成為一個正常人。但是每天夜裡他們都把我綁起來，所以我每天夜裡都失去機會。可是你們不是敵人。我不是**你們的**囚犯。快點！

割斷這些繩子。」

「穩住！穩住。」泥沉沉對兩個孩子說。

「我懇求你們聽我說。」騎士強迫自己平靜地說話：「他們是不是告訴你們，如果把我從這張椅子上放開，我會殺了你們，並且會變成一條大蛇？我從你們的表情知道他們說過了。那是謊言。只有這一個鐘頭我的神志才是正常的，其餘整天的時間我都落在魔法的控制中。你們既不是地底人也不是女巫，為什麼要站在他們那一邊？請你們行行好，割斷我的束縛。」

「穩住！穩住！穩住！」三個旅人對彼此說。

「噢，你們真是鐵石心腸啊。」騎士說：「相信我，你們看到的是個苦不堪言的可憐蟲，他受的苦超過了任何凡人所能忍受的程度。我做過什麼對不起你們的事嗎？你們竟然站在我的敵人的一邊，讓我陷在這樣的痛苦當中？時間一分一秒地過去了。你們就只有**現在**可以救我；等這個小時過去，我又會變成蠢貨——變成那個最邪惡的巫婆的玩具和小狗，不，更可能是她的棋子和工具，被她設計來禍害人類。只有今晚她正好不在！你們剝奪了我這個千載難逢的機會。」

「這太可怕了。我真希望我們不在場，等他發作完了再來。」吉爾說。

「穩住！」泥沉沉說。

這個囚犯的聲音逐漸提高，變成了尖叫聲：「我說放開我。把我的劍給我。我的劍！一旦我獲得自由，我將狠狠報復地底人，讓這件事在下界流傳千古！」

「現在開始發狂了。」史瓜說：「我希望繩子綁得夠牢。」

「是的。」泥沉沉說：「如果現在放開他，他的力氣會有兩倍大。我也不善於用劍。毫無疑問，他會把我們兩個都打敗；如此一來，波爾就得獨自對付那條蛇了。」

這時，這個囚犯因為拚命想掙脫束縛，繩子已經陷入手腕和腳踝裡了。「當心，」他說：「當心。有一天晚上我**真的**掙斷了繩索，但是那次女巫在場。今晚她不在，幫不了你們。現在放了我，我就是你的朋友。否則我就是你們不共戴天的敵人。」

「他很狡猾，不是嗎？」泥沉沉說。

「我就說這麼一次。」那個囚犯說：「我懇求你們放了我。看在所有的敬畏與愛的分上，看在上界燦爛晴空的分上，看在偉大的獅子的分上，看在阿斯蘭本人的分上，我命令你們……」

「噢！」三個旅人像受到傷害一樣大叫一聲。

「那個標記。」泥沉沉說。

「那個標記中的**話**。」史瓜更謹慎地說。

「噢，我們**該**怎麼辦？」吉爾說。

這問題真可怕。他們三人已經互相約定，無論如何都不能為騎士鬆綁，如果騎士頭一次碰巧喊出一個他們真正在意的名字，他們就把他放了，那麼他們的約定還有什麼意義？但是話說回來，如果他們不遵守標記裡說的，那麼他們苦苦記住那些標記又有什麼意義？難道阿斯蘭真是那個意思，就是無論任何人，就算對方是個瘋子，只要是以他的名字來懇求，就要把這人放了？這會不會只是個巧合？或者，會不會是下界的女王已經知道所有的標記，並讓騎士學會喊這個名字，好誘騙他們上當？但如果這是真的標記？他們已經搞砸了三個，不能再搞砸第四個了。

「噢，要是我們知道就好了！」吉爾說。

「我想，我們確實知道。」泥沉沉說。

「你的意思是說，如果我們幫他鬆綁，一切問題就能迎刃而解？」史瓜說。

「我不知道能不能解決。」泥沉沉說：「你瞧，阿斯蘭沒告訴波爾會發生什麼事。他只告訴她該怎麼做。我相信，那傢伙一旦起來，我們就死定了。但那不表示我們就該違反標記。」

他們站在那裡面面相覷，雙眼都閃閃發亮。這是個令人難受的時刻。「好吧！」吉爾突然說：「讓我們了結這件事吧。再見，各位……！」他們彼此握了握手。這時騎士正在高聲尖叫，兩頰沾滿他噴吐出來的白沫。

「來吧，史瓜。」泥沉沉說。他和史瓜拔出劍，朝被捆綁著的人走去。

「奉阿斯蘭之名而行。」他們說，然後開始有條不紊地割斷繩索。那囚犯一獲自由，立刻一躍而起奔過房間，抓起自己的劍（這劍先前從他身上取下來後放在桌上），一把拔出。

「先對付你！」他大喊，衝上前一劍劈向那把銀椅。那一定是把好劍。劍鋒落處，銀椅像繩子一樣應聲斷裂，不一會兒就被劈成幾個扭曲的碎片，只剩在地板上閃閃發亮的分。不過，椅子破劈開的剎那曾迸發出一道明亮的閃光，發出一聲悶雷聲似的響聲，並且（片刻之後）散發出一股令人厭惡的氣味。

「乖乖躺在那裡吧，邪惡的巫術工具。」他說：「免得你的女主人再用你來害人。」然後，他轉身打量他的救命恩人。原本他臉上那種讓他看起來不對勁的東西，不管那是什麼，已經消失了。

「天啊！」他大喊一聲，轉向泥沉沉：「我眼前看到的，是個沼澤怪人嗎？一個真正的、活生生的、如假包換的納尼亞的沼澤怪人嗎？」

「噢，所以你其實**聽說過**納尼亞？」吉爾說。

「我在被魔法困住的時候不記得嗎？」騎士問：「好吧，這件事和所有其他迷惑我的事都結束了。你們大可相信我，我知道納尼亞，因為我是納尼亞的王子瑞里安，我父親是偉大的國王凱斯賓。」

「殿下，」泥沉沉說著，單膝跪地（兩個孩子也是如此）：「我們到這裡來，就是為了找到你。」

「這兩位我的救命恩人又是誰？」王子對史瓜和吉爾說。

「我們是阿斯蘭親自從世界盡頭那邊派來尋找殿下的。」史瓜說：「我是尤斯塔斯，曾經和他一起航行到拉曼杜島。」

「我欠你們三位的救命之恩，是這一輩子都報答不完了。」瑞里安王子說：「那我父親呢？他還健在嗎？」

「殿下，我們離開納尼亞之前，他又向東啟航了。」泥沉沉說：「不過，殿下必須考慮到國王已經很老了。十之八九，陛下會在這次航行中駕崩。」

「你說他老了。我在女巫的控制下有多少年了？」

「殿下在納尼亞北邊的樹林裡失蹤，至今超過十年了。」

「十年！」王子說著，抬起手抹了一把臉，彷彿想將過去一把抹去：「是的，我相信你。因為現在我已經恢復成原來的自己，我記得那段中了魔法的歲月，雖然我身中魔法時並不記得真正的自己。現在，我親愛的朋友們……等一下！我聽見他們上樓的腳步聲了。（那種啪嗒啪嗒悶悶的腳步聲真令人作嘔！噁！）夥伴，快去把門鎖上。哦，不，別去。我有個比這更好的想法。如果阿斯蘭賜我智慧，我就來愚弄這些地底人。你們聽我的指示。」

他果斷走到門前，一把將門拉得大開。

12 下界的女王

兩個地底人走進來，但是他們沒有進入房間裡，而是在門兩旁分別站定，深深地彎腰鞠躬。他們後面緊接著走進來一個誰也沒料到或誰也不想見到的人——綠衣女巫，下界的女王。她動也不動地站在門口，他們看她轉動著眼睛把房間裡的情況一一納入眼底——三個陌生人，那把銀椅被毀了，王子自由了，而且手裡拿著劍。

她的臉色變得非常蒼白，不過吉爾認為那不是有些人在害怕時嚇白了的臉，她是氣白了臉。有那麼一會兒，女巫死死盯著王子，眼中充滿殺意。接著，她似乎改變了主意。

「你們下去，」她對兩個地底人說：「我沒叫你們，都不許過來打擾，否則一律處死。」那兩個地精乖乖離去，女巫王關上門，落了鎖。

「現在，我的王子殿下，」她說：「難道你夜裡的瘋病還沒發作嗎？還是那麼快就結束了？你怎麼站在這裡沒被捆上？這些外來人是誰？是他們毀了那張唯一能使你安全的椅子嗎？」

瑞里安王子在她對自己說話時忍不住打顫。這也難怪，要在半小時內擺脫宰制了他十年之久的魔法，談何容易。然後，他費了很大的力氣才開口說：

「夫人，那張椅子再也用不著了。你曾經不下百次告訴我，你為身中魔法的我何等心痛難過，現在，毫無疑問，你會很高興知道，那些魔法已經永遠終止了。話說，夫人你處理這些魔法的方式似乎有些小錯誤。這三位是我真正的朋友，他們救了我。現在我神志正常，我有兩件事要對你說。第一，按夫人的計畫，讓我領導一支地底人大軍衝到上界去，靠著大軍攻占一些從未侵犯過我的國家，在那裡稱王稱霸——殺害他們的王公貴族，奪取他們的王位，用流血手段做個暴君。現在我恢復了神智，我徹底厭惡並斷然拒絕這種計畫，認為這是純粹的邪惡。第二，我是納尼亞國王之子瑞里安，是人稱『航海家凱斯賓』的凱斯賓十世的獨生子。因此，夫人，我的目的與我的責任，是馬上離開你的宮殿返回我自己的國家。請您允許我和我的朋友們安全離開，並引導我們走出你們的黑暗王國。」

女巫什麼也沒說，只是輕盈地穿過房間，始終面向王子，雙眼直勾勾地看著他。等她走到離壁爐旁一個嵌在牆上的小櫃子前，她打開櫃子，先抓了一把綠色的粉末扔在火上，火不旺，但有一股非常甜膩、令人昏昏欲睡的香味從火中冒出來。在接下來的對話中，這股味道愈來愈濃，瀰漫在整個房間裡，令人愈來愈難思考。接著，她從櫃中拿出一種很像曼陀林的樂器，開始用手指彈奏——你要過了好幾分鐘之後才會察覺那是一種沒有起伏、沒有變化的單調輕響。不過你愈沒察覺它，它就愈往你的大腦和血液裡鑽。這也讓人難以思考。她彈了一陣子之後（這時那香氣更濃了），才開始用一種甜美、平靜的聲音說話。

「納尼亞？」她說：「納尼亞？我經常聽到殿下在發瘋時說出這個名字。親愛的王子，你病得不輕。世上沒有一個叫納尼亞的地方。」

「但是真有這個地方，夫人。」泥沉沉說：「你瞧，我碰巧這輩子都住在那裡。」

「是嗎？」女巫說：「那請你告訴我，那個國家在哪裡？」

「在上面，」泥沉沉指著頭頂堅定地說：「我……我不知道具體的位置。」

「怎麼會呢？」女王說著，發出一種親切、溫柔又悅耳的笑聲：「在這屋頂的石頭和灰土當中有個國家？」

「不，」泥沉沉掙扎著喘口氣說：「它在上界。」

「什麼？哪裡？請你說說這個……你怎麼稱呼它……『**上界**』在哪裡？」

「噢，別說傻話了。」史瓜說，他正在苦苦對抗那股甜味與單調的咚咚聲所構成的魔法：「你說得好像不知道似的！就在上面，你在那裡可以看到天空、太陽和星星。喂，你自己也去過那裡。我們在那裡見過你。」

「我求你行行好吧，小兄弟，」女巫笑著說（你不可能聽過比這更悅耳的笑聲了）：「我不記得我們見過呢。不過，我們作夢的時候，經常會在陌生的地方遇見我們的朋友。而且除非所有的夢都一樣，否則你怎麼能要求別人記住它。」

「夫人，」王子嚴厲地說：「我已經告訴過你，我是納尼亞國王的兒子。」

「會的，親愛的朋友，」女巫用一種彷彿在哄小孩一般安撫的聲音說：「你會在幻想中成為許多想像王國的國王。」

「我們也去過那裡。」吉爾厲聲說。她非常憤怒，因為她能感覺到，隨著一分一秒過去，那股魔法在一步步控制她。不過，她還能感覺到魔法的存在，就表明魔法還沒有完全生效。

「小美人兒，我毫不懷疑，你也會成為納尼亞的女王。」女巫用同樣哄騙的聲音，半帶著嘲弄說。

「我才不是。」吉爾跺著腳說：「**我們**是從另一個世界來的。」

「嘿，這聽起來更有意思了。」女巫說：「告訴我們，小姑娘，這另一個世界在哪裡？它和我們之間有船和戰車相通嗎？」

當然，吉爾腦中立刻閃現了很多東西：實驗學校、阿黛拉．潘尼法德、她自己的家、收音機、電影院、汽車、飛機、配給食物的本子[8]、排隊等等，但是它們似乎模糊又遙遠。（咚－咚－咚－女巫不停彈奏著手中樂器的琴弦。）吉爾記不得我們的世界裡的事物的名字了。這一次，她沒有想到自己被施了魔法，因為魔法這時已經發揮出它全部的力量；當然，你中的魔法愈深，你就愈確信你沒中魔法。她發現自己開口說（同時感覺這麼說真是讓人鬆一口氣）：

「沒有。我想，另一個世界一定是一場夢。」

「是的。那全**是**一場夢。」女巫說，不停地撥動琴弦。

「是的，全是一場夢。」吉爾說。

「從來沒有那樣一個世界。」女巫說。

「對，」吉爾和史瓜說：「從來沒有那樣一個世界。」

「除了我的世界之外，沒有別的世界了。」女巫說。

「除了你的世界之外，沒有別的世界了。」他們說。

泥沉沉還在奮力抵抗。「我不知道你們所說的世界是什麼意思。」他像個缺氧的人那樣喘著氣說：「但就算你彈那把琴彈到你的手指斷落，你仍然不能讓我忘記納尼亞，也不能讓我忘記整個上界。我毫不懷疑，我們**再也**見不到它了。我知道，你可以把它整

8 配給食物的本子（ration-books）是二十世紀英國政府在戰爭時期與戰後短期內使用的食物定量配給辦法。

個抹掉，把它變成像這裡一樣黑。最有可能是這樣。可是我知道我曾經在那裡。我見過滿是星星的夜空。我見過早晨旭日從海上升起，傍晚夕陽落到山後。我見過麗日當空，光芒亮到我無法直視它。」

泥沉沉的話有一種非常令人振奮的效果。另外三個人又都呼吸起來，彼此對望，像是剛剛醒來的人一樣。

「嘿，說得對！」王子叫道：「當然！願阿斯蘭祝福這個誠實沼澤怪人。剛才那幾分鐘我們都在作夢。我們怎麼會忘了呢？我們當然都見過太陽。」

「天哪，我們是見過！」史瓜說：「好樣的，泥沉沉！我真的相信，你是我們當中唯一一個有理智的人。」

接著，女巫的聲音又傳來了，就像夏日午後昏昏欲睡的三點鐘，從古老的花園裡一棵高高的榆樹上傳來的、斑鳩輕柔的咕咕聲，那聲音說：

「你們說的這個**太陽**是什麼呢？這個詞有什麼意義嗎？」

「是的，我們都覺得有意義。」史瓜說。

「你能告訴我它是什麼樣子嗎？」女巫問。（咚—咚—咚—琴弦繼續響著。）

「請容我向陛下說明。」王子非常冷漠有禮地說：「你看那盞燈。它懸掛在屋頂上，又圓又黃，照亮了整個房間。聽著，我們稱之為太陽的東西，就像一盞燈，只不過更大更亮。它懸掛在天空，照亮整個上界。」

「用什麼懸著呢，殿下？」女巫問。他們還在想著如何回答她的時候，她又加上一聲銀鈴般的輕笑，說：「你們瞧，你們想方設法要告訴我太陽是什麼，但你們說不出來。你們只能告訴我它像燈。你們的太陽是個夢；那個夢中的東西都是燈的複製品。燈是真實的事物；**太陽**只是個故事，講給小孩兒聽的童話故事。」

「是的，現在我明白了。」吉爾說話的語調沉重而絕望：「一定是這樣的。」她開口這麼說的時候，心裡也突然覺得這話很有道理。

女巫緩慢又嚴肅地重複說：「沒有**太陽**。」他們全都一言不發。她以更輕柔、更深沉的聲音再重複一遍：「沒有**太陽**。」他們內心經過一陣停頓與一陣掙扎之後，四個人一起開口說：「你說得對。沒有太陽。」屈服並開口說出這話，真令人如釋重負。

「從來就沒有**太陽**。」女巫說。

「對，從來就沒有太陽。」王子、沼澤怪人還有兩個孩子都附和說。

在過去的幾分鐘裡，吉爾一直覺得自己必須不惜一切代價記住某件事。這時她記起來了，但是要說出來卻極其困難。她感到嘴唇上壓著巨大的重物。最後，她使盡渾身之力才得以開口，說：

「還有阿斯蘭。」

「阿斯蘭？」女巫說著，稍稍加快了她的彈奏：「多好聽的名字啊！這名字是什麼意思呢？」

「他是把我們從我們自己的世界裡召過來的偉大的獅子。」史瓜說：「他派我們到這裡來找瑞里安王子。」

「**獅子**是什麼？」女巫問。

「噢，別鬧了！」史瓜說：「你不知道？我們要怎麼跟她形容？你見過貓嗎？」

「當然，」女王說：「我喜歡貓。」

「好吧，獅子有一點——記住只有一點點，像一隻大貓——還長著鬃毛。不過不像馬鬃，你知道，倒像是法官的假髮。而且是黃色的。還非常強壯。」

女巫搖了搖頭，說：「我明白了。你們剛才說**太陽**，說了半天說不明白，現在說**獅子**，同樣說了半天說不明白。你們見過燈，所以你們設想了一個更大更好的燈，把它叫做**太陽**。你們見過貓，現在你們想要一隻更大更好的貓，你們把它叫做**獅子**。嗯，說實在的，你們編得挺好的，你們要是再年輕一點，就更適合這麼編故事玩了。你們看，你們添加到自己幻想世界裡的東西，都是從真實的世界、我的這個世界，也是唯一的世界裡複製過去的。再說，即便是對你們兩個孩子，要這麼玩也嫌年紀太大了。至於你，我的王子殿下，你已經是成年人了！還玩這樣的遊戲不感到丟人嗎？你們都省省吧。把這些幼稚的把戲都收起來。在真正的世界裡我有工作給你們做。沒有納尼亞，沒有上界，沒有天空，沒有太陽，沒有阿斯蘭。現在，上床睡覺去。明天開始讓我們過個更明智的生活。現在，先睡覺去，好好沉睡，枕著柔軟的枕頭，沒有愚蠢的夢。」

王子和兩個孩子垂著頭站在那裡，雙頰緋紅，雙眼半閉；全身的力量都消失殆盡；魔法幾乎完全生效了，但是泥沉沉還在拚命聚集自己所有的力量，朝爐火走去。然後，他做了一件非常勇敢的事。他知道自己這麼做會受傷，但受傷的程度會比人類輕，因為他的腳（他是光著腳的）像鴨子一樣有蹼，又硬又冷血。不過他知道這傷對自己也夠嗆；確實也是。他抬起赤腳朝爐火踏下去，把大部分爐火踩踏成灰燼。隨即發生了三件事。

首先，那股濃郁的甜味大為減少。雖然爐火還沒完全熄滅，但已經熄了大半，留下一股濃濃的燒焦的沼澤怪人的氣味，這味道可毫不迷惑人。這讓所有人的頭腦立刻清晰起來。王子和孩子們又抬起頭，睜開了眼睛。

第二，女巫用一種可怕的、完全不同於之前那種甜美的聲音大喊：「你在幹什麼？你這臭泥巴，你敢再碰我的火我就把你整個燒成灰。」

第三，劇痛使泥沉沉的頭腦立刻清晰起來，讓他確切知道自己真正的想法。要消除某種特定的魔法，沒有什麼比疼痛的刺激更見效了。

「一句話，夫人，」他說著從爐火前走回來，因為疼痛而一瘸一拐的：「一句話。

所有你說的都很對，我毫不懷疑。我這人喜歡凡事都往最壞的地方想，然後再用最樂觀的態度去面對，所以我不會否認你說的任何一句話。可是，即便如此，我也還有一件事要說。假設我們只是**在**作夢，或是虛構了所有這些東西——樹木、草地、太陽、月亮、星星和阿斯蘭。假設我們真的虛構了這一切，那麼，我能說的是，在這種情況下，虛構的東西看起來比真實的更重要。假設你這個在黑暗深坑中的王國**是**唯一的世界，嗯，它給我的印象是這是個很貧瘠的世界。這一點很有趣，要是你好好想想的話。如果你說得對，我們只是小娃娃在編遊戲，但四個小娃娃編出來的遊戲世界竟然打垮了你的真實世界。這是為什麼我要站在遊戲世界這一邊。我要站在阿斯蘭這一邊，即使那個世界裡並無阿斯蘭來領導它。即使納尼亞不存在，我也要像納尼亞人一樣生活。所以，感謝你的好意，為我們提供了晚餐，如果這兩位先生和這位年輕的小姐準備好了，我們將馬上離開你的宮殿，出發進入黑暗中，用盡自己的一生去尋找上界。照這情況來看，我想，我們也不會活很久，但是如果這個世界像你說的這麼沉悶無趣，我們的損失也不算什麼。」

「噢，萬歲！老泥沉沉真是好樣的！」史瓜和吉爾嚷道。可是王子突然大喊：「當心！注意女巫。」

他們轉頭一看，登時嚇得頭髮都豎起來了。

樂器從她手中掉落。她的兩條手臂像被綁在身體兩側，雙腿扭纏在一起，雙腳也不見了。她身上的綠色長裙變得又厚又硬，似乎和她裹在裙子裡絞纏如綠柱子的雙腿貼合為一體。那根扭動的綠柱子彎曲搖擺，好像沒有關節，或全是關節一樣。她的頭向後一仰，鼻子愈變愈長，臉上除了眼睛以外，其他部位似乎都消失了。那雙眼睛火紅巨大，既無眉毛也無睫毛。這一切變化發生得非常快，讓人只來得及看，來不及花時間記下。所有人還來不及做任何事，變化已經完成。女巫變成了一條大蛇，翠綠如劇毒，軀幹像吉爾的腰那麼粗，已經甩出尾巴，將牠那令人噁心的身子纏上王子雙腿，捲了兩三圈。蛇身閃電般飛快又繞了一圈，想把王子握劍的手臂纏在他身側，但王子及時舉起雙臂，沒被纏住，蛇身像個活結纏在他胸口，準備箍緊，打算像折斷木柴那樣勒斷他的肋骨。

王子的左手抓住那怪物的脖子，用力掐緊，想讓牠窒息。這使蛇臉（如果你還能稱它為臉的話）離他自己的臉大約五英寸。分叉的蛇信可怕地吞吐著，但搆不著他。他的右手揮起長劍，用盡全力向前劈下。與此同時，史瓜和泥沉沉也拔出自己的刀劍，衝到王子身邊。三人同時全力砍向毒蛇——史瓜的劍砍在王子手下方的蛇身上，但連蛇鱗都沒切穿，所以也沒什麼用；不過王子自己和泥沉沉都砍在蛇的脖子上。即便如此也沒有真的殺死牠，不過牠纏在瑞里安胸口和雙腿上的身子開始鬆動了。他們持續不停地砍，直到砍下牠的頭。那可怕的東西在斷頭斃命之後，身子還盤繞扭動了好一陣子，而房間地板骯髒混亂成什麼樣子，你也不難想像。

王子喘了口氣說：「兩位先生，謝謝你們。」然後三個征服者站在那裡彼此互望，喘著粗氣，好半天都沒有說話。吉爾很聰明地坐到一旁，一聲不吭，心裡想著：「希望我不會昏過去，不會大哭，也不會幹任何蠢事。」

「我為母后報了大仇了。」瑞里安這時開口說：「這無疑就是許多年前在納尼亞森林的噴泉旁我追逐無果的那條大蟲。這些年來，我一直是殺害母親之人的奴隸。不過，先生們，現在我很高興，那個骯髒的女巫最後現出了蛇的原形。否則，殺害女人既不符合我的良心，也不符合我的名譽。讓我們來看看這位小姐吧。」他指的是吉爾。

「我沒事。謝謝。」她說。

「小姐，」王子向她鞠躬，說：「你的膽識非凡，我毫不懷疑你在你們自己的世界裡也是貴族出身。來吧，朋友們。這是剩下的酒。讓我們彼此乾杯，重新振作，然後從長計議。」

「真是好主意，先生。」史瓜說。

13 失去了女王的下界

大家都覺得，他們獲得了史瓜說的「喘息之機」。女巫把門鎖上了，並告知地底人不要打擾她，因此，他們暫時沒有被人闖入的危險。當然，他們的第一要務是處理泥沉沉那隻燒傷的腳。他們從王子的臥室裡拿來幾件乾淨的襯衫，撕成布條，在布條上塗滿晚餐桌上的黃油和沙拉醬，做成很好的敷料。包紮好之後，他們都坐下來吃了一些點心，並討論逃離下界的計畫。

瑞里安解釋說，通往地表出口的通道很多，他曾經穿過大部分通道去外面。不過他從來沒有單獨出去過，都是和女巫一起，並且都是坐船橫渡「無日海」之後才能到達那些通道。如果沒有女巫同行，而是和三個陌生人一起去港口，要求搭上一條船出航，那些地底人會怎麼說呢？沒有人猜得到。最有可能的是他們會問一些令人尷尬的問題。另一方面，那條新的、入侵上界的通道是在海的這一邊，只有幾英里遠。王子知道它快完工了；只差幾英尺厚的土就能挖通，接觸到上界的空氣。甚至很可能這時已經完全打通了。也許女巫回來就是要告訴他這件事，並準備發動進攻。就算不是，他們大概也可以在幾個小時內自己挖通——只要他們在前往那裡的路上不被人攔下來，只要挖掘的地點無人看守。可是，這些正是困難所在。

「如果你們問我的話……」泥沉沉剛開口，史瓜就打斷了他的話。

「嘿，」他問：「那是什麼聲音？」

「我一直很納悶，已經有好一陣子了！」吉爾說。

事實上，他們早就聽到了，只不過這時它才開始逐漸增強，所以他們也說不上來自己是什麼時候注意到的。有好一陣子它只是一種隱約的騷亂，像微風一樣，或像遠處傳來的車流的聲音。接著，它增強到像大海呢喃，再增強到隆隆作響和唰唰的衝擊聲。這時，那聲音當中似乎也夾著人聲，並有一種穩定的、不是人聲的轟隆咆哮。

「獅子在上，」瑞里安王子說：「這片沉默的土地似乎終於找到舌頭，開始說話了。」他起身走到窗前，拉開窗簾。其他人也擠到他身邊往外看。

他們首先注意到，有一團巨大的紅光，把在他們頭頂上方、下界那數千英尺高的天頂照出一大片紅，使他們可以看見岩石的天頂。也許從這個世界誕生以來，它就一直隱藏在黑暗中。紅光來自城市的另一頭，許多陰森又宏偉的建築在它的映襯下，黑漆漆地矗立著。不過，這紅光也照亮了許多從它通往城堡這邊的街道。那些街道上正發生非常奇怪的事。那群擠得密密麻麻、默不作聲的地底人全都不見了，取而代之的是三三兩兩衝過來衝過去的人影。他們的行動就像不想被人看見一樣——偷偷潛在扶壁或門洞的陰影裡，然後迅速奔過空曠地帶，鑽進新的藏身之處。然而，對認識地精的人來說，最奇怪的事情是喧鬧聲。從四面八方傳來各種大喊大叫的聲音，但是從港口傳來的是一種低沉的、隆隆的咆哮聲，這種聲音愈來愈大，已經震動了整個城市。

「地底人發生了什麼事？」史瓜說：「是**他們**在大喊大叫嗎？」

「這簡直是不可能的。」王子說：「在我被囚禁的這些年裡，從來沒聽過那些壞蛋大聲說話。這是某種新的鬼名堂，我相信。」

「那邊那紅光是什麼？」吉爾問：「是什麼東西著火了嗎？」

「如果你問我，」泥沉沉說：「我會說，那是地心的火爆發出來，即將形成一座新的火山。我相信，我們將首當其衝。」

「看那艘船！」史瓜說：「為什麼它來得那麼快？沒有人在搖槳啊。」

「看，看！」王子說：「那艘船已經往港口這邊來了……它來到街上了。快看！所有的船都開進城來了！我的天啊，海水在上漲。洪水正朝我們淹過來。讚美阿斯蘭，這座城堡是在高地上，但是水以驚人之勢飛快湧上來了。」

「噢，**會**發生什麼事？」吉爾叫道：「又是火又是水的，還有那些在街上躲躲藏藏的人。」

「我來告訴你這是怎麼回事。」泥沉沉說：「那個女巫設置了一連串的魔咒，無論何時，只要她被殺了，她的整個王國就會崩潰。她是那種只要知道殺她的人在五分鐘後就會被燒死、活埋或淹死，就不會那麼在意自己也沒命的人。」

「你說對了，怪人朋友。」王子說：「我們用劍砍下女巫的頭的時候，就終止了她所有的魔法，現在地底王國正在崩潰。我們正在觀看下界的末日。」

「正是如此，殿下，」泥沉沉說：「除非這剛好是整個世界的末日。」

「但是，我們只能待在這裡……坐以待斃嗎？」吉爾喘了口氣說。

「我的看法是不待在這裡。」王子說：「我要去院子的馬廄裡救那兩匹馬，我的煤黑和女巫的雪花（牠是一匹高貴的好馬，值得找個更好的女主人）。然後我們騎到高處，祈禱我們能找到一個出口。必要的時候，這兩匹馬能各載兩人，如果我們催逼一下，牠們也許能跑得比洪水快。」

「殿下，您不穿上盔甲嗎？」泥沉沉問：「我不喜歡**那些人**的樣子。」他指了指下方的街道。他們全都往下看。有好幾十人（他們這時離得很近了，顯然都是地底人）從港口的方向奔了上來。不過他們不像一群漫無目標的人那樣移動。他們的行動像現代戰場上正在進攻的士兵一樣，一邊往上衝，一邊找掩護，極力設法不讓城堡窗戶裡的人看見他們。

「我不敢再穿那套盔甲了。」王子說：「我穿上它騎馬，就像關在一個移動的地牢裡，它散發著魔法和奴役的臭味。不過我會帶上盾牌。」

他離開房間，片刻之後回來時，眼裡閃著奇異的光。

「看，朋友們，」他說著，把盾牌舉到他們眼前：「一個小時前它還是黑色的，上面也沒有任何圖樣，但現在是這樣。」盾牌變得光亮如銀，上面有一隻鮮紅如血或櫻桃的獅子圖像。

「毫無疑問，」王子說：「這表示我們無論是死是生，阿斯蘭都是我們的好領袖。從這點來看，我們是一個整體。現在，我建議我們一起跪下親吻他的肖像，再彼此握手，就像真誠的朋友即將暫時別離一樣。之後讓我們走下城裡，開始我們的冒險之旅。」

他們都照王子說的做了。不過，史瓜和吉爾握手時說：「再見，吉爾。很抱歉我一直是個膽小如鼠的傢伙。我希望你能平平安安回家。」吉爾說：「再見，尤斯塔斯。我很抱歉我一直蠢得像個豬頭。」這是他們第一次稱呼對方的名字，因為在學校裡他們是不這麼做的。

王子打開門，他們一起下樓，三人拔劍在手，吉爾握著小刀。所有侍從都不見了，樓梯底下那間大房間裡空無一人。那些灰暗、陰沉的燈火還在燃燒，藉著燈火的照耀，他們順利穿過一條又一條的長廊，走下一段又一段的樓梯。在這裡，反而不像在樓上房間裡那麼容易聽到城堡外的喧鬧聲了。屋子裡一片死寂，人去樓空。一直到他們拐過一個轉角，進入一樓大廳，才遇到第一個地底人——一個白白胖胖的傢伙，臉孔長得非常像豬，正在狼吞虎嚥桌上剩下的食物。看見有人來，它尖叫一聲（叫聲也非常像豬），竄到一條長凳底下，那條扭動的長尾巴在千鈞一髮之際躲過泥沉沉抓來的手。它隨即衝向遠處的門，竄了出去，快得讓人追不上。

他們走出大廳，來到院子裡。吉爾曾經在假期裡上過騎術學校，這時嗅到了馬廄的氣味（在下界這樣的地方，這味道美好親切得像家一樣），與此同時，尤斯塔斯說：「我的老天！看那邊！」只見城堡牆外某個地方升起一道璀璨的煙火，炸開散成無數綠色的星星。

「是煙火！」吉爾茫然不解地說。

「是的，」尤斯塔斯說：「但別以為地底人是為了好玩而放的！這一定是個信號。」

「而且一定對我們不利，我相信。」泥沉沉說。

「朋友們，」王子說：「當一個人置身在如此險境裡，他必須摒棄一切希望和恐懼，否則，死亡或解脫都將無法及時挽救他的名譽和理智。呵，我的美人兒。」（這時他打開馬廄的門）：「嘿，夥伴們！穩住，煤黑！輕點，雪花！我沒忘記你們。」

兩匹馬都被奇怪的火光和喧鬧嚇著了。先前來的路上，吉爾曾因為膽小不敢穿過洞與洞之間漆黑通道，這時卻毫不畏懼地走到兩匹又跺腳又噴鼻子的野獸中間，幾分鐘內，她和王子就為牠們套好了馬鞍和轡繩。兩匹馬甩著頭走到庭院中，看上去神采奕奕。吉爾騎上雪花，泥沉沉坐到她背後。尤斯塔斯騎上煤黑，坐在王子背後。隨著一陣迴蕩的馬蹄聲，他們騎出大門，來到街上。

「往好的一面看，我們沒有被燒焦的危險。」泥沉沉指著他們的右邊說。只見不到一百碼遠的地方，湧來的海水正拍打著房屋的外牆。

「勇敢一點！」王子說：「那條是下坡路，很陡。海水只漫到這座城裡最大一座山的一半。前半個小時水可能淹到很近的地方，接下來一小時就不會淹得那麼快了。我更怕的是那個……」他用劍指了指一個長著野豬獠牙的高大地底人，後面還跟著六個形色、大小各異的人，他們剛從一條小街衝出來，躲在房屋的陰影裡，讓人看不見他們。

王子領著他們一直朝紅光閃爍的方向前進，只不過稍微偏左。他打算繞過那火（如果是火的話）到高地上，希望從那裡找到新挖出來的通道。他和其他三人不同，似乎十分自得其樂，一邊騎馬一邊吹口哨，斷斷續續哼唱著一首老歌，是有關阿欽蘭的雷霆拳王柯林的故事。他之所以有這種反應，是因為他才從長期的魔咒束縛中脫身，相較之下，所有的危險似乎都只是一場遊戲。不過，其他三人都覺得這是一趟詭異的旅程。

在他們背後是船隻碰撞和絞纏的聲音，還有建築物倒塌的隆隆聲。頭上是下界天頂上一大片火燒似的光。前方是那神祕的紅光，它似乎沒有再變大。從紅光那個方向持續不斷傳來喧鬧聲、尖叫聲、噓聲、大笑聲、吱吱叫聲和咆哮聲；各種各樣的煙火升騰到黑暗的半空中。沒有人猜到那究竟是什麼意思。離他們較近的這部分城市，一半被紅光照亮，一半被那種很不一樣的、陰鬱的地精燈照亮，但還有許多地方不在這兩種光線照射範圍內，都是一片漆黑。在那些漆黑處，地底人的身影一直不停竄進竄出，他們的雙眼始終緊盯著幾個旅行者，始終想避開幾個旅行者的視線。那些地底人有的臉大有的臉小，有的眼大如魚有的眼小如熊，有的長著羽毛，有的長著鬃毛，有的長著角，有的長著獠牙，有的鼻子像鞭繩，有的下巴長得乍看之下彷彿是鬍鬚。四個旅人不時會遇上一群聚得較多或靠得太近的地底人。這時王子就會揮舞著劍，擺出衝鋒攻擊的態勢，而那些生物便會在各種各樣的嗚嗚嗚、吱吱吱和咯咯咯聲中躲進黑暗裡。

然而，等到他們爬上許多陡峭的街道，遠離洪水，幾乎遠離城市來到內陸地區時，情況開始變得更加嚴重。他們這時已接近那股紅光，幾乎與它在同一個高度，不過他們仍然看不出它究竟是什麼東西。只是在它的光照下，他們倒是把敵人看得更清楚了。數以百計——也許是數以千計——的地精都在朝紅光走去，但他們走走停停，每奔走一段停下來時，就會轉身面對這四個旅人。

「如果殿下問我，」泥沉沉說：「我會說那些傢伙是想擋住我們的去路。」

「我也是這麼想，泥沉沉，」王子說：「而且，我們不可能從這麼多人當中殺出一條路。你們聽著！讓我們往前騎到那座房子旁邊。我們一到那裡，你們就溜下馬躲進它的陰影裡。我和小姑娘會再往前走幾步。我相信這些壞傢伙會有幾個跟著我們，他們在我們後面已經聚了一大群了。你有一雙長手臂，如果有人經過你埋伏的地方，儘量抓個活口。或許我們可以從他口裡得知真相，知道他們對我們有什麼不滿。」

「但是其他人不會都衝過來解救被我們抓住的那個人嗎？」吉爾說，她的聲音沒有她預期的那般鎮定。

「那麼，女士，」王子說：「你將看到我們在你周圍奮戰到死，而你必須將自己交付給那隻獅子。現在，去吧，泥沉沉。」

沼澤怪人像貓一樣迅速溜下馬，躲進陰影裡。其他人向前走了很難受的一分多鐘。突然間，從他們背後傳來一陣令人毛骨悚然的尖叫聲，夾雜著泥沉沉那熟悉的聲音說：「好了！別鬼叫，免得受傷，再叫你就會受傷了，明白嗎？所有人都會以為是一頭豬被殺了。」

「抓得好啊。」王子驚歎著說，立刻把煤黑掉頭，回到那座房子的屋角。「尤斯塔斯，」他說：「幫個忙，牽住煤黑的頭。」然後他下了馬，三個人都默不作聲地看著泥沉沉將抓獲的獵物拽到亮處。那是一個非常悲慘的小地精，只有大約三英尺高。它的頭頂凸起像公雞的雞冠（只不過是硬的），有一雙粉紅色的小眼睛，嘴和下巴又大又圓，因此它的臉看起來像一隻小河馬。如果不是眼前情勢如此緊繃，他們看見這長相一定會大笑起來。

「聽著，地底人，」王子高高聳立在他面前，把劍尖抵近俘虜的脖子，說：「說話，像個誠實的地精好好說話，然後你會獲得自由。如果對我們耍無賴，你就會是個死地底人了。好了，泥沉沉，你把它的嘴抓那麼緊，它要怎麼說話？」

「是不能說話，但也不能咬人。」泥沉沉說：「要是我的手也像你們人類的手那樣柔軟無力（殿下您是個例外），我現在已經被咬得滿身是血了。要知道，就算是沼澤怪人，也招架不住遭到狂咬啊。」

「喂，」王子對侏儒說：「再咬一口你就死定了。把它的嘴放開，泥沉沉。」

「哦—咿—咿，」地底人尖叫說：「放開我，放開我。不是我幹的。不是我幹的。」

「什麼不是你幹的？」泥沉沉問。

「無論閣下說我**幹了**什麼，都不是我幹的。」那傢伙回答。

「告訴我你叫什麼名字，」王子說：「還有你們地底人今天怎麼回事。」

「噢，求求諸位大人，各位好心的先生們，請行行好。」地精嗚咽著說：「請答應我，你們不會把我說的話告訴女王陛下。」

「你所稱呼的女王陛下，」王子嚴厲地說：「已經死了。我親手殺了她。」

「什麼！」地精大叫，驚訝得將那張可笑的嘴愈張愈大：「死了？那個女巫死了？死在閣下的手中？」它如釋重負，大大歎了口氣，又說：「這麼說來，閣下是我們的朋友啊！」

王子把劍收回約莫一、兩寸。泥沉沉讓這傢伙坐起來。它用那雙閃亮的紅眼睛環顧一圈四個旅人，輕笑了兩聲，然後開始說。

14 世界的底層

「我叫戈爾格，」地精說：「我會把我所知道的都告訴諸位大人。大約一個小時前，我們都在忙我們的工作——我應該說，忙**她的**工作——就像我們過去年復一年的任何一天一樣悲傷和沉默。然後，突然傳來轟然一聲巨響。所有人聽到，全都開始自言自語說，我已經好久沒唱歌跳舞了，也好久沒放過煙火了，為什麼呢？每個人都在想，哎呀，我一定是中了魔法了。然後每個人都對自己說，我的天，我為什麼要扛這麼重的東西，我再也不扛了，到此為止。於是我們拋下自己的麻袋、包裹和工具。然後每個人都轉過身去，看見遠處那個巨大的紅光。每個人都對自己說，那是什麼呢？每個人又回答自己說，地面裂開了一道縫或裂痕，一股溫暖的光芒從我們腳下一千英噚深的『真正的地底王國』冒了出來。」

「我的天，」尤斯塔斯驚叫道：「這底下還有其他更深的王國？」

「噢，是的，大人，」戈爾格說：「很美好的地方；我們稱為比斯姆王國。我們現在所在的這個王國——女巫的王國——**我們**稱為『淺地』。這裡離地面太近了，不適合我們。呸！住在這裡簡直就像住在外面地表上一樣。你瞧，我們都是來自比斯姆王國的可憐的地精，女巫用魔法把我們徵召到這裡來為她工作，我們已經把這件事都忘了，直到那聲轟隆巨響傳來，魔咒破解。在這之前，我們不知道自己是誰，也不知道自己屬於哪裡。我們無法自主行動，也無法思考任何事，腦子裡只有她灌輸給我們的東西。這麼多年來，她灌輸的都是陰鬱灰暗的事。我都快忘了怎麼開玩笑或跳支舞了。可是當那聲轟隆巨響傳來，地面裂開，海平面開始上升的時候，所有的記憶都回來了。當然，我們立刻以最快的速度出發，從那裂縫走下去，回到自己的家。你可以看見他們都在那裡放煙火，高興地玩倒立的遊戲。如果諸位大人肯快點讓我去加入他們的話，我對各位真是感激不盡。」

「我覺得這真是太棒了。」吉爾說：「我真高興，我們在砍掉女巫的頭的時候，解放了地精，也解放了我們自己！我很高興他們現在看起來不是那麼可怕和陰沉了，就像王子也不是那樣——他以前看上去是那樣的。」

「說得倒是很好，波爾，」泥沉沉謹慎地說：「但是這些地精，在我看來並不像丟下工作開小差的傢伙。如果你問我，我認為他們看起來更像是軍事編隊。你看著我的臉，戈爾格先生，告訴我，你們是不是在準備戰鬥？」

「當然是啊，大人。」戈爾格說：「你瞧，我們不知道女巫已經死了。我們以為她會在城堡裡監視我們，所以我們躲躲藏藏，試圖溜走不被發現。當你們三位手握長劍騎著馬出來的時候，我們每個人當然都對自己說，他們來了。我們並不知道大人你不是女巫一夥的，所以我們決定拚死一戰，絕不放棄回到比斯姆王國的希望。」

「我敢發誓，這是一個誠實的地精。」王子說：「放開他吧，吾友泥沉沉。好戈爾格，我像你和你的同伴一樣被施了魔法，也才剛剛記起我自己的事。現在還有一個問題。你知道前往新挖掘的地道的路嗎？就是女巫想率領一支軍隊去攻打上界的那條路。」

「咿—咿—咿！」戈爾格尖叫著說：「是的，我知道那條可怕的路。我帶你去地道的入口。不過大人可別要求我和你們一起去，我寧願死都不會去的。」

「為什麼？」尤斯塔斯急切地問：「那有什麼可怕的？」

「離上面、外面太近了。」戈爾格打個寒顫說：「那是女巫對我們所做最糟糕的事。我們將被帶去空曠的地方——去到外面的世界。他們說那裡完全沒有頂，只有一種可怕的巨大的虛空之物，叫做天空。那條通道已經挖得很遠了，只要再挖幾下，就能讓你出去了。我可不敢靠近那裡。」

「萬歲！這下你說的話有用了！」尤斯塔斯喊道，而吉爾說：「但是上面一點也不可怕。我們喜歡它。我們住在那裡。」

「我知道你們這些上界人住在那裡，」戈爾格說：「但是我認為那是因為你找不到路下到地底。你們不可能真的喜歡上界——像蒼蠅一樣在世界的頂端爬來爬去！」

「現在馬上帶我們過去怎麼樣？」泥沉沉說。

「正是時候。」王子喊道。一行人就此出發。王子重新騎上馬，泥沉沉也上馬坐在吉爾背後，由戈爾格帶路。他一邊走，一邊不停大聲報告好消息，說女巫已經死了，四個上界人並不危險。那些聽到他報信的人向其他人大聲報信，不過幾分鐘，整個下界都響起了叫喊聲和歡呼聲，成千上萬的地精又是跳躍，又是翻筋斗，又是倒立，有的玩著跳蛙遊戲，有的放巨大的煙火，他們全擠到煤黑和雪花的周圍。王子不得不講述自己中了魔法和獲救的故事，而且至少說了十遍。

就這樣，他們來到那道裂口的邊緣。它大約有一千英尺長，也許有兩百英尺寬。他們跳下馬背，來到邊緣，向下張望。一股高熱撲面而來，熱氣中夾雜著一種他們不曾聞過的氣味。那味道很濃郁、辛辣、刺激，讓你一聞就打噴嚏。裂口的深處非常明亮，一望之下令人眼花，他們一開始什麼也看不見。等到他們習慣之後，他們覺得自己依稀看見一條火河，河的兩岸似乎是田野，以及一種高熱燦亮得令人無法直視的樹叢——儘管和火河相比它們暗一些。那裡有藍色、紅色、綠色和白色，全混合在一起，如果熱帶正午的太陽直射在一面極美的彩色玻璃窗上，大概能有相同的效果。在裂口下凹凸不平的壁面上，有成百上千的地底人在往下爬，在熾熱火光的照映下，看起來像一片黑壓壓的蒼蠅。

「諸位大人，」戈爾格說（他們轉頭去看他，由於眼睛被強光照花了，頭幾分鐘他們除了一團黑，什麼也看不見）：「諸位大人，你們為什麼不來比斯姆呢？在那裡，你們會比在外面上頭那個寒冷、毫無保護、裸露的鄉野更快樂。或者，至少來一次短暫的拜訪。」

吉爾理所當然地認為，其他人都不會聽從這樣的主意。不料，她聽見王子的回答，大為驚恐：

「說真的，吾友戈爾格，我相當動心，想和你一起下去看看的。因為這是一次奇妙的冒險，很可能從來沒有凡人探看過比斯姆，以後也不會有人有這樣的機會。我也不知道，隨著歲月流逝，當我想起自己曾經有能力去探索地心深處，卻選擇放棄不去時，會不會感到後悔。不過，人類能住在那裡嗎？你們不會在火河裡游泳吧？」

「噢，不，大人。我們不會。只有火蜥蜴才住在火裡。」

「你說的火蜥蜴是什麼樣的動物？」王子問。

「很難把他們歸類，大人，」戈爾格說：「因為他們太明亮熾熱了，無法直視。不過，他們很像小型的龍。他們在火裡和我們說話。他們口齒十分伶俐，非常機智，能言善道。」

吉爾急忙瞥了尤斯塔斯一眼。她本來確信他比她更不喜歡滑下裂口的主意，但這時一見他那起了變化的神情，她的心不禁往下一沉。他這時的神態看上去更像王子，而不像實驗學校裡的那個老史瓜。因為這些天的冒險經歷，以及當年他和凱斯賓國王一起遠航的歲月，全都回到了他心裡。

「殿下，」他說：「如果我的老朋友——那隻老鼠銳脾氣在這裡，他會說，現在我們如果拒絕冒險去拜訪比斯姆王國，我們的榮譽將大打折扣。」

「到了底下，」戈爾格說：「我可以向你們展示真正的黃金、白銀和鑽石。」

「胡說八道！」吉爾粗魯地說：「說得好像我們不知道自己已經位在比最深的礦井還深的地底一樣。」

「是的，」戈爾格說：「我聽說過，你們地面人把那些在表皮層刮擦出的小刻痕叫做礦藏，但你們挖到的是死了的金、銀、寶石。在底下的比斯姆王國裡，我們有活生生的、會生長的金銀和寶石。在那裡，我可以摘一串紅寶石給你吃，還可以擠一滿杯鑽石汁給你喝。等你嚐過比斯姆的鮮活礦藏之後，你就不會想用手指去摸那些冷冰冰的、死掉的淺層礦藏了。」

「我父親曾經去過世界的盡頭，」瑞里安若有所思地說：「如果他兒子去了世界的底層，那將是多麼了不起的一件事。」

「如果殿下能趁你父王還活著時趕去見他一面，我想他會更高興。」泥沉沉說：「時間差不多了，我們該去通往上界的那條路了。」

「而我不管別人說什麼，都不會下到那個洞裡去的。」吉爾補充說。

「唉，如果諸位大人真的想回上界去，」戈爾格說：「那條路有一段比這裡低得多。萬一，洪水還在繼續往上漲……」

「噢，快，快，**快走吧！**」吉爾哀求道。

「恐怕只能這樣了。」王子歎了口氣說：「但我的心已經有一半留在比斯姆王國。」

「求你了！」吉爾哀求道。

「路在哪裡？」泥沉沉問。

「那條路一路上都有燈，」戈爾格說：「大人，你可以看到裂口的另一頭就是那條路的起點。」

「那些燈會亮多久？」泥沉沉問。

就在這時候，一陣如烈火燃燒般嘶嘶作響的聲音從比斯姆的深處呼嘯而出。（他們事後猜測，那可能是一隻火蜥蜴發出的聲音。）

「快！快！快！到懸崖上來，到懸崖上來，到懸崖上來！」那個聲音說：「裂口要關閉了。它關閉了。它關閉了。快點！快點！」與此同時，地面的岩石移動，發出震耳欲聾的吱吱嘎嘎聲。在他們的注視下，裂口開始收窄。遲來的地精從四面八方奔過來往裡衝。他們沒費時從岩石上往下爬，而是頭下腳上一躍而入，若不是從底部噴上來的熱氣太猛，就是因為其他原因，那些地精像樹葉一樣往下飄墜。飄墜的地精愈聚愈密，愈聚愈密，直到黑壓壓一片，幾乎把熾熱的河流和鮮活的寶石樹都遮蔽了。「再見了，諸位大人。我走了。」戈爾格喊道，隨即一躍而下。剩下最後幾個地精跟著他躍入。這時，裂口已經不到一條小溪寬了，再一下子，已經窄如郵筒的投信口。接著，它變成只剩一條非常明亮的細線。然後，在一陣轟然強震下──就像一千節載貨火車撞上一千對緩衝器一樣──岩石的邊緣徹底合攏。那股火辣刺鼻的氣味消失了。四名旅人孤伶伶地留在這個此時看起來比先前更黑暗的下界，只剩蒼白、黯淡、陰沉的燈光指出那條路的方向。

「好吧，」泥沉沉說：「十之八九，我們已經待得太久了，不過我們不妨試試。我相信，那些燈會在五分鐘內熄滅。」

他們策馬慢跑，沿著昏暗的路流暢地往前奔，馬蹄聲十分響亮。不過那條路幾乎立刻開始變成下坡。若不是他們看到在山谷的另一邊，燈火由下往上一路延伸，直到眼睛看不見的遠方，他們會以為戈爾格為他們指錯了路。然而，在山谷的底部，燈光是照在流動的水面上。

「動作快！」王子大喊。他們從斜坡上疾奔而下。如果再慢五分鐘，谷底的情況就很不妙了，因為潮水正像磨坊水車引入的急流一樣湧入山谷，如果到了必須游泳的地步，兩匹馬很可能就過不去了。不過此時水還只有一兩英尺深，雖然水流繞著馬腿不停打轉，他們還是安全抵達了山谷的另一邊。

然後，他們開始了緩慢、疲憊的上坡路，一眼望去，前方除了那些蒼白的燈一路向上通到目力可及之處，其餘什麼也沒有。回頭看時，只見海水逐漸淹漫，下界所有的山丘這時都已變成了島嶼，只有島上的燈還亮著。每時每刻，遠處都有燈光在消失。很快的，除了他們正在走的這條路，其他地方將是漆黑一片，就連他們背後低一點的地方，雖然燈還沒熄，燈光也照在水面上了。

儘管他們有很好的理由必須趕路，但是馬不能不休息一直走。他們暫停下來，在寂靜中能聽到水波的拍打聲。

「我很好奇，那個名字叫什麼……時間老人……的，現在是不是已經被淹沒了。」吉爾說：「還有那些奇怪的沉睡的動物。」

「我想我們還沒走到那麼高的地方。」尤斯塔斯說：「你不記得我們為了到達無日海，往下走了多深嗎？我認為水還沒淹到時間老人的山洞。」

「這有可能。」泥沉沉說：「我對這條路上的路燈更感興趣。它們看上去很陰沉，對吧？」

「它們一直很陰沉。」吉爾說。

「是的，」泥沉沉說：「但是它們現在變得比較綠。」

「你的意思該不是認為它們快要熄滅了吧？」尤斯塔斯叫道。

「嗯，你知道吧，不管它們是靠什麼點亮的，總不能指望它們永遠一直亮著。」沼澤怪人回答：「不過，史瓜，別喪氣。我也一直注意著水，我認為它漲的速度沒看起來那麼快。」

「朋友，」王子說：「如果我們找不到出去的路，這也算個安慰了。我請求你們各位寬恕我。都怪我，我的驕傲和憧憬讓大家在比斯姆王國的入口耽擱得太久。現在，讓我們繼續前進吧。」

在接下來的一個多小時裡，吉爾有時覺得泥沉沉對那些燈的看法是對的，有時又認為那只是她的想像。與此同時，地貌一直在改變。下界的頂端已經離他們很近了，即使是在這麼昏暗的燈光下，他們這時也能清楚看見那個頂。他們還看見下界四周那巨大、崎嶇的石壁正逐漸朝這方向收攏。事實上，這條路正把他們引向一條陡峭的隧道。他們開始經過一把把的鋤頭、鏟子，一輛輛的手推車和其他工具，這都說明挖掘者不久前還在工作。如果他們能確定從這裡可以逃出去，眼前所見讓人非常高興，但是一想到要進入一個愈來愈窄、愈來愈難以回頭的洞裡，還是令人非常不快。

最後，上方的頂已經低得碰到了泥沉沉和王子的頭。於是他們全都下馬，牽著馬走。這裡的路崎嶇不平，他們必須小心翼翼地選擇下腳的地方。吉爾就是這樣注意到四周愈來愈暗的。無疑燈確實快熄了。其他人的臉在綠幽幽的光裡看起來既怪異又可怕。接著，吉爾突然（她忍不住）小小尖叫了一聲。他們前面的一盞燈完全熄了。他們後面的燈也熄了。他們瞬間陷入一片漆黑。

「勇敢一點，朋友們，」瑞里安王子的聲音響起：「無論是死是活，阿斯蘭都是我們的好主人。」

「是的，先生，」泥沉沉的聲音說：「你們一定得記住，被困在這裡還有一個好處：省了一筆喪葬費。」

吉爾閉口不言。（如果你不想讓別人知道你有多害怕，閉口不言是個明智的做法；因為你的聲音會出賣你。）

「與其站在這裡，我們不如繼續往前走。」尤斯塔斯說。聽到**他**打顫的聲音，吉爾登時覺得自己不開口真是有智慧。

泥沉沉和尤斯塔斯走在前面，他們往前伸出雙臂，以免撞上任何東西；吉爾和王子各牽著馬緊隨在後。

「我說，」尤斯塔斯過了很久之後才說：「是我的眼睛出問題了，還是上面有些亮光了？」

所有人還沒來得及回答他，就聽泥沉沉喊道：「停。我碰到死路了。是土，不是石頭。史瓜，你剛才說什麼？」

「獅子保佑，」王子說：「尤斯塔斯說得對。是有一種……」

「但那不是白天的光，」吉爾說：「是一種冷冷的藍色的光。」

「可是總比沒有好，」尤斯塔斯說：「我們能爬到那上面去嗎？」

「它不在我們頭頂上。」泥沉沉說：「是在我們上面，是在我撞上的這堵牆的上面。波爾，如果你站在我的肩膀上看看能不能爬上去，怎麼樣？」

15 吉爾不見了

那一小片光並未照亮任何東西，他們所立之處仍是一片黑暗。其他人只能聽見而不是看見吉爾正努力爬上沼澤怪人的背。也就是說，他們聽見他說：「你別把手指戳進我眼睛裡。」和「你別把腳踩我嘴裡。」和「這還差不多。」以及「現在，我會抓住你的腿。這樣你的手就可以扶著土壁靠穩了。」

他們這時抬頭一看，只見在那片光的映襯下，出現了吉爾黑黑的腦袋。

「怎麼樣？」他們都焦急地喊道。

「這是個洞，」吉爾的聲音叫道：「如果我再高一點點，就能鑽出去。」

「你看出去能看到什麼嗎？」尤斯塔斯問道。

「還看不到什麼，」吉爾說：「我說，泥沉沉，你放開我的腿，這樣我就可以站在你的肩膀上而不是坐著了。我可以扶住洞口邊緣自己站穩的。」

他們可以聽到她移動的聲音，然後看見她大半個身子遮住了灰濛濛的洞口。事實上，她腰部以上全探出去了。

「我說……」吉爾才開口，卻突然叫了一聲。不是尖叫，聽起來更像她的嘴被捂住，或被塞了什麼東西。然後，她能出聲了，似乎在大聲喊，但是他們聽不見她在喊什麼。剎那間，同時發生了兩件事。那塊光亮完全被遮住了一、兩秒鐘，他們聽到一種扭打、掙扎的聲音，以及沼澤怪人喘著氣喊：「快！幫個忙，抓住她雙腿。有人在拉她。那邊。不，這邊。來不及了！」

洞口和那整片冷冷的光再次完整清楚呈現。吉爾已經消失了。

「吉爾！吉爾！」他們瘋狂地喊著，但沒有人回答。

「你怎麼搞的，為什麼不能抓住她的腳呢？」尤斯塔斯說。

「我不知道，史瓜，」泥沉沉哀歎道：「我相信，自己生來就是什麼都做不好。這是命。命中注定波爾會死，就像我命中注定會在哈爾方城堡吃到能言鹿一樣。當然，這不是說我自己都沒有錯。」

「這可說是我們遭遇到的最大的恥辱和悲傷，」王子說：「我們把一位勇敢的女士送進了敵人的手中，自己卻安全地待在後方。」

「別想得**那麼**黑暗，先生，」泥沉沉說：「除了餓死，在這個洞裡我們也不是那麼安全的。」

「我在想，**我**的身子是不是夠小，能像吉爾那樣穿過那個洞口？」尤斯塔斯說。

事實上，發生在吉爾身上的事是這樣的。她一把頭探出洞口，就發現自己是從上往下看，就像從樓上的窗戶往下看一樣，而不是像從地面活板門鑽出來那樣往上看。由於在黑暗中待了很長的時間，她的眼睛一開始看不清楚任何所見之物，只知道看見的不是自己期盼已久的、陽光明媚的世界。空氣似乎冷得要命，光線蒼白泛藍。同時還有很大的嘈雜聲，以及許多白色的物體在空中飛來飛去。也就是在那時候，她對底下的泥沉沉大聲說，讓她站到他的肩膀上。

站起來之後，她就看得更清楚也聽得更清楚了。她聽到的嘈雜聲原來是兩種聲音：一種是好多腳有節奏的踩踏聲，另一種是四把小提琴、三根笛子加上一面鼓合奏出來的音樂。她也弄清楚了自己的位置。她正從一個位在陡峭斜坡上的洞往外看，斜坡一直往下通到地面，距離她大約十四英尺高。四周白茫茫的一片。有很多人在四處走動。接著，她倒吸了一口氣！那些是身材苗條的小人羊，以及戴著葉冠、頭髮飄在腦後的樹精靈。有那麼一會兒，他們看起來像在隨意走動，然後她才發現他們是在跳舞——跳一支有著許多複雜舞步和花式的舞蹈，以至於你要花上一些時間才能看懂。接著令她大為震驚的，是她意識到那蒼白的藍光是真正的月光，地面上那白茫茫的一片是真正的雪。當然了，頭頂上那漆黑寒冷的夜空中，有無數的星星在凝望。那群舞者背後高大黝黑的東西是樹木。他們不僅終於回到了上面的世界，而且是進入了納尼亞的中心地帶。吉爾覺得自己高興得快要暈倒了，而那音樂——那狂野的音樂，極其悅耳又帶著一點詭異，充滿了美善的魔力，就如女巫的彈奏裡充滿了邪惡的魔力一樣——使她對這一切更加覺得美妙。

說明這一切要花不少時間，但是明白情況當然只要一下子。吉爾幾乎是立刻轉頭向底下其他人喊道：「我說！沒事啦。我們出來了，我們回家了。」但是她在「我說」之後就消音的原因是這樣的。一圈又一圈圍在那群跳舞者外面打轉的是一群矮人，他們穿著最漂亮的衣服，大都是鮮紅色滾著毛邊和垂著金色穗子的斗篷，腳上穿著毛茸茸的大長靴。他們一邊繞著圈子轉，一邊興高采烈地扔著雪球。（那就是吉爾看見的，在空中飛來飛去的白色物體。）他們不是像英國的調皮男孩那樣把雪球朝舞者身上扔，而是隨著音樂的節拍，在精準的時間對著精準的目標擲去，如果所有的舞者都能在精確的時間站在精確的位置上，就不會有人被擊中。這就是所謂的「大雪舞」，每年在納尼亞第一場大雪之後的第一個月夜裡舉行。當然，這是一種遊戲，也是一種舞蹈，因為時不時總有一些舞者出點差錯，然後他的臉就會被雪球擊中，於是所有人都會大笑。不過，一支由嫻熟的舞者、矮人和樂師組成的優秀團隊，可以持續跳上幾小時都不會有人被擊中。

在那些晴朗的夜裡，當寒冷、鼓聲、貓頭鷹的鳴叫和月光混在一起進入他們狂野的、山林的血液中，使他們更加狂野時，他們會一直跳到天亮。我希望你們能親眼目睹這樣的場面。

當吉爾開口**說**「我說」之後，讓她無法往下說的，當然是一顆漂亮的大雪球，它從遠處一個矮人手中飛出，穿過大雪舞，不偏不倚擊中了她的嘴。她完全不在意。那一刻，就算有二十個雪球擊中她都不會讓她沮喪。不過，無論你有多麼高興，你都無法在滿嘴是雪的情況下說話。等她把雪吐掉，能開口說話時，她在興奮中忘了在她背後黑暗的地洞裡，其他人還不知道這個好消息。她只是盡可能地從洞口探出身子，對著那些舞者放聲喊叫。

「救命！救命！我們被埋在這山丘裡。快來把我們挖出去。」

那群連山坡上有個小洞都沒注意到的納尼亞人聽見喊聲當然非常吃驚，他們朝四面八方胡亂張望了一陣子，才發現聲音是從哪裡來的。不過，他們一看見吉爾就全都朝她奔來，能爬上斜坡的人都爬了上去，有十多隻手伸出去幫她。吉爾抓住這些手，就這麼被拉出了洞，頭下腳上滑下斜坡，然後站起來說：

「噢，快去把其他人挖出來吧。洞裡還有三個人和兩匹馬，其中一個人就是瑞里安王子。」

她說這話的時候，已經被人團團圍在中央，因為除了跳舞的人之外，一些她先前沒看見的、在一旁觀舞的各種各樣的生物也都跑過來了。一大群松鼠如陣雨似的從樹上竄出來，貓頭鷹也是。刺蝟邁著短腿，用他們最快的速度搖搖擺擺地走來。熊和獾以稍慢的速度緊跟在後。一隻巨大的黑豹興奮地甩著尾巴，是最後一個加入群體的。

不過他們一明白吉爾說的話，立刻全體行動起來。「鋤頭和鏟子，夥伴們，鋤頭和鏟子。去拿我們的工具！」矮人們說著，以最快的速度衝進樹林裡。「把鼴鼠叫醒，他們是挖洞專家。他們和矮人一樣會挖。」有個聲音說。「她說瑞里安王子怎麼樣了？」另一個聲音說。「噓！」黑豹說：「這可憐的孩子瘋了，難怪會在山裡迷路。她不知道自己在說什麼。」「沒錯，」一隻老熊說：「唉，她說瑞里安王子是匹馬！」「不，她沒這麼說。」一隻松鼠冒失地說。「是的，她說了。」另一隻松鼠更冒失地說。

「這是真……真……真……真的。別……別……別這麼傻。」吉爾說。她會這麼說話，是因為這時整個人凍得牙齒打顫。

有個樹精立刻將一件毛茸茸的斗篷裹在她身上，這斗篷是某個矮人衝去拿挖掘工具時遺落的。有個熱心的人羊一路小跑著穿過樹叢去某個地方為她拿來了一杯熱飲，吉爾看見那是一個燃著火光的山洞口。不過熱飲還沒到，所有矮人已經扛著鐵鍬和鶴嘴鋤回來了，他們直接衝上斜坡。接著，吉爾便聽見有人喊：「嗨！你做什麼呢？把劍放下。」

還有「聽著，年輕人，別這麼幹。」以及「他是個壞人，對吧？」吉爾急忙趕過去，當她看見尤斯塔斯的臉時，真不知自己該哭還是該笑。那張從漆黑的洞口中冒出來的臉，蒼白又骯髒，而且尤斯塔斯的右手揮舞著一把劍，作勢要朝任何靠近他的人刺去。

在過去的幾分鐘裡，尤斯塔斯的經歷和感受當然和吉爾完全不同。他聽見吉爾的叫喊，看見她不知消失到哪裡去了，他的想法就跟王子和泥沉沉一樣，認為她被敵人抓住了。從洞底往上看，他看不出那蒼白泛藍的光是月光。他以為這個洞只會通向另一個洞穴，而那個洞穴是藉由某種鬼魅般的磷光照亮的，洞裡還住滿了天知道是什麼的下界邪惡生物。因此，當他說服泥沉沉讓他踏背而上，並且拔劍在手，然後把頭伸出洞口時，他確實是在做一件非常勇敢的事。其他二人如果辦得到的話，肯定會率先這麼做，只是這洞實在太小，他們根本出不去。尤斯塔斯的個頭比吉爾稍大一點，手腳卻比吉爾笨拙許多，所以當他把頭伸出去時，先撞到了洞頂，一堆積雪掉下來，灑了他一頭一臉。因此當他再次能看見東西時，他看見有幾十個人影正拚命朝他衝過來，而他揮劍想把他們趕走也就不奇怪了。

「住手，尤斯塔斯，住手。」吉爾喊道：「他們都是朋友。你看不出來嗎？我們到了納尼亞了。全都沒事了。」

接著，尤斯塔斯才看清楚，並向矮人道了歉（矮人們說不要緊），然後又是幾十隻粗壯的、毛茸茸的矮人手把他拉出了洞口，就像幾分鐘前他們把吉爾拉出來一樣。然後，吉爾七手八腳爬上斜坡，把頭伸進黑暗的洞口，對困在裡面的人大聲報告了這個好消息。就在她回過身來時，她聽見泥沉沉喃喃地說：「啊，可憐的波爾。最後這個打擊超過了她所能承受的。我相信她失去了理智，產生了幻覺。」

吉爾和尤斯塔斯又團聚了，兩人四手相握，深深吸了一口自由的午夜空氣。有人為尤斯塔斯送來一件暖和的斗篷，並為兩人都送上了熱飲。他們啜著熱飲時，矮人已經把斜坡上洞口周圍的雪和草皮鏟掉一大片，鶴嘴鋤和鐵鍬這時就像十分鐘前舞蹈場上人羊和樹精靈的腳那樣歡快。才十分鐘！吉爾和尤斯塔斯已經覺得他們在黑暗、高溫、令人窒息的地底所經歷的一切危險只是一場夢而已。在這裡，在寒冷的空氣中，在頭頂有月亮和巨大的星星（納尼亞的星星比我們世界的離得近）下，並且周圍環繞著和藹、快樂的面孔時，人很難相信有下界的存在。

他們還沒喝完熱飲，就來了十幾隻剛睡醒的鼴鼠，他們還很睏，樣子也不太高興。不過，他們一弄清楚怎麼回事，立刻心甘情願地加入工作。就連人羊也讓自己幫上點忙，他們用小推車把土運走，松鼠們極其興奮地跳來跳去，不過吉爾始終沒搞懂那些松鼠到底知不知道自己究竟在做什麼。熊和貓頭鷹很滿意擔任顧問的工作，不停問孩子們願不願意到山洞裡（就是吉爾看到有火光的地方）去取暖和吃晚飯。不過兩個孩子不願意在他們的朋友還沒脫困之前就離開。

在我們的世界裡，這種挖掘的工作沒人能像納尼亞的矮人和能言鼴鼠做得那麼好；不過，當然啦，鼴鼠和矮人不認為這是工作。他們喜歡挖掘。因此，沒過多久，他們已經在斜坡上挖開了一道黑黑的大裂縫。從黑暗中第一個走到月光下來的——如果不是知道出來的會是誰的話，這景況還挺嚇人的——是那瘦瘦高高、兩條長腿、戴著尖帽子的沼澤怪人，然後是牽著兩匹大馬的瑞里安王子本人。

泥沉沉一出現，四面八方都叫起來：「哇，是個沼澤怪人……咦，這不是老泥沉沉嗎——從東部沼澤來的老泥沉沉——泥沉沉，你都忙什麼去了呀？……我們還組織了搜索隊去找你呢……特朗普金大人發布的告示還有賞金呢！」但這七嘴八舌的叫嚷在一瞬間全停了，現場一片死寂，就像校長打開喧鬧的宿舍的門，所有的吵鬧聲馬上消失一樣。因為他們這時看見了王子。

沒有人對他的身分有過一秒的懷疑。在他中魔法那天之前，就有許多野獸、樹精、矮人和人羊認得他，記得他的相貌。還有些上了年紀的生物，記得他的父親凱斯賓國王年輕時的樣子，看出了他們的相像之處。不過，我想他們無論如何都會認出他來的。雖然他因為長期被囚禁在地底王國而面色蒼白、一身黑衣、滿身塵土、頭髮蓬亂、疲憊不堪，但他的臉和風采不會有人弄錯。那張臉上的神情是納尼亞歷代真正的國王才有的，他們是憑著阿斯蘭的旨意、坐在凱爾帕拉維爾最高王彼得的王座上來統治這個王國。所有的人立刻全部脫帽屈膝，向王子致意；片刻之後，響徹雲霄的歡呼、快樂無比的跳躍、互相熱烈的握手、親吻和擁抱，讓吉爾的眼淚忍不住奪眶而出。他們這趟任務所經歷的千辛萬苦，都值得了。

「殿下，」最年長的矮人說：「那邊山洞裡預備了一些晚餐，本來準備雪舞結束後……」

「非常樂意，老爹爹。」王子說：「因為從來沒有哪個王子、騎士、紳士或大熊，能像今晚我們四個流浪人對食物有這麼好的胃口。」

整群人開始穿過樹林朝山洞走去。吉爾聽到泥沉沉對圍著他的人說：「不，不，我的故事可以等等再說。其實我身上沒有發生什麼值得一提的事。我倒是想聽聽新聞。別對我輕描淡寫啊，我寧願一次聽個仔細。國王遭遇船難了嗎？森林發生大火了嗎？卡羅門邊界沒發生戰爭吧？或者出現幾條龍，我也不覺得奇怪啊。」眾人和所有動物都大笑起來，說：「這真是個不折不扣的沼澤怪人啊。」

兩個孩子又累又餓，幾乎要倒下了，但是洞裡的溫暖，以及洞裡爐火在牆上、櫥櫃上、杯盤碗碟和光滑的石板地上閃動跳躍的情景，就像在農莊廚房裡一樣，這使他們稍微振作清醒了一會兒。不過，他們還是在晚飯準備好之前睡著了。在他們睡覺的時候，瑞里安王子把自己所有的冒險經歷告訴了矮人，以及那些年長又有智慧的動物。這下他們才明白究竟怎麼回事：邪惡的女巫（無疑她和很久以前為納尼亞帶來「長冬」的那個白女巫是同一類）如何策劃了這整件事。她先殺害了瑞里安的母親，然後迷住了瑞里安。眾人也明白了她如何將地道挖到了納尼亞王國的正下方，打算破土而出，然後藉由瑞里安來統治王國，而瑞里安怎麼也沒想到，她要立他為王的那個國家（他在名義上是國王，但實際上是她的奴隸）是他自己的國家。從孩子們的經歷來看，他們明白了她又和危險的哈爾方巨人互相結盟，互為朋友。「殿下，這整件事情的教訓，」最年長的矮人說：「是那些北方女巫亡我納尼亞之心始終不死，只不過在不同的時代，她們奪取納尼亞的手段不同而已。」

16 傷癒

第二天早晨，吉爾醒來時發現自己是在山洞裡，她驚恐了片刻，以為自己又回到了下界。不過，等她察覺自己是躺在石楠鋪成的床上，身上蓋著毛茸茸的斗篷，又看見石頭壁爐裡歡快燃燒的火劈啪作響（彷彿剛點燃一樣），以及更遠處清晨的陽光從洞口照進來，她才記起整個令人快樂的事實。昨晚他們全擠進這個山洞裡，吃了一頓愉快的晚餐，儘管晚餐還沒正式結束他們就已經睏得不行了。她印象模模糊糊的，矮人圍在爐火邊，拿著比他們自己還大的煎鍋，還有嘶嘶作響、味道香噴噴的香腸，好多、好多、好多的香腸。不是那種裡面灌了一半麵包和黃豆的劣質香腸，是真正灌滿調過香料的肉、肥美多汁、熱氣騰騰、皮有一點爆開、煎得剛剛好有一點焦的香腸。還有一大杯泡沫很多的巧克力，烤馬鈴薯和烤栗子，以及挖掉果核填塞了一堆葡萄乾的烤蘋果，然後是冰品，讓你在吃完所有熱燙的東西之後精神一振的冰品。

吉爾坐起來環顧四周。泥沉沉和尤斯塔斯躺在不遠處，還在沉睡。

「嗨，你們兩個！」吉爾大聲喊道：「你們睡得都不想起來了嗎？」

「噓，噓！」她上方傳來一個昏昏欲睡的聲音說：「睡覺的時間到了。好好打盹，快睡，快睡。不要引發騷動。吐—呼！」

「嘿，我相信，」吉爾說著，抬頭看了一眼棲息在山洞角落一座大立鐘頂上的那團蓬鬆的白羽毛：「我相信那是格林羽！」

「沒錯，沒錯，」貓頭鷹把頭從翅膀底下抬起來，睜開了一隻眼睛，呼嚕呼嚕地說：「大約兩點鐘的時候，我給王子帶來一個口信。是松鼠給我們帶來好消息的。給王子帶口信。他已經離開了。你們也要跟著去。再見……」然後他的頭又埋進翅膀裡不見了。

看來要從貓頭鷹那裡得到更多消息是沒希望了。吉爾起身，開始四處尋找洗漱的地方，以及哪裡有早飯吃。不過，幾乎立刻有個小人羊小跑步進了山洞，山羊蹄在石板地上發出清脆的喀嗒喀嗒聲。

「啊！你終於醒了，夏娃之女。」他說：「也許你最好也把亞當之子叫醒。你們必須在幾分鐘後離開，有兩個人馬十分好意，願意讓你們騎在他們背上，前往凱爾帕拉維爾。」他壓低聲音加上一句：「當然，你們明白吧，獲准騎在人馬背上是非常特別、前所未聞的榮譽。我還沒聽說過從前有誰有這種殊榮。別讓他們久等了。」

「王子在哪裡？」尤斯塔斯和泥沉沉醒來的第一句話就問。

「他往下前往凱爾帕拉維爾去見他父王了。」名叫奧倫斯的人羊說：「國王陛下的船隨時會進港。看來國王似乎是出航沒多久就遇到了阿斯蘭——我不知道他是在異象中見到還是面對面見到的，總之阿斯蘭讓他回航，告訴他，等他到達納尼亞的時候，會看見他失蹤多年的兒子在等著他。」

尤斯塔斯這時起來了，他和吉爾一同幫奧倫斯準備早飯。泥沉沉被告知待在床上。一位名叫「雲生」的人馬要來看他那隻燒焦的腳，那是一位著名的治療師或（奧倫斯所稱的）「醫師」。

「啊！」泥沉沉用一種幾乎心滿意足的語調說：「我相信，他會把我的腿從膝蓋以下鋸掉。你看著吧，他不這麼做才怪。」他雖這麼說，卻很高興地躺在床上。

早餐是炒雞蛋和烤土司，尤斯塔斯狼吞虎嚥，好像昨天半夜沒吃到那頓豐盛的晚餐似的。

「我說，亞當之子，」人羊以敬畏的神情望著尤斯塔斯塞得滿滿的嘴說：「不必吃得**那麼**急**那麼**嚇人。我想人馬還沒吃完**他們的**早飯。」

「那他們一定是起晚了，」尤斯塔斯說：「我敢打賭他們一定是十點以後才起床。」

「噢，不是的，」奧倫斯說：「天還沒亮他們就起床了。」

「那他們一定是等了很久才吃早飯。」尤斯塔斯說。

「不是，他們沒等。」奧倫斯說：「他們一醒來就開始吃東西。」

「老天！」尤斯塔斯說：「那他們吃了很大一頓早餐嗎？」

「哎呀，亞當之子，你不明白嗎？人馬有一個人的胃，還有一個馬的胃。這兩個胃當然都要吃早餐。所以他先吃麥片粥、彩虹魚、腰子、培根、煎蛋捲、冷火腿、烤土司塗果醬、咖啡和啤酒。然後，他必須照顧自己身上那個馬的胃，先吃一個鐘頭左右的草，再吃熱的飼料糊，吃些燕麥，再吃一袋糖。這就是為什麼邀請一個人馬到家裡來度週末是一件需要認真考慮的事。一件真的需要認真考慮的事。」

這時，洞口傳來馬蹄敲打岩石的聲音，孩子們抬起頭來，兩個人馬站在洞口等他們，正稍微低下頭往山洞裡看。他們一個長著黑鬍鬚，一個長著金鬍鬚，長長的鬍鬚飄垂在強壯光裸的胸膛上。兩個孩子變得非常有禮貌，很快吃完早餐。沒有人在看到人馬以後會覺得他們滑稽可笑。人馬是莊重威嚴的種族，充滿古老的智慧，那是他們從星星學來的。他們不輕易高興，也不輕易發怒，但是當他們發怒時，那怒氣會像海嘯一樣可怕。

「再見，親愛的泥沉沉，」吉爾走到沼澤怪人的床前說：「對不起，我們叫你掃興鬼。」

「我也覺得很對不起，」尤斯塔斯說：「你是世界上最好的朋友。」

「我真希望我們能再見面。」吉爾補充說。

「我得說，這種可能性不大。」泥沉沉回答說：「我想我也不太可能再見到我的帳棚小屋了。還有那個王子——他是個好人——你覺得他身體夠強壯嗎？我相信，多年囚禁在地底的生活毀了他的身體。看來隨時都可能大病一場。」

「泥沉沉！」吉爾說：「你這個一開口就沒好話的老騙子。你聽起來就像辦喪事一樣悲傷，但我相信你心裡非常快樂。當你說起話來好像什麼都怕的時候，你其實真正勇敢得像……像一隻獅子。」

「啊，說到辦喪事……」泥沉沉才開口，吉爾已經聽到人馬在她背後跺蹄子，於是她做了令沼澤怪人大吃一驚的事。她張開雙臂，摟住他那細瘦的脖子，親吻他那泥土色的臉，而尤斯塔斯則緊緊握了握他的手。然後，兩個孩子趕緊向人馬跑去。沼澤怪人向後倒在床上，自言自語道：「好吧，雖然我**是**如此英俊的小伙子，我作夢也沒想到她會這麼做。」

能騎在人馬身上，無疑是極大的榮譽（除了吉爾和尤斯塔斯，當今世上可能沒有人騎過人馬），但其實非常不舒服。因為任何惜命的人都不會提議為人馬套上馬鞍，而騎在無鞍的馬背上可一點也不好玩，尤其像尤斯塔斯這種從來沒學過騎馬的人。人馬以一種嚴肅、優雅、成年人的方式來表達禮貌，他們一邊慢跑穿過納尼亞的森林，一邊頭也不回地向兩個孩子講述關於藥草和根莖的特性、行星的影響、阿斯蘭的九個名字和各自的含義，以及諸如此類的事。然而，無論他們兩個人類多麼疼痛、多麼顛簸，此時他們都願意不惜一切代價重走一次這趟旅程，去看看那些林間空地、因昨夜的雪而閃閃發亮的山坡，以及那些向你說早安的兔子、松鼠和鳥兒打招呼，再次呼吸納尼亞的空氣，聆聽納尼亞樹木的聲音。

他們來到距離最後一座橋（坐落在貝魯納這個有整齊紅屋頂的小鎮上）很遠的下游河岸邊——流動的河水在冬天的陽光下明亮閃爍，一片碧藍——搭上了平底駁船，由擺渡人送到對岸；說得更準確一點，是由沼澤怪人擺渡到了對岸，因為在納尼亞，大部分的水上工作和捕魚的事都由沼澤怪人來做。過了河之後，他們沿著河的南岸奔行，不久就到了凱爾帕拉維爾。他們到達的那一刻，剛好看見他們第一次來到納尼亞時所見到的那艘色彩鮮豔的大船，它像一隻大鳥一樣在河面上滑行。宮中文武百官再次聚集在城堡和碼頭之間的草地上，歡迎凱斯賓國王再次歸來。瑞里安已經換下一身黑衣，此時穿著一身銀色鎧甲，外罩一件鮮紅斗篷，頭上沒戴任何東西，站在水邊迎接他父親。矮人特朗普金在他旁邊，坐在驢子拉的小座椅上。兩個孩子看得出來，要穿過人群走到王子身旁是不可能的，不過，他們這時也覺得不好意思擠過去。因此他們問人馬是否可以繼續在馬背上多坐一會兒，這樣他們就可以越過眾朝臣的頭頂看到一切。人馬說可以。

大船的甲板上銀號角吹響的一串華麗花腔沿著水面傳來。水手們拋出一根纜繩，老鼠（當然是能言鼠）和沼澤怪人把纜繩牢牢綁在岸上，船順勢往岸邊靠近。隱藏在人群中的樂師開始奏起莊嚴的凱旋歌。不久，國王的大帆船就在碼頭邊停泊，老鼠們奔上前，把跳板搭在船舷上。

吉爾期望看見走下跳板來的是老國王，但似乎出了一些問題。一位臉色蒼白的勳爵上了岸，來到王子和特朗普金面前跪下。三人交頭接耳交談了幾分鐘，但沒人聽見他們說了什麼。音樂還繼續演奏，不過你能感覺到每個人都十分不安。接著，有四個騎士抬著什麼出現在甲板上，走得很慢。等他們開始走下跳板時，你才看見他們抬的是床，躺在床上的是老國王，臉色蒼白，一動也不動。他們將床放下。王子上前在他身邊跪下，擁抱他。他們看見國王凱斯賓舉起手祝福了兒子。所有的人都歡呼起來，但那歡呼不是全心全意的，因為他們全都覺得有什麼事不太對。突然，國王的頭落回枕上，垂向一旁。樂師們全停了下來，四周一片死寂。王子跪在國王床邊，頭趴在床上，哭了起來。

人群中到處響起嗡嗡耳語。接著吉爾注意到，所有戴了帽子、頭盔或兜帽的人都摘下了帽子，包括尤斯塔斯在內。然後她聽到城堡上空傳來一陣窸窣聲和拍打聲，她抬頭一望，看見繡著金獅的大旗降下了一半。之後，音樂再次緩慢、無情地響起，弦樂哀淒，號聲悲切，這次的樂曲令人心碎。

兩個孩子從人馬背上溜下來。（人馬毫無所覺。）

「我真希望我是在家裡。」吉爾說。

尤斯塔斯點了點頭，咬著嘴唇什麼也沒說。

「我來了。」他們身後一個低沉的聲音說。他們回過頭，看見了獅子，那樣明亮、真實和強壯，以致於其他一切相較之下立刻黯淡無光。吉爾在剎那間忘了死去的納尼亞國王，只記得自己如何害尤斯塔斯摔下懸崖，又如何幫倒忙，幾乎錯過了所有的標記，以及一路上他們所有的鬥嘴和爭吵。她想說「對不起」，但說不出話來。這時，獅子用眼神示意他們靠過來，然後低頭伸出舌頭，舔了一下他們蒼白的臉，說：

「別再想那些事了。我不會老是罵人。你們已經完成了我派你們去納尼亞做的事。」

「拜託你，阿斯蘭，」吉爾說：「我們現在可以回家了嗎？」

「可以。我是來帶你們回家的。」阿斯蘭說。然後他張大嘴吹了一口氣，但這次他們沒有在空中飛的感覺，相反的，他們似乎靜止不動，而阿斯蘭那狂野的氣息吹走了那艘大船、死去的國王、城堡、白雪和冬日的天空。所有這些東西都像縷縷青煙飄到空中，突然之間，他們站在盛夏的陽光下，四周是高大茂密的樹林，腳下是光滑的草皮，旁邊有一條美麗而清新的溪流。他們發現自己再次來到了納尼亞所在的那個世界的盡頭，來到了阿斯蘭的高山上。不過奇怪的是，凱斯賓國王的葬禮哀樂還在繼續著，只是沒有人知道它從哪裡傳來。他們走在小溪邊，獅子走在他們前面。獅子變得非常美麗，哀樂卻令人十分絕望，吉爾不知道這兩者到底是哪一個令她熱淚盈眶。

這時阿斯蘭停下腳步。孩子們朝溪中望去，只見河底金色的砂礫上躺著死去的凱斯賓國王，溪水像液態玻璃一樣從他身上流過，他那長長的白鬍子像水草一樣搖曳著。站在岸上的三人都流下淚來，連獅子也哭了：偉大的「獅之淚」，如果每一滴淚都是純鑽的話，每一滴都比地球更珍貴。吉爾注意到尤斯塔斯既不像一個哭泣的孩子，也不像一個想掩藏淚水的少年，而是像一個成人在流淚。至少這是她能達到最接近真相的理解。不過就像她說的，在那座山上，人似乎並沒有什麼具體的年齡。

「亞當之子，」阿斯蘭說：「到那灌木叢裡去找一根荊棘，拔來給我。」

尤斯塔斯聽從吩咐。拔回來的荊棘有一英尺長，鋒利如劍。

「亞當之子，將它插進我的手掌中。」阿斯蘭說著，舉起他的右前爪，朝尤斯塔斯攤開那巨大的肉墊。

「我一定得這麼做嗎？」尤斯塔斯說。

「是的。」阿斯蘭說。

於是，尤斯塔斯咬緊牙關，把荊棘刺入獅子的肉墊裡。一滴好大的鮮血湧出來，紅得比你見過或想像過的紅色都要紅。那滴血落入溪水中，散開來蓋過國王的屍體。與此同時，淒涼的哀樂停了。死去的國王開始發生變化。他的鬍子從白轉灰、從灰轉黃、變短，然後完全消失，他凹陷的雙頰變得圓潤又細嫩，皺紋也沒有了，眼睛也睜開了，雙眼和雙唇都充滿笑容。他突然一躍而起，站在他們面前——那是個青年，或少年。（吉爾說不上來是哪一種，因為在阿斯蘭的國度裡，人沒有具體的年齡。當然啦，在這個國度裡，孩子當中最幼稚的顯得最愚蠢，大人裡面則是最倚老賣老的顯得最愚蠢。）他奔向阿斯蘭，竭盡所能大張雙臂，摟住獅子那巨大的脖子。他給了阿斯蘭一個國王所能給的最有力的吻，阿斯蘭給了他一個獅子所能給的狂野的吻。

終於，凱斯賓轉向其他人，欣喜若狂地大笑起來。

「啊！尤斯塔斯！」他說：「尤斯塔斯！所以你最後還是到達了世界的盡頭。你砍海蛇砍斷的我那把第二好劍呢？」

尤斯塔斯朝他走近一步，伸出雙手，但接著又帶著有點吃驚的神情後退了一步。

「天啊！我說，」他結結巴巴地說：「一切都很好。不過你不是……？我的意思是你不是……？」

「噢，別這麼蠢兮兮的。」凱斯賓說。

「可是，」尤斯塔斯看著阿斯蘭說：「他不是……呃，已經死了嗎？」

「是的，」獅子用非常平靜的聲音說，（吉爾覺得）簡直就像在笑一樣：「他已經死了。大部分的人都死過，你知道的。即使是我也死過。沒死過的人非常少。」

「噢。」凱斯賓說：「我知道是什麼在困擾你了。你以為我是鬼，或什麼亂七八糟的東西，但你還不明白嗎？如果我現在出現在納尼亞，我就會是鬼了，因為我不再屬於那裡。可是一個人在自己所屬的國度裡不可能是鬼啊。如果我進入你的世界，我可能會是鬼。我不知道。不過我猜那世界也不屬於你們的，現在你們在這裡。」

兩個孩子心中燃起了巨大的希望，但是阿斯蘭搖搖頭說：「不，親愛的，等你們下次在這裡再見到我的時候，你們就會定居下來了，但不是現在。現在你們必須回到自己的世界裡去，再待一段時間。」

「先生，」凱斯賓說：「我一直想看一眼**他們的**世界。這是錯的嗎？」

「孩子，既然你已經死了，你就不可能再要錯的東西了。」阿斯蘭說：「你可以看到他們的世界——按照**他們的**時間，看五分鐘。你不需要花比這更多的時間來擺平那邊的事。」接著阿斯蘭向凱斯賓解釋吉爾和尤斯塔斯將回到什麼情況裡，以及整個實驗學校是怎麼回事。看來他和他們一樣清楚。

「夏娃之女，」阿斯蘭對吉爾說：「去那矮樹上折一根樹枝來。」她照做了；樹枝一握在手裡，就變成了一根新的馬鞭。

「現在，亞當之子，拔出你的劍，」阿斯蘭說：「不過只能用劍的平面，不可用劍鋒，因為我派你們去對付的是懦夫和孩子，不是戰士。」

「你會和我們一起去嗎，阿斯蘭？」吉爾說。

「他們會看見我的背影。」阿斯蘭說。

他領著他們飛快穿過樹林，他們還沒走幾步，實驗學校的圍牆就出現在他們面前。接著，阿斯蘭大聲咆哮，連天空中的太陽都不由得一抖，三十英尺高的牆在他們面前轟然倒塌。他們從缺口往裡看，先看到下方學校的灌木叢，再看到體育館的屋頂，所有一切都籠罩在他們開始冒險之前見過的那個陰沉的秋日天空下。阿斯蘭轉向吉爾和尤斯塔斯，朝他們吹了一口氣，並用舌頭輕舔了一下他們的額頭。然後，他趴在自己震倒的那個缺口上，把金色的背對著英格蘭，威嚴的臉龐朝向自己的國土。與此同時，吉爾看見那些她非常熟悉的身影正穿過月桂樹朝他們跑過來。那一幫人裡的絕大多數人都到了，有阿黛拉·潘尼法德、喬蒙德利·梅傑、伊蒂絲·溫特布洛特、「痘痘臉」索瑞爾、大塊頭班尼斯特，以及那兩個可惡的加勒特雙胞胎，但他們全都突然停下腳步，臉色大變，所有的卑劣、自負、殘忍和陰險鬼祟幾乎全部消失，變成一種驚恐萬分的神情。他們看見圍牆倒了，一隻像小象一樣大的獅子趴在缺口上，三個穿著光彩奪目衣服的身影，手裡拿著武器朝他們衝過來。因為身上有了阿斯蘭的力量的緣故，吉爾用馬鞭抽打那幾個女孩，凱斯賓和尤斯塔斯揮劍用劍背猛抽那些男孩，不到兩分鐘，那群惡霸便被抽得一邊發瘋狂奔，一邊高聲大喊：「殺人啦！法西斯！獅子！不公平！」然後，校長（順便說一句，是個女的）跑出來看到底發生什麼事。當她看見獅子、倒塌的牆、凱斯賓、吉爾和尤斯塔斯（她完全認不出他們倆）的時候，歇斯底里地奔回屋裡，打電話給員警，說有一隻獅子從馬戲團逃了出來，還有逃犯推倒了學校的牆，拿劍行兇等等。吉爾和尤斯塔斯趁亂悄悄溜進屋裡，將身上鮮豔的服飾換成平日的衣服，凱斯賓也返回了他自己的世界。那堵倒塌的牆在阿斯蘭的一句話下恢復原狀。等員警趕到時，沒有發現獅子，沒有倒塌的牆，也沒有逃犯，只有言行舉止像瘋子的校長，於是警方對整個事件展開了調查。在調查過程中，實驗學校的種種弊端全部浮出水面，大約有十個人遭到開除。從那以後，校長的朋友發現她做不好校長了，於是他們派她去做督察，干預其他的校長。當他們發現她連督察都做不好的時候，他們把她送進了國會，從此她在裡面過著幸福快樂的生活。

一天晚上，尤斯塔斯把他那套漂亮的衣服偷偷埋在學校的操場上，但吉爾偷偷地把她那套衣服帶回了家，並在隨後假期的化裝舞會裡穿了出來。從那時開始，實驗學校的情況變好了，它變成了一所相當好的學校。吉爾和尤斯塔斯一直是朋友。

然而，在遙遠的納尼亞，瑞里安國王埋葬了父親——航海家凱斯賓十世——並為他哀悼。瑞里安將納尼亞治理得很好，在他統治的年日裡，全國子民都很快樂幸福，雖然泥沉沉（他的腳在經過三個星期的治療後完好如新）經常指出天有不測風雲，好景不會長久等等。斜坡上通往地底的那個洞口仍然敞開著，在炎熱的夏天，納尼亞人經常帶著船和燈籠下去，在涼爽、幽暗的地底海洋上划船、唱歌，互相訴說那個深在數萬英尺下的城市的故事。如果你有幸親自去到納尼亞，別忘了去看看那些洞穴。

最後一戰
The Last Battle

目次

01 大鍋潭邊

在納尼亞王國末年，遠在燈野地西邊靠近大瀑布的地方，住著一隻老猿猴。他老得沒有人記得他是什麼時候來住在那一帶的，他也是你所能想像到最聰明、最醜、皺紋最多的猿猴。他有一座木頭搭建的小屋，屋頂覆蓋著樹葉，搭在一棵大樹的樹杈上；他的名字叫希福特[1]。在那一帶樹林裡，很少有能言獸、人類、矮人或任何一類的人，但是希福特有個與他比鄰而居的朋友，是一隻名叫帕叟[2]的驢子。至少他們雙方都說對方是朋友，但是從事情的發展來看，你可能會認為帕叟更像希福特的僕人而不是朋友。所有的工作都是帕叟在做。他們一起去河邊，希福特把大皮囊裝滿水，然後由帕叟負責馱運回家。當他們需要到很遠的大河下游的城鎮去採購物品時，是帕叟馱著空背簍去，然後馱著滿滿的、沉重的背簍回來。所有帕叟馱回來的好東西都被希福特吃掉了；希福特會說：「你明白的呀，帕叟，我不能像你一樣吃草和薊，所以我必須用其他方式來補償才公平。」而帕叟總是說：「當然，希福特，當然。我明白的。」帕叟從不抱怨，因為他知道希福特遠比他聰明，並且認為希福特願意和他做朋友是因為希福特很好心。如果帕叟對任何事情有意見，真的嘗試爭論的時候，希福特總會說：「好了，帕叟，我比你更清楚什麼該做什麼不該做。你知道自己不聰明，帕叟。」帕叟總是說：「是啊，希福特。你說得對。我不聰明。」然後，他會歎口氣，並且照希福特已說的去做。

那年年初的一天清晨，他們倆出門，沿著大鍋潭的岸邊散步。大鍋潭是納尼亞西部邊境懸崖下的一個大水潭。巨大的瀑布傾洩而下，發出的轟隆聲如永無休止的雷鳴，納尼亞河從水潭的另一邊流出去。瀑布讓潭水不停動盪冒泡、翻滾不休，就像水煮沸了一樣，當然這就是它得名「大鍋潭」的由來。初春時節最是生氣蓬勃，納尼亞再過去的西部荒野裡，群山積雪融化，融雪匯聚成河，奔騰而來，使瀑布的水量十分豐沛。當他們看著大鍋潭的時候，希福特突然用他又黑又瘦的手指指著水潭說：

「看！那是什麼？」

「什麼？看什麼？」帕叟說。

1 希福特（Shift），英文裡這個字有好幾個意思，其中之一是推卸、推諉、轉嫁（責任），作者再次以命名方式來點明該角色的涵義。

2 帕叟（Puzzle），英文裡原意是「迷惑」。

「那個剛從瀑布上沖下來的黃色的東西。看！又出現了，浮在水面上。我們一定要去看看那是什麼。」

「我們一定得去嗎？」帕叟說。

「當然，我們得去，」希福特說：「那說不定是個有用的東西。你要像個男子漢大丈夫，跳到水潭裡去把它撈上來，然後我們可以好好看看它。」

「跳到水潭裡？」帕叟說著，長耳朵抽了抽。

「哦，你要是不下去，我們怎麼拿得到它？」猿猴說。

「可是……可是，」帕叟說：「**你**去不是更好嗎？因為，你看，是你想知道它是什麼東西，我沒那麼想知道。還有，你看你有手，要抓東西的時候，你動起手來就像人類或矮人一樣方便。我只有蹄子。」

「真想不到，帕叟，」希福特說：「我沒想到你會說這種話。我真沒想到你會這麼說。」

「哦，我說錯了什麼嗎？」驢子怯生生地說，因為他看出希福特一臉深受冒犯的神情：「我的意思是……」

「你要**我**下水，」猿猴說：「就像完全不知道猿猴的肺很脆弱，很容易受涼感冒！很好。我**會**下去。在這殘酷的寒風中我已經冷得要命了。但我會下去的。我說不定會死。

到時候有你後悔的。」希福特的聲音聽起來就像他馬上要哭出來似的。

「別這樣，別這樣，別這樣，」帕叟半號叫半說道：「我絕不是這個意思，希福特，真的，我不是這個意思。你知道我有多蠢，一次只能想一件事。我忘了你的肺有多脆弱。當然應該由我下去。你千萬別認為得親自去。答應我你不會去，希福特。」

就這樣，希福特答應了，帕叟於是四蹄嗒嗒地繞著水潭邊的岩石走，想找個容易下水的地方。撇開寒冷不談，走下那片不斷翻滾、冒著泡沫的水裡可不是鬧著玩的，帕叟站在水邊整整顫抖了一分鐘，才下定決心走下水。可是這時希福特從他背後喊著說：「帕叟，也許還是由我來做比較好。」帕叟一聽，馬上說：「不，不。你答應過了。我這就下去。」說著他便踏進了水潭。

一大片水沫盪過來打中他的臉，使他灌了滿嘴的水，眼睛也看不見了。接著他整個沉進水裡好幾秒鐘，等他再次冒出來時，他已經差不多來到了水潭的另一邊。緊接著他被捲進了漩渦裡，轉了一圈又一圈，而且愈轉愈快，直到將他捲到瀑布正下方，奔騰的水的力量將他壓進水裡，壓得很深，以至於他想，他已經憋不住氣要淹死了。這時，水流又把他捲了上來。當他冒出水面，掙扎著終於接近他想抓住的東西時，那東西又漂離了他，同樣漂到了瀑布下方，被水流打進了潭底。等那東西再次浮出水面時，它離他比之前更遠了。不過，最後，在他全身瘀青、四肢凍得僵硬、快要累死的時候，他終於用牙齒咬住了那個東西。他推著那東西出了水潭，把它頂在自己前面。它大得像一條地毯，非常沉重，又冷又黏糊糊的，老是絆到他兩隻前蹄。

他把那東西扔在希福特面前，渾身滴水站在那裡發抖，試著讓自己緩過氣來。不料那隻猿猴看都不看他一眼，也不問他好不好，只忙著在那東西周圍轉來轉去，把它攤開，拍拍它，聞聞它的氣味。隨後，他眼中閃過一絲邪惡的光芒，說：

「這是一張獅子的皮。」

「呃……哦……哦……噢，是嗎？」帕叟喘著氣說。

「現在，我在猜……我在猜……我在猜……。」希福特自言自語道，腦子拚命轉著。

「我很納悶，是誰殺了這隻可憐的獅子？」帕叟這時說：「牠應該要被埋起來。我們必須舉行一個葬禮。」

「噢，這不是一隻能言獅，」希福特說：「你不必費**這個**心。這瀑布再過去的西部荒野裡沒有能言獸。這張皮肯定屬於一隻不會說話的野生獅子。」

順帶一提，他這個推斷沒有錯。有個獵人，人類，幾個月前在西部荒野的某個地方獵殺了這隻獅子，剝了牠的皮。不過這件事和我們這個故事無關。

「儘管如此，希福特，」帕叟說：「就算這張皮屬於一隻不會說話的野生獅子，我們難道不該為牠舉行一場體面的葬禮嗎？我是說，不是所有的獅子都……嗯，很莊嚴神聖嗎？因為你知道我在說誰。你不會不明白吧？」

「你那個腦袋別開始去想那些有的沒的，帕叟，」希福特說：「因為你知道思考不是你的強項。我們要用這張皮做一件溫暖的冬衣給你穿。」

「噢，我想我不喜歡這個主意，」驢子說：「這會看起來……我是說，其他動物可能會以為……也就是說，我不應該覺得……」

「你在胡說些什麼啊？」希福特說著，像猿猴一樣反手搔了搔自己。

「如果像我這樣一隻驢子，穿著獅皮走來走去，我認為對那隻偉大的獅子，對阿斯蘭本尊，是很不敬的事。」帕叟說。

「好了，拜託別和我抬槓了，」希福特說：「像你這樣的蠢驢哪會知道這種事呢？帕叟，你知道你不擅長思考，所以思考的事何不由我來做呢？你為什麼不能像我對待你一樣來對待我？我不認為自己事事都能幹。我知道有些事你比我強。這就是為什麼我讓你下去水潭，因為我知道你比我在行。可是，碰上我**在行**而你不在行的事，為什麼不能輪到我來做呢？難道什麼事都不允許我做了嗎？公平一點好吧。事情輪流做好吧。」

「噢，好吧，如果你要這麼說，那就依你吧。」帕叟說。

「我告訴你，」希福特說：「你最好沿著河邊小跑到七平堡去，看看他們有沒有賣橘子或香蕉。」

「但是我好累了啊，希福特。」帕叟懇求道。

「沒錯，不過你又冷又濕，」猿猴說：「你需要動一動讓自己暖和起來。輕快的小跑對你有益。再說，今天七平堡有集市。」於是，當然了，帕叟說他會去。

帕叟一走，希福特馬上蹣跚地往前走，有時用兩隻腳走，有時手腳並用，直到來到自己所住的那棵樹。他縱身上樹，晃蕩著攀過一根又一根樹枝，從頭到尾咧嘴笑著，嘴裡喋喋不休地說著什麼，最後進了他的小屋。他在屋裡找到了針線和一把大剪刀；他是一隻聰明的猿猴，矮人曾經教過他縫紉。他把線團（那線很粗，更像細繩子而不像線）塞進口裡，這使他的臉頰鼓了起來，就像在嘴裡含著一顆超大的太妃糖。他用嘴唇夾住針頭，用左手拿著剪刀，然後爬下樹，蹣跚地走回到獅皮前。他蹲下來開始忙了起來。

他一眼看出這張獅皮若要套在帕叟身上，那麼頭部太短，身體太長。於是他截長補短，把身體的部分剪下一大塊，用它為帕叟的長脖子做個長領子。然後他把獅頭剪下來，把長領子縫在頭顱和肩膀之間。接著他在皮的兩側縫上一股股的線，這樣它就能將帕叟的胸部和腹部緊緊包裹起來。他在工作時不時有鳥從他頭頂上飛過，這時他會停下來焦急地抬頭張望。他不想讓任何人看見他在做什麼。不過他看見的鳥都不是能言鳥，所以他不擔心。

傍晚時分，帕叟回來了。他沒有小跑，只是耐心地走著，就像平常驢子走路那樣。

「沒有橘子，」他說，「也沒有香蕉。我累死了。」說完他便躺下了。

「過來試穿看看你漂亮的獅皮大衣。」希福特說。

「噢，管那張舊皮幹什麼，」帕叟說：「我明天早上再試。今晚我太累了。」

「你**真是**不知好歹，帕叟，」希福特說：「**你**要是累，那我呢？你就不想想，當你沿著河谷蹓躂散步的時候，我一直忙著給你做一件外套。我兩隻手已經累到幾乎拿不住這把剪刀了。你沒說謝謝……你甚至不看看那件外套……你不在乎……而且……而且……」

「我親愛的希福特，」帕叟立刻站起來說：「我很抱歉。我真是太差勁了。我當然很想試穿一下。它看上去好華貴啊。這就讓我試穿看看吧。請讓我試穿吧。」

「那就站好別動。」猿猴說。那張皮對他來說很重，他抬得很吃力，不過，最後在他又拉又推、又呼又喘之下，把皮套上了驢子身上。他把皮的兩側在帕叟的身體下方綁緊，把獅皮的四條腿綁在帕叟的四條腿上，又把獅子的尾巴綁在帕叟的尾巴上。從獅頭張開的嘴裡可以看見相當一部分帕叟的灰鼻子和臉。任何見過真正獅子的人，都不可能被騙，但是不曾見過獅子的人看見披著獅皮的帕叟，就有可能誤認那是一隻獅子。只要他別走得太靠近，只要光線不太好，只要帕叟不發出驢叫，驢蹄也不發出任何聲音，看的人就可能誤認這是一隻獅子。

「你看起來棒極了。」猿猴說：「現在如果有人看見你，他們會以為你是阿斯蘭，是那隻偉大的獅子。」

「那太嚇人了。」帕叟說。

「不，不會的，」希福特說：「無論你說什麼，每個人都會照你的話去做。」

「但是我不想叫他們做任何事。」

「但是你想想我們能做多少好事！」希福特說：「你知道，我會給你出謀策劃。我會為你想出各種明智的命令來發布。每個人都必須服從我們，就連國王本人也得聽我們的。我們會讓納尼亞的一切都步上正軌。」

「可是所有的事難道不是都已經在正軌上了嗎？」帕叟說。

「什麼！」希福特叫道：「所有的事情都在正軌上？那怎麼會沒有橘子或香蕉？」

「嗯，你知道，」帕叟說：「沒有多少人……事實上，我認為除了你以外，沒有任何人想吃那種東西。」

「還有糖也是。」希福特說。

「嗯，沒錯，」驢子說：「如果再多些糖就好了。」

「好吧，那就這麼確定了。」猿猴說：「你會假裝成阿斯蘭，然後我會告訴你該說什麼。」

「不，不，不。」帕叟說：「別說這麼嚇人的話。這是不對的，希福特。我或許不大聰明，但我知道是非。如果真正的阿斯蘭出現了，我們怎麼辦？」

「我想他會很高興。」希福特說：「說不定這張獅皮是他故意送來給我們的，好讓我們可以使事情步上正軌。不管怎樣，他從來沒**真正**出現過，你知道的。如今他都不出現了。」

就在這時候，他們頭頂上空突然響起一聲大霹靂，連地面都震動起來。兩隻動物一下子失去平衡，撲倒在地上。

「瞧！」帕叟一緩過氣來，立刻驚喘著說：「這是個預兆，是個警告。我就知道，我們做的是非常邪惡的事。快把我身上這該死的皮脫下來。」

「不，不。」猿猴說（他的腦筋動得很快）：「這是個好預兆。我正想說，如果真正的阿斯蘭，你所說的那個阿斯蘭，想要我們這麼做的話，他會用打雷和地震來帶給我們預兆。我這話剛到嘴邊，還沒來得及說出來，預兆就發生了。現在，你必須這麼做了，帕叟。拜託，我們別再爭論了。你知道你不會明白這些事的。驢子哪裡會懂得預兆呢？」

02 魯莽的國王

納尼亞王國的最後一任國王名叫提里安，他有一雙藍眼睛和一張誠實無畏的臉，年齡介於二十到二十五歲之間，他雙肩寬闊、強壯，四肢肌肉發達，不過下巴上的鬍子還很稀疏。每年春光明媚的時節，他都會放下朝政，遠離王都凱爾帕拉維爾的浮華生活，到他的狩獵小屋住個十來天，他喜歡那種儉樸又寫意的生活。狩獵小屋是一間低矮的茅草屋，離燈野地的東端不遠，也離兩條河流交會處的上游不遠。

大鍋潭邊的事情發生大約三個星期之後，那個初春的早晨，他坐在狩獵小屋門旁的大橡樹底下，陪在他身邊的只有他最好的朋友——獨角獸「珍寶」。他們像兄弟一樣親愛，在戰爭中救過彼此的性命。那匹高貴的野獸緊挨著國王的椅子站著，彎著脖子，正用藍色的獨角摩擦著自己乳白色的腹側。

「珍寶，我今天什麼事都不想做，也不想運動。」國王說：「除了這個好消息，我什麼也沒法想。你想，我們今天會再聽到更多相關的事嗎？」

「陛下，如果消息屬實的話，那真是我們這一代，或我們的父輩那一代，甚至從我們的祖父輩以來，聽到最好的消息了。」珍寶說。

「怎麼可能不屬實呢？」國王說：「一個多星期以前，首先是鳥兒飛到我們的上空說，阿斯蘭來了，阿斯蘭又來到納尼亞了。之後是松鼠來報信。他們沒看見他，但是他們說阿斯蘭肯定在樹林裡。然後是那頭雄鹿。他說他親眼看見了阿斯蘭，在月光下，在燈野地，不過距離很遠。然後是那個有鬍子的黑人，那個來自卡羅門的商人。卡羅門人不像我們那麼關心阿斯蘭的事，但是那人把阿斯蘭說得確有其事。還有昨晚獾也說了，他也看見阿斯蘭了。」

「沒錯，陛下，」珍寶回答：「我完全相信。如果我看起來像不相信，那只是因為我太快樂了，以至於心神無法安定下來。這件事美好得令人難以相信。」

「是的。」國王興奮得幾乎全身發抖，大大歎了口氣說：「我這輩子從沒指望會有這麼好的事。」

「你聽！」珍寶說著，側過頭把耳朵朝前豎起。

「聽什麼？」國王問。

「馬蹄聲，陛下。」珍寶說：「一匹飛奔的馬。一匹很重的馬。那一定是人馬。瞧，他來了。」

一匹巨大、有著金色鬍鬚的人馬，額頭上流著人類的汗，栗色腹部流著馬的汗，直奔到國王面前，停下來，深深一鞠躬，喊道：「國王萬歲。」他的聲音像公牛一樣深沉。

「呵，慢點慢點！」國王邊說，邊轉頭朝狩獵小屋的門喊道：「給高貴的人馬倒一碗酒來。歡迎，盧威特。等你緩過氣來，再把你此行的任務告訴我們。」

一個侍童從小屋裡出來，手裡捧著一個雕刻奇異的大木碗，遞給人馬。人馬舉起大碗說：

「陛下，我首先為阿斯蘭和真理乾杯，其次為陛下乾杯。」

他一口氣喝完了酒（那一碗足夠六個壯漢喝），然後把空碗遞回給侍童。

「好了，盧威特，」國王說：「你給我們帶來更多阿斯蘭的消息嗎？」

盧威特皺了皺眉頭，神情顯得很沉重。

「陛下，」他說：「你知道我們人馬比你們人類長壽，甚至也比你們這些獨角獸長壽；你也知道我研究星象有多久了。打從今年開年以來，每天夜晚，天空中所呈現出來的可怕亂象，是我一輩子從來沒見過的。星象沒有說阿斯蘭的來臨，沒有和平，也沒有喜樂。根據我的研究，這種行星之間災難性的會合現象，已經有五百年不曾發生過了。我心裡決定趕來警告陛下，某種大難要臨到納尼亞了。然而昨晚我聽到謠傳，說阿斯蘭來到了納尼亞。陛下，請不要相信這件事。這是不可能的。人類和動物會說謊，但星象從不說謊。如果阿斯蘭真的來到納尼亞，天象會預示他的到來。如果他真的來了，所有最輝煌有禮的星辰都會聚集在一起向他致敬。所以，所有談論他的消息都是謊言。」

「謊言！」國王狂怒道：「在納尼亞或這整個世界，有誰敢在這樣的事情上撒謊？」他的手在不知不覺中按在劍柄上。

「我不知道，國王陛下。」人馬說：「但是我知道這地上有人說謊；而天上的群星沒有。」

「我在想，」珍寶說：「是不是群星沒有預告，阿斯蘭就不會來。他不是群星的奴隸，而是群星的『創造者』。所有古老的故事不是都說，**他**不是一隻溫馴的獅子嗎？」

「說得好，說得好，珍寶。」國王大聲說：「就是這句話：**不是一隻溫馴的獅子**。許多故事都這麼說。」

盧威特剛舉起手，傾身向前，急著想對國王說什麼，突然聽見一陣哭號聲傳來。他們仨都轉過頭去聽，那聲音由遠而近，來得很快。他們西側的樹林十分濃密，因此他們還看不見來的是誰，但很快就聽見那句哭號的話。

「好慘啊，好慘啊，好慘啊！」那聲音哀嚎著說：「我的兄弟姊妹們好慘啊！這些莊嚴的樹木好慘啊！樹林被遺棄了。斧頭在砍伐我們。我們被砍倒了。大樹倒下了，倒

下了，倒下了。」

隨著最後一聲「倒下了」，哭號的人也出現了。她像個女人，但是個子非常高，她的頭和人馬一樣高，不過她還像一棵樹。如果你從來沒見過樹精靈，就很難向你解釋這種顏色、聲音和頭髮都和人類不同的生物，不過一旦你見過，你就不會認錯。提里安國王和兩隻動物一看，立刻知道她是一棵山毛櫸的精靈。

「國王陛下，主持正義！」她哭喊道：「救救我們吧。保護你的百姓。他們正在燈野地砍伐我們。我們已經有四十個兄弟姊妹被砍倒了。」

「什麼，女士！在燈野地伐木？謀殺能言樹？」國王喊道，一躍而起並拔劍在手：「他們怎麼敢？誰敢這麼做？我以阿斯蘭的鬃毛起誓……」

「啊……啊……啊……」那樹精靈倒抽著氣，似乎極其痛苦，一下又一下地打顫，彷彿遭到反覆不停的打擊。接著，她一下側身倒在地上，就像雙腳突然被砍斷了一樣。眨眼之間，他們眼睜睜看著她倒地身亡，隨即從草地上消失了。他們知道發生了什麼事。在幾英里之外，她的樹身被砍倒了。

國王悲憤交加到了極點，有好一會兒連話都說不出來。半晌，他才說：

「來吧，朋友們。我們必須以最快的速度趕到河的上游，找出那些做這種事的惡棍。我會把他們全都殺了。」

「陛下，遵命。」珍寶說。

不過盧威特說：「陛下，你在盛怒之中也要小心。眼前這件事頗為蹊蹺。如果河谷上游有武裝叛亂分子，我們三個不免勢單力薄，恐怕對付不了他們。如果你願意等等……」

「我連十分之一秒都不會等。」國王說：「不過，在我和珍寶出發前去時，你要全力奔回凱爾帕拉維爾。我把我的戒指給你當作信物，替我召集二十個全副武裝、騎術精良的武士，二十隻能言狗，十個矮人（要最厲害的弓箭手），一兩隻豹，還有巨人『石腳』。儘快將他們都帶來支援我。」

「遵命，陛下。」盧威特說。然後立刻轉身，朝河谷下游向東疾馳而去。

國王大步朝前走，有時喃喃自語，有時緊握拳頭。珍寶走在他身邊，默不作聲；因此，他們之間除了獨角獸脖子上繫的華麗金鏈子發出若有似無的叮叮響，以及兩腳與四蹄的步行聲之外，別無其他聲音。

他們很快來到河邊，那裡有一條長滿青草的路。他們沿路而上，左邊是水，右邊是森林。不久，他們來到一處地面更崎嶇的地方，濃密的樹林一直延伸到河邊。路在這裡銜接到南岸去了，他們必須涉水過河才能繼續前進。河水深達提里安的腋下，不過珍寶（他有四條腿，走得比較穩）走在他右邊，阻擋水流的衝力。提里安用強壯有力的手臂環住獨角獸強壯的脖頸，如此他們都安全地過了河。國王一直在盛怒中，幾乎沒注意到水有多冷。當然，他們一上岸，他就小心翼翼地用斗篷的肩部把劍擦乾，那是他身上唯一沒被水浸濕的地方。

這時他們是朝西走，河在右邊，燈野地在正前方。他們走不到一英里，雙雙停下腳步，同時開口。國王說：「那是什麼東西？」珍寶說：「看！」

「是一條木筏。」提里安國王說。

的確是一條木筏。是六根剛剛砍下來、削掉枝葉後綁在一起的樹幹做成的木筏，這時正迅速順河而下。在木筏前端有一隻水鼠，正用長篙在操縱木筏。

「嘿！水鼠！你在幹什麼？」國王喊道。

「把木頭送到下游去賣給卡羅門人，陛下。」那隻水鼠說著，一邊碰了碰他的耳朵（如果他有帽子的話就是觸碰帽子）向國王致意。

「卡羅門人！」提里安怒吼道：「你這話是什麼意思？是誰下令砍伐這些樹的？」每年這個季節，河的水流都非常急，木筏這時已經從國王和珍寶身邊滑過去了。不過水鼠回過頭來，大聲喊道：

「是獅子下的命令，陛下。是阿斯蘭本人。」他還多說了些什麼，但他們聽不見了。

國王和獨角獸面面相覷，一臉驚恐，甚至比以往在任何戰鬥中都更顯驚恐。

「阿斯蘭。」國王終於開口，聲音非常之低：「阿斯蘭。是真的嗎？他會下令砍倒這些神聖的樹，謀害那些樹精靈嗎？」

「除非所有樹精靈都犯了滔天大罪……」珍寶喃喃地說。

「但是，把他們賣給卡羅門人！」國王說：「可能嗎？」

「我不知道。」珍寶痛苦地說：「他不是一隻溫馴的獅子。」

「好吧，」國王終於說：「我們必須繼續前進，肩負起臨到我們的危難。」

「陛下，這是我們唯一能做的事了。」獨角獸說。他沒看出此時他們倆單獨行動是多麼愚蠢，而國王也渾然不覺。他們都被憤怒沖昏了頭，無法清楚思考。最終，他們的魯莽帶來了許多不幸的後果。

國王突然緊緊貼住他朋友的脖子，低下了頭。

「珍寶，」他說：「擺在我們面前的是什麼呢？我心裡湧起許多可怕的念頭。要是我們沒活到今天，我們應該會快樂一點。」

「是的，」珍寶說：「我們活得太長了。這世界上最糟糕的事臨到我們頭上了。」他們就那麼停在那兒站了一、兩分鐘，才繼續往前走。

沒多久，他們就聽見斧頭伐木的橐橐聲，但因為前方有個隆起的小山坡，他們這時什麼都還看不見。等他們爬上坡頂，整個燈野地盡收眼底。國王一看，臉都氣白了。

前方那片古老森林的中央，那片曾經生長著金樹銀樹的森林，那片曾有一個來自我們世界的孩子種下「守護之樹」的地方，現在竟然開闢了一條寬闊的通道。那是一條醜陋的通道，就像地表上一道皮開肉綻的傷口，到處是泥濘的溝槽，那是砍下的樹木被拖往河邊時造成的。有一大群人正在工作，鞭子劈啪作響，幾匹馬兒在奮力拖拉著木頭。第一件令國王和獨角獸震驚的事情是那一大群忙碌者大約有一半是人類，不是能言獸。第二，那些人不是金髮的納尼亞人，而是蓄著鬍鬚的黑膚卡羅門人；卡羅門是位在阿欽蘭另一頭那片沙漠南方的國家，一個龐大又殘酷的國家。當然，在納尼亞見到一、兩個卡羅門人——商人或使節——是很平常的事，因為這時納尼亞和卡羅門之間是和平年代。不過提里安不明白，為什麼這裡有那麼多的卡羅門人，也不明白為什麼他們要砍伐納尼亞的森林。他把手中的劍握得更緊，把斗篷纏在左臂上。他們倆迅速往下走，來到那群人當中。

有兩個卡羅門人正在驅趕一匹吃力拖著一根大木頭的馬。國王衝到他們面前時，木頭正陷在一個很深的泥坑裡拖不出來。

「用力，懶惰的畜生！用力拉，你這頭懶豬！」兩個卡羅門人斥喝著，猛揮鞭子。那匹馬已經使盡全力在拉了，他兩眼發紅，口邊全是白沫。

「幹活兒，懶惰的畜生！」其中一個卡羅門人一邊喊，一邊用鞭子狠狠抽打那匹馬。

就在這時候，真正可怕的事情發生了。

直到此時此刻，提里安一直想當然爾耳地認為，卡羅門人驅趕的是他們自己的馬。卡羅門的馬就像我們這個世界裡的馬一樣，是不能言語、沒有智慧的動物。儘管他也不願看見不會說話的馬被鞭打驅使，但他心裡更記掛的是那些被謀殺的樹。他作夢都沒有想過，竟然有人敢為納尼亞自由的能言馬套上馬具驅使，更不用說用鞭子抽打他們。然而，當那凶狠的一鞭落下時，那匹馬人立而起，半尖叫著說：

「傻瓜！暴君！你沒看見我正拚盡全力在拉嗎？」

提里安知道這是一匹能言馬，是他自己的納尼亞子民時，他和珍寶頓時怒急攻心，連自己在做什麼都不知道了。國王舉起了劍，獨角獸低頭把角對準前方，一起衝上前去。下一刻，兩個卡羅門人倒地身亡，一個被提里安砍了頭，另一個被珍寶的角刺穿了心臟。

03 猿猴榮極一時

「馬兒大師，馬兒大師，」提里安一邊說，一邊急忙割斷他身上的轠繩：「這些外國人怎麼會奴役你們？納尼亞被征服了嗎？打過仗了嗎？」

「不，陛下，」馬氣喘吁吁地說：「阿斯蘭在這裡。這全是他的命令。他命令……」

「國王，注意危險。」珍寶說。提里安抬起頭來，發現卡羅門人（中間夾雜著幾隻能言獸）正從四面八方開始朝他們奔來。剛才那兩個人沒來得及喊叫就死於非命，所以其他的人當時並不知道出了什麼狀況。這時，他們知道了，奔過來的人大部分手裡都拿著亮晃晃的彎刀。

「快。騎到我背上來。」珍寶說。

國王騎上他老友的背，珍寶轉身疾馳而去。他們一離開敵人的視線，珍寶便改變了兩、三次方向，涉過一條小溪，一邊奔馳，一邊開口說：「要去哪裡，陛下？回凱爾帕拉維爾嗎？」

「停一停，朋友，」提里安說：「讓我下來。」他從獨角獸背上滑下來，面對著他。

「珍寶，」國王說：「我們做了一件很可怕的事。」

「我們是被激怒了。」珍寶說。

「但是我們是趁人不備就一躍而上——我們沒有先出言挑戰，他們也手無寸鐵——該死！我們是兩個殺人犯，珍寶。我永遠抬不起頭來了。」

珍寶低下了頭。他也感到羞愧萬分。

「還有，」國王說：「那匹馬說這是阿斯蘭的命令。水鼠也這麼說。他們都說阿斯蘭在這裡。如果這是真的呢？」

「可是，陛下，阿斯蘭**怎麼可能**下令做這麼可怕的事呢？」

「他不是一頭**溫馴**的獅子。」提里安說：「我們怎麼知道他會做什麼事呢？我們是殺人犯。珍寶，我要回去。我要交出我的劍，把自己交在那些卡羅門人手裡，要求他們將我帶到阿斯蘭面前。讓他為我主持公道。」

「那你就是去送死。」珍寶說。

「你以為我會在乎阿斯蘭把我處死嗎？」國王說：「我不在乎，完全不在乎。得知阿斯蘭來了，並得知這個阿斯蘭不像我們所相信和渴望的那個阿斯蘭，死亡難道比這認知所造成的恐懼更可怕嗎？這就像有一天太陽出來了，卻是個黑太陽一樣。」

「我知道，」珍寶說：「或者就像你去喝水，而水是**乾的**一樣。你說得對，陛下。這是萬物的終結。讓我們去自首吧。」

「沒必要我們兩個都去。」

「如果我們曾經相親相愛，現在就讓我和你一起去吧。」獨角獸說：「如果你死了，如果阿斯蘭不是阿斯蘭了，我活著還有什麼意思？」

他們轉身，流著苦澀的眼淚，一同走回去。

他們一回到伐木的工地，卡羅門人便大喊起來，手裡拿著武器朝他們奔來。然而國王對他們遞上自己的劍柄，說：

「我本是納尼亞的國王，但現在是名譽掃地的騎士，我將自己交給阿斯蘭的公正裁決。請帶我去見他。」

「我也要自首。」珍寶說。

膚色黝黑的卡羅門人將他們團團圍住，這些人一身薰人的大蒜和洋蔥味，白色的眼球在棕黑的臉上閃爍著可怕的光芒。他們把繩索套上珍寶的脖子，又拿走國王的劍，將他的雙手反綁在背後。其中有個戴著頭盔而不是頭巾的卡羅門人，似乎是他們的頭頭，他伸手一把奪下提里安頭上的金冠，匆匆往自己懷裡一塞。眾人將兩個囚犯帶上山，來到一處有一大片空地的地方。

兩個囚犯看見空地中央，也就是山的最高點上有一間像馬廄一樣、用茅草覆頂的棚屋。屋門關著。門口的草地上坐著一隻猿猴。期望見到阿斯蘭的提里安和珍寶尚未聽說任何有關猿猴的事，他們這時看見牠都十分詫異。當然，這隻猿猴就是希福特。不過，他看起來比他住在大鍋潭邊時還醜十倍，因為他這時已經穿戴打扮起來了。他穿著一件大紅色的外套，這本來是做給矮人穿的，他穿起來很不合身。他的腳掌上穿了一雙珠光寶氣的拖鞋，鞋不合腳，因為，你知道的，猿猴的腳掌其實跟手一樣。他頭上戴的似乎是一頂紙王冠。他身邊堆了好大一堆堅果，他不停用嘴塄嗒塄嗒咬著堅果，吐出果殼。他還不時拉起紅外套來搔癢。有一大群能言獸站在他面前，幾乎每張臉都顯得憂心忡忡，不知所措。當所有人看清兩個囚犯是誰時，都忍不住呻吟和嗚咽起來。

「噢，希福特大人，阿斯蘭的代言人，」卡羅門隊長說：「我們把犯人帶來了。憑著我們的技巧和勇氣，還有憑著偉大的塔什神的允許，我們活捉了這兩個無路可逃的謀殺犯。」

「把那人的劍給我。」猿猴說。於是他們將國王的劍連同掛劍的腰帶等等都交給了那隻猴子。他將它掛在自己的脖子上，這使他看上去奇傻無比。

「我們等一下再來處理他們倆。」猿猴說著，朝兩個囚犯吐出一枚果殼：「我有其他的事要先辦。他們可以等。現在大家聽我說。我首先要說的事情和堅果有關。那隻松鼠到哪裡去了？」

「在這裡，大人。」一隻紅松鼠走上前說，並緊張地鞠了一躬。

「噢，是你，沒錯吧？」猿猴神情凶惡地說：「現在，聽我說。我要——我是說，阿斯蘭要——再多一點堅果。你們送來的這些根本不夠。你們要再多弄一些來，聽到了嗎？兩倍的量。明天太陽下山之前一定要送到，不准有壞的或小的混在裡頭充數。」

其他松鼠聽了都驚慌沮喪地交頭接耳起來，為首的松鼠鼓起勇氣說：

「請問，阿斯蘭能不能親自出來告訴我們這件事？如果我們可以獲准見他……」

「哼，不准。」猿猴說：「不過他很仁慈（雖然你們都不配），他會在今天晚上出來幾分鐘，你們都可以見到他。可是他**不會**讓你們圍著他問東問西。任何你們想對他說的話，都要經過我——由我決定是不是值得麻煩他。在這期間，你們這些松鼠最好快去找堅果，並且確保在明晚之前把堅果送到這裡，要不然，我保證，有你們好看的！」

可憐的松鼠們立刻拔腿四散，就像有狗在追他們似的。這道新命令對他們來說就是個噩耗。他們小心翼翼囤積起來過冬的堅果，現在幾乎都被吃完了；剩下的那一點，他們交給猿猴的已經遠遠超出他們備存的量了。

接著，群眾的另一個角落有個低沉的聲音開口了——那是一隻長著獠牙、毛髮蓬鬆的野豬。

「可是，**為什麼**我們不能好好見見阿斯蘭，跟他談談呢？」他說：「從前他在納尼亞出現的時候，大家都能跟他面對面說話。」

「你們別信這種話，」猿猴說：「就算那是真的，時代也已經變了。阿斯蘭說，他以前對你們太和善了，你明白嗎？他不會再和善了。這次他要給你們一點顏色看看。他會教訓你們，免得你們認為他是一頭溫馴的獅子！」

群獸一聽，紛紛發出低沉的悲歎和哀鳴；然後，是一片更令人痛苦的死寂。

「現在，你們還有一件事要學。」猿猴說：「我聽說你們當中有些人說我是隻猿猴。哼，我不是猿猴。我是人類。如果我看起來像猿猴，那是因為我太老了，我有好幾百歲了。正因為我這麼老，所以才這麼聰明。正因為我這麼聰明，阿斯蘭才只對我說話。他才懶得和一大堆愚蠢的動物說話。他會告訴我你們該做什麼，然後我再轉告你們。聽我的勸告，你們最好用雙倍的速度來完成他交代的事，因為他不能忍受任何的胡說八道。」

現場一片死寂，只剩一隻非常幼小的獾在哭鬧，以及他母親設法哄他安靜的聲音。

「現在，還有一件事，」猿猴一邊往嘴裡塞了一顆新鮮的堅果，一邊繼續說：「我聽到有些馬說，我們盡快把木材運過去，然後我們就自由了。哼，你們趁早死了這條心。

還有，不光是馬，每個有工作能力的往後都要繼續工作。阿斯蘭已經和卡羅門國王——也就是我們這些黑臉卡羅門人朋友所稱的提洛大帝——達成了一項協定。你們所有的馬、公牛、驢，都要到卡羅門去幹活，為自己謀生，就像其他國家的牲口去幹些拖拉載運的工作。至於你們所有這些挖掘的動物，像鼴鼠、兔子和矮人，都要去提洛大帝的礦坑裡幹活。還有……」

「不，不，不，」動物們狂喊著說：「這不可能是真的。阿斯蘭絕不會把我們賣給卡羅門國王做奴隸。」

「不是這樣！你們都安靜點！」猿猴咆哮著說：「誰說要奴役你們了？你們不會成為奴隸。你們會得到報酬——薪水很高的。也就是說，你們的薪水將會存入阿斯蘭的國庫，他會用這筆錢為我們所有的人謀福利。」然後，他瞥了一眼卡羅門人的隊長，遞了個眼色。那個卡羅門人鞠了一躬，以卡羅門人那種自大浮誇的方式說：

「阿斯蘭最機智的代言人，提洛大帝（願吾皇萬壽無疆）在這項明智的計畫中，與閣下完全同心一意。」

「看吧！明白了吧！」猿猴說：「都安排好了，而且都是為了你們好。有了你們掙來的錢，我們就能把納尼亞建設成一個值得居住的國家。將來會有大量的橘子和香蕉送進來……還有道路、大城市、學校、辦公室、鞭子、口套、馬鞍、籠子、狗場和監獄……噢，應有盡有。」

「但是，我們不想要這些東西，」一隻老熊說：「我們想要自由。我們想聽阿斯蘭親口說話。」

「聽著，你別再跟我吵了，」猿猴說：「我不能忍受有人唱反調。我是人類，你只是一隻又肥又蠢的老熊。你懂什麼自由？你以為自由就是你愛怎麼做就怎麼做是吧。哼，你錯了。那不是真正的自由。真正的自由是我怎麼說你就怎麼做。」

「呵……嗯……嗯……呵。」那隻熊咕噥著抓了抓頭，覺得這種事很難理解。

「請問，請問……」一隻毛茸茸的小羔羊提高聲音說，他年紀還很小，大夥兒都很驚訝他居然有膽子開口說話。

「現在又是什麼事？」猿猴說：「有話快說。」

「請問，」羔羊說：「我不明白我們和卡羅門人有什麼關係？我們屬於阿斯蘭。他們屬於塔什。他們的神叫做塔什。他們說他有四隻胳膊，還有一隻禿鷹的頭。他們在他的祭壇上殺人獻祭。我不相信有塔什這樣的神。不過如果真的有，阿斯蘭怎麼可能和他做朋友呢？」

所有的動物都歪過頭來，他們雪亮的眼睛一起望向那隻猿猴。他們知道，這是迄今為止他們提出來的最好的一個問題。

猿猴一躍而起，朝小羔羊吐了口唾沫。

「小娃娃！」他咬牙切齒地說：「愚蠢的小羊崽！滾回你媽媽那裡去吃奶。這種事你懂什麼？不過，你們其他人聽著。塔什只是阿斯蘭的另一個名字。所有過去那種『我們是對的、卡羅門人是錯的』的觀念，都很愚蠢。現在我們明白了。卡羅門人用了不同的名稱，但我們雙方的意思是一樣的。塔什和阿斯蘭只是兩個不同的名稱，指的是『誰』你們都明白。這就是他們之間從來不會爭吵的原因。你們這些愚蠢的畜生，記住這句話：塔什就是阿斯蘭，阿斯蘭就是塔什。」

你知道你養的狗悲傷無比時臉上是什麼模樣。你先記住那表情，然後再想像所有這些能言獸——所有這些誠實、謙遜、困惑的鳥兒、熊、獾、兔子、鼴鼠和老鼠——臉上的表情都比你的狗更悲傷。所有的尾巴都垂著，所有的鬍鬚都耷拉著。他們臉上的神情肯定會讓你心碎。只有一隻動物看上去完全沒有不高興的樣子。

那是一隻薑黃色的貓——一隻正值壯年的大公貓——牠坐得筆直，尾巴捲收在腳趾上，坐在所有野獸的最前排。他一直緊盯著那隻猿猴和卡羅門人的隊長，雙眼眨都不眨一下。

「對不起，」那貓彬彬有禮地說：「不過這話讓我很感興趣。你這位從卡羅門來的朋友也這麼說嗎？」

「當然，」那卡羅門人說：「開明的猿猴——我是說人類——說的沒錯。**阿斯蘭**就等於**塔什**。」

「特別是，阿斯蘭**沒有**比塔什大？」貓試探著說。

「完全沒有。」那個卡羅門人直視著薑黃貓的臉說。

「這樣你滿意了嗎，薑黃兒？」猿說。

「噢，很滿意。」薑黃貓冷冷地說：「非常感謝你。我只想確認清楚。我想我開始明白了。」

到目前為止，國王和珍寶什麼也沒說，他們一直在等猿猴叫他們說話時再開口，因為他們認為打斷牠說話是沒用的。然而，到了這時候，當提里安環顧一圈這群納尼亞子民悲慘的面孔，看見他們竟然都相信阿斯蘭和塔什是同一位，而且沒有差別，他再也忍不住了。

「猴子，」他大聲吼道：「你撒謊，真該死。你像個卡羅門人一樣撒謊。你像隻猿猴一樣撒謊。」

他本想繼續說，想質問一個嗜食自己子民鮮血的可怕的塔什，怎麼可能和用自己的鮮血拯救整個納尼亞的善良的獅子一樣。如果他來得及把話說完，猿猴的統治當天就會瓦解；那群能言獸將會看見真相，並把猿猴推翻。可是，他還沒來得及說下一句話，兩個卡羅門人已經衝上來使盡全力摑他的嘴，第三個人從後面踢他的腳。見他倒下，猿猴在憤怒和恐懼中尖叫道：

「把他帶走。把他帶走。把他帶到聽不見我們說話，我們也聽不見他說話的地方去。把他綁在樹上。等一下我會——我是說，阿斯蘭會——好好審判他。」

04 那天夜裡發生的事

國王被打倒在地，頭暈目眩，幾乎不知道發生了什麼事，直到卡羅門人解開他的手腕，將他雙臂放直在身體兩側，背靠著一棵梣樹五花大綁捆上後，他才清醒過來。他們把他的腳踝、膝蓋、腰、胸都用繩子捆在樹上，然後把他留在那裡就走了。通常，一些微不足道的小事反而最令人難受——這時他最心煩的，是他被打破的嘴唇在流血，那股細細的血緩緩流著，讓他很癢，卻又無法伸手去擦。

從他所在的地方，仍然可以看見山頂上那個小馬廄，以及在馬廄前坐著的猿猴。他能聽見那隻猿猴還在繼續說話的聲音，偶爾聽見群眾的回答聲，但是聽不清楚他們在說些什麼。

「不知道他們怎麼處置珍寶。」國王想。

不久，那群野獸便散了，各自朝不同的方向走去。有些從提里安旁邊經過。他們看見他被綁在樹上，都露出既害怕又難過的神情，但是都沒有開口。不久他們全都走光了，樹林裡只剩一片寂靜。時間一小時又一個小時地過去，提里安先是覺得很渴，然後又覺得很餓；隨著下午慢慢過去，傍晚來臨，他也開始冷了起來。他的背很痛。太陽下山了，夜幕開始降臨。

天色擦黑的時候，提里安聽見一陣窸窸窣窣的腳步聲，並看見幾隻小動物朝他走來。左邊是三隻老鼠，中間是一隻兔子，右邊是兩隻鼴鼠。兩隻鼴鼠的背上都揹著一個小袋子，在黑暗中顯得身形很奇特，以至於提里安一開始搞不清楚他們是什麼動物。不一會兒，他們來到他面前，都用後腿立起來，把冰冷的爪子搭到他膝上，對他的膝蓋行了動物特有的嗅吻禮。（他們站起來時可以搆到他的膝蓋，因為納尼亞的能言獸比英格蘭同類的動物高大。）

「國王陛下啊！親愛的國王陛下啊，」他們尖細的聲音說：「我們真為你難過。我們不敢為你鬆綁，因為怕阿斯蘭生我們的氣，但是我們為你帶來了晚餐。」

第一隻老鼠立刻靈巧地爬上去，一直爬到提里安胸口，在綁縛的繩子上坐下，他那有點圓的鼻子在提里安面前抽了抽。接著第二隻老鼠爬上來，掛在第一隻老鼠底下。其他動物站在地面上，開始把東西拿出來。

「喝吧，陛下，然後你就吃得下東西了。」最上面的老鼠說，提里安發現有個小木杯舉到了他唇邊。那杯子只有雞蛋杯大小，他差不多才嚐到酒味，杯子就空了。可是老鼠把杯子傳下去，其他動物重新裝滿杯子，再傳上來，提里安又一口喝完。他們就這樣上上下下來來回回傳了幾次，直到他喝夠，其實這樣小口小口的喝，比一次痛飲一大杯來得解渴。

「這是乳酪，陛下，」第一隻老鼠說：「不過別吃太多，免得你太渴。」吃過乳酪之後，他們又餵他燕麥蛋糕和新鮮黃油，然後又給他喝了一些酒。

「現在把水遞上來，」第一隻老鼠說：「我來給國王洗洗臉。他臉上有血。」

然後，提里安感覺到有一小塊像海綿的東西輕輕擦著他的臉，頓時令他感覺神清氣爽無比。

「小朋友們，」提里安說：「我該怎麼感謝你們？」

「不用謝，不用謝。」那些細小的聲音說：「除此之外我們也沒有什麼能做的了。**我們**不要任何其他國王。我們是你的子民。如果反對你的只有猿猴和卡羅門人，我們早就起來和他們拚了，就算粉身碎骨，也不能讓他們把你綁起來。我們會這麼做，我們真的會。可是，我們不能反抗阿斯蘭。」

「你們認為那真的是阿斯蘭嗎？」國王問。

「噢，是的，是的。」兔子說：「昨晚他從馬廄裡出來了。我們都看見他了。」

「他像什麼樣子？」國王說。

「就像一隻可怕、巨大的獅子，真的。」其中一隻老鼠說。

「你們認為，真的是阿斯蘭殺害了森林裡的樹精，又把你們都變成卡羅門國王的奴隸嗎？」

「唉，真是太糟了，不是嗎？」第二隻老鼠說：「要是我們死在這些事情發生之前，該有多好。可是這件事毫無疑問。大家都說這是阿斯蘭的命令。我們也見過他了。我們不認為阿斯蘭會那麼做。唉，我們……我們老**盼望**他回到納尼亞來。」

「他這次回來，似乎很生氣。」第一隻老鼠說：「我們一定是在無意間做了什麼大逆不道的事。他一定是為了某件事在懲罰我們。可是我真的認為，就算要處罰我們，也該讓我們知道我們究竟犯了什麼錯！」

「我想，我們現在做的事，可能就是錯的。」兔子說。

「如果這麼做不對，我也不在乎。」其中一隻鼴鼠說：「我還會再做。」

不過其他動物說：「噢，小聲點。」還有「一定要小心。」然後他們都說：「我們很抱歉，親愛的國王，但是我們現在得回去了。我們絕不能被人在這裡逮個正著。」

「快離開我吧，親愛的小動物們。」提里安說：「就算為了納尼亞，我也不要你們任何一位落入危險。」

「晚安，晚安。」這幾隻動物說著，用鼻子蹭了蹭他的膝蓋：「只要可以，我們會再回來的。」接著他們就啪噠啪噠地走了。樹林似乎變得比他們來之前更黑暗、更冷、更孤獨。

星星出來了，時間慢慢地流逝——想像一下，對被直挺挺地綁在樹上、渾身僵硬、痠痛的納尼亞的最後一任國王而言，時間過得有多慢。不過，終於有事情發生了。

遠處有一道紅光一閃，消失了一會兒，然後又出現，更大也更強。然後他看見一些黑影子在紅光的這一邊來來去去，搬著一捆捆的東西扔在地上。現在他知道自己看見的是什麼了。那是一團剛剛點燃的篝火，人們正把一捆捆的灌木枝扔在上面燒。不久火就燒得十分旺盛，於是提里安看見篝火是在山頂的最高處。他可以清楚看見篝火後方的馬廄，紅色的火光把周圍一切照得很清楚，在他和篝火之間，有一大群野獸和人類。有個矮小的身影蜷縮在篝火旁，肯定就是那隻猿猴。牠對群眾說了什麼，但是他聽不見。然後牠走到馬廄門前，跪下來深深拜了三拜，再起身上前，打開了馬廄的門。只見一隻四條腿的動物——走路步伐挺僵硬的——從馬廄裡出來，面對群眾站著。

現場響起一片巨大的哀號聲與吼叫聲，聲音大到提里安可以聽見其中幾句話。

「阿斯蘭！阿斯蘭！阿斯蘭！」野獸們大喊道：「對我們說話。安慰我們。別再生我們的氣。」

提里安從自己所在的地方看不清楚那是什麼東西，但是他能看出它是黃色的，毛茸茸的。他從未見過那隻偉大的獅子。他也從未見過普通的獅子。他無法確定自己看見的不是真阿斯蘭。他沒料到阿斯蘭看起來會如此呆板，站在那裡一語不發。可是，要怎麼確定呢？有那麼片刻，一些可怕的念頭掠過了他的腦海，然後他想起了塔什和阿斯蘭是同一位的荒唐說法，並明白了這整件事一定是個騙局。

猿猴把頭湊近那黃色動物的頭，好像在聆聽牠低聲說些什麼。然後他轉過身來對群眾說話，所有人又是一陣哀號。接著，那黃色的東西笨拙地轉過身子走了——你可以說，牠是蹣蹣跚跚地——走回了馬廄，那隻猿猴跟上去把馬廄的門關上。之後，篝火一定是被撲滅了，因為光線突然消失，提里安再次孤身一人待在寒冷與黑暗中。

他想起了歷代生死在納尼亞的諸王，在他看來，他們沒有一個比他更倒楣的。他想起他曾祖父的曾祖父瑞里安國王，他在年少還是王子的時候被女巫拐走，藏在北方巨人國地下的黑暗地窟裡許多年。但是後來一切轉危為安，最後邪不勝正，因為有兩個神祕的孩子突然出現，從世界盡頭之外的地方來到納尼亞，將他救出來，讓他回到了納尼亞王國的家中，統治了很長時間，使納尼亞國富民強。「我就碰不上這樣的好事。」提里安自言自語道。然後他繼續往前追溯，想到瑞里安的父親——航海家凱斯賓。凱斯賓那邪惡的叔父米拉茲國王曾試圖謀殺他，而凱斯賓如何設法逃到森林裡，住在矮人當中。

這故事最終也是圓滿收場，因為凱斯賓也得到了孩子們的幫助——只不過這次是四個孩子——他們也是來自世界之外的某個地方。他們打了偉大的一仗，讓他登上了他父親的王位。「但那都是很久以前的事了。」提里安自言自語道：「這種事現在不會發生了。」然後他想起一千多年前（他從小就很擅長歷史），同樣這四個幫助凱斯賓的孩子如何來到納尼亞，做出了最了不起的一件事。那次他們打敗了可怕的白女巫，終結了整整一百年的寒冬。之後，他們四人一同在凱爾帕拉維爾統治納尼亞，直到他們長大成人，成為偉大的國王和可愛的女王，他們統治的時期是納尼亞的黃金時代。阿斯蘭多次出現在那個故事裡。提里安這時也想起來，阿斯蘭也出現在所有的故事裡。「阿斯蘭，還有來自另一個世界的孩子們。」提里安想：「他們總是在情況最糟糕的時候來到。噢，要是他們現在能來就好了。」

於是他揚聲喊道：「阿斯蘭！阿斯蘭！阿斯蘭！現在就來幫助我們吧。」

然而，四周依舊是一片黑暗、寒冷和寂靜。

「**我**死不足惜，」國王喊道：「我自己一無所求。可是求求你來救救納尼亞吧。」

黑夜與樹林毫無轉變，但提里安的內心開始有了變化。不知道為什麼，他開始感覺到一絲絲希望。他感覺到自己比先前強大了一點。「噢，阿斯蘭，阿斯蘭，」他低聲說：「如果你自己不來，請你至少派一些世界之外的幫手給我，或者讓我呼喚他們，讓我的聲音傳到世界之外去。」然後，他甚至不明白自己在做什麼，突然放聲大喊：

「孩子們！孩子們！納尼亞的朋友們！快，快到我這裡來。我提里安，納尼亞的國王，凱爾帕拉維爾的領主，孤獨群島的皇帝，從世界的這一邊召喚你們！」

說完，他立刻陷入一場夢裡（如果那真是夢的話），這是他一生中最栩栩如生的一場夢。

他似乎站在一個燈火通明的房間裡，有七個人圍坐在一張桌子前，看起來像是剛剛吃完飯。其中有兩個人年紀很老了，一個是白鬍子老公公，另一個是一雙眼睛充滿智慧與快樂光芒的老婆婆。坐在老公公右邊的少年還沒完全長大，年紀肯定比提里安還小，但是他臉上已經有了國王和戰士的模樣。你差不多可以用同樣的詞彙來形容坐在老太太右手邊的少年。隔著桌子坐在提里安對面的是一個金髮女孩，年紀比那兩個少年還小，在她兩邊坐著一男一女，年紀都比她更小。他們都穿著提里安所見過最奇怪的衣服。

不過他沒有時間去想這些細節，因為那個小男孩和那兩個女孩立刻站了起來，其中一個還小小尖叫了一聲。老婆婆大吃一驚，倒抽了一口涼氣。老公公一定也突然震動了一下，因為他右手邊的玻璃酒杯一下子被掃落到桌下，提里安還聽到杯子掉在地板上碎裂的響聲。

然後，提里安才意識到那些人都看見他了；他們瞪著他看，就像見到鬼似的。不過他注意到，坐在老人右邊那個像國王一樣的少年除了握緊拳頭，絲毫未動（儘管他臉色發白）。然後，那少年說：

「如果你不是幽靈或夢幻的話，就開口說話。你看上去像納尼亞人，我們是納尼亞的七個朋友。」

提里安很想開口說話，他拚命想喊出他是納尼亞的國王提里安，亟需幫助。可是他發現自己完全出不了聲（我有時候在夢裡也是這樣的）。

那個剛才對他說話的少年站了起來。「不管你是幻影、幽靈還是什麼東西，」他雙眼盯著提里安說：「如果你來自納尼亞，我以阿斯蘭之名命令你對我開口說話。我是最高王彼得。」

房間開始在提里安眼前晃動起來。他聽見那七個人同時開口說話，可是聲音愈來愈小，他們說：「看！它消失了。」「它融化了。」「它不見了。」下一刻他完全醒過來了，仍舊被綁在樹上，感覺比之前更寒冷更僵硬。樹林裡充滿了日出之前灰白又慘澹的曙光，他渾身都被露水濕透了。天快亮了。

那是他一生中最難過的一次夢醒。

05 援兵到來

不過，他的痛苦沒有持續太久。幾乎他一清醒過來，立刻就聽見撲通一聲，接著又是撲通一聲，兩個孩子站在他的面前。一秒鐘前，他前面的樹林還空空如也，並且他知道他們不是從他背後的樹後走過來的，否則他會先聽見。事實上，他們就是憑空出現的。他才看一眼，就發現他們穿著和他夢中的人一樣式樣古怪、顏色黯淡的衣服；等他再看一眼，他發現他們正是那七個人中年紀最小的那個男孩和女孩。

「天哪！」男孩說：「真嚇我一大跳！我以為……」

「快把他解開，」女孩說：「有話待會兒再說。」然後她又對提里安說：「我很抱歉我們耽擱了這麼久。我們已經盡快趕來了。」

她說話的時候，那男孩從口袋裡掏出一把小刀，迅速割斷了綁縛國王的繩索。事實上，他動作太快了，國王因為渾身僵硬和麻木，以至於最後一根繩子一斷，他立刻撲倒在地上。直到他把雙腿好好揉搓一陣子之後，才恢復知覺能夠站起來。

「我說，」女孩說：「那天晚上我們吃晚飯的時候，出現在我們面前的是你，對吧？大約一個星期以前。」

「一個星期，美麗的姑娘？」提里安說：「我的夢把我帶到你們的世界裡去，是十分鐘前的事。」

「波爾，這又是時間混亂的問題。」男孩說。

「我現在想起來了，」提里安說：「所有古老的故事裡也都提到這一點。你們那奇怪的地方的時間和我們不一樣。不過，說到時間，現在該是我們離開這裡的時候了，因為我的敵人近在咫尺。你們願意跟我一起走嗎？」

「當然，」女孩說：「我們是來幫你的。」

提里安起身，帶他們迅速下山往南走，離開那座馬廄。要去哪裡他心裡有數，但他首要的目標是先走到有岩石的地方，這樣他們才不會留下足跡。其次他們要渡河，這樣才不會留下氣味。如此爬坡涉水花了他們大約一個小時，三個人都喘著氣悶頭趕路，沒有人作聲。不過，即便如此，提里安還是不停地偷偷瞥視他的同伴。跟來自另一個世界的人並肩行路，那種奇妙的感覺令他有些暈眩，但這也使所有古老的故事看起來比過去所見的更真實……現在，什麼都有可能發生。

最後，他們來到一個小山谷的頂端，前方緩坡下降的山谷中長滿了小白樺樹。提里安說：「好了，我們離開那些惡棍的威脅有一段距離了，可以走得輕鬆一點了。」太陽已經升起，露珠在每根枝頭閃爍，還有鳥兒在歌唱。

「吃點東西怎麼樣？——我是說，先生，我們兩人已經吃過早飯了。」男孩說。

提里安很想知道他說的「東西」是什麼，不過等那男孩打開他揹著的那個鼓鼓囊囊的背包，拿出一個看起來油膩又柔軟、像會壓壞的紙袋時，他明白了。他餓得要命，不過直到這一刻他才想到餓。紙袋裡有兩個熟雞蛋三明治，兩個乳酪三明治，還有兩個當中夾了某種醬的三明治。如果他不是那麼餓，他肯定不會去吃那兩個夾了醬的三明治，因為在納尼亞沒有人會吃那種東西。等他把六個三明治全都吃完，他們也來到了谷底。他們在那裡發現一個長滿苔蘚的山壁，有一道小噴泉從山壁上冒出來。三個人都停了下來，喝了些泉水，並捧水洗洗熱烘烘的臉。

「好啦，」女孩把額前濕淋淋的頭髮往後一甩，說：「你不打算告訴我們你是誰嗎？你為什麼會被綁起來？這是怎麼回事？」

「遵命，小姐，」提里安說：「不過我們必須繼續前進。」於是，他們繼續一邊往前走，他一邊告訴他們他是誰，以及他遭遇到的所有的事。「現在，」他最後說：「我打算去一座碉堡，我祖父在位時建造了三座碉堡來守衛燈野地，以防當時住在那裡的不法分子作亂。靠著阿斯蘭的保佑，我的鑰匙沒被搜走。在那座碉堡裡，我們可以找到武器、盔甲和一些糧食，不過大概就是一些餅乾。在那裡我們可以安全地休息，同時制定我們的計畫。現在，請告訴我你們是誰，還有你們的經歷。」

「我是尤斯塔斯．史瓜，這是吉爾．波爾。」男孩說：「我們以前來過一次，很久、很久以前，在我們那邊的時間是一年多以前。那時候有個小伙子叫瑞里安王子，他們把這個小伙子關在地底下，泥沉沉也參與了……」

「哈！」提里安喊道：「那麼，你們就是把瑞里安國王從漫長的魔咒中解救出來的尤斯塔斯和吉爾嗎？」

「是的，就是我們。」吉爾說：「所以，他現在是瑞里安**國王**了嗎？當然啊，他會當上國王。我都忘了……」

「不，」提里安說：「我是他的第七代子孫。他已經過世兩百多年了。」

吉爾做了個鬼臉。「呃！」她說：「這就是回到納尼亞的可怕之處。」不過，尤斯塔斯繼續說：

「好啦，現在你知道我們是誰了，陛下。」他說：「事情是這樣的。教授和波莉阿姨把我們幾個納尼亞之友召集在一起……」

「我不認識他們，尤斯塔斯。」提里安說。

「他們是在最開始那一天，也就是所有的動物學會說話那一天來過納尼亞。」

「天啊！獅子的鬃毛在上！」提里安叫道：「那兩個人！狄哥里勳爵和波莉夫人！從世界誕生的那一刻！他們在你們的世界裡還活著？太神奇太光榮了！快告訴我，快告訴我。」

「你知道，她不是我們真正的阿姨，」尤斯塔斯說：「她是普朗莫爾小姐，但我們叫她波莉阿姨。好吧，這兩位長輩把我們召集在一起，部分原因是為了好玩，這樣我們都可以好好聊聊納尼亞（當然，我們沒有其他人可以聊這些事），還有部分原因是教授有一種感覺，不知為什麼，這裡需要我們。好吧，接著你就像鬼還是像不知道什麼東西一樣出現了，差點把我們大家嚇得半死，然後又一句話也沒說就消失了。之後，我們就知道這裡肯定出事了。接下來的問題是怎麼來這裡。這裡不是你想來就能來的。我們討論了很久，最後教授說，唯一的辦法是用那些『魔法戒指』。很久很久以前，早在我們這些小孩出生之前，他和波莉阿姨還是孩童的時候，他們就是藉由那些魔法戒指到這裡來的。可是那些『魔法戒指』全埋在倫敦一棟房子的後院裡（倫敦是我們居住的大城市，陛下），而房子早就已經賣掉了。所以接下來的問題是怎麼把戒指弄到手。你絕對猜不到我們最後是怎麼辦到的！彼得和愛德蒙——那個對你說話的就是最高王彼得——趕去倫敦，趁著大清早人們還沒起床前就從後門摸進花園裡。他們穿得像工人一樣，這樣一來，萬一有人看見他們就會以為他們是來清理排水溝的。我真希望自己當時和他們在一起，那一定好玩極了。他們一定是挖到了，因為第二天彼得發了一封電報給我們——就是傳遞一種資訊，陛下，我改天再解釋給你聽——說他得到了『戒指』。隔天就是波爾和我不得不返回學校那天——我們兩個是唯一還在上學的，而且讀同一所學校。於是，隔天彼得和愛德蒙在我們上學途中約了地方和我們碰面，把魔法戒指交給我們。必須由我們兩個來納尼亞，你明白吧，因為他們的年紀都太大了，不能再來了。隨後我們坐上火車——那是我們的世界裡一種讓人旅行的交通工具，有許多車廂銜接在一起——教授、波莉阿姨和露西都和我們一起出發。我們想儘量待在一起，愈久愈好。嗯，我們當時在火車上。就在火車即將到達我們和其他人碰面的車站，我正朝窗外張望想看看能不能看見他們時，突然間，一陣可怕的震動和一聲巨響，我們就來到納尼亞了，並且看見國王陛下被綁在樹上。」

「這麼說來，你們沒使用那些魔法戒指？」提里安說。

「沒有，」尤斯塔斯說：「根本連戒指都沒見著。阿斯蘭用他的方式把我們送來的，沒有用到任何魔法戒指。」

提里安說：「可是最高王彼得在那裡啊。」

「是的。」吉爾說：「不過我們認為他無法使用那些戒指。佩文西家的另外兩個孩子——愛德蒙國王和露西女王——最後一次來到這裡時，阿斯蘭說他們再也不能來納尼亞了。他在更久之前對最高王彼得說過同樣的話。如果彼得獲准能來的話，他一定會飛快趕來的。」

「天哪！」尤斯塔斯說：「這太陽曬得人愈來愈熱了。陛下，我們快到了嗎？」

「看！」提里安指著前方說。不遠處有一些灰色的城垛從樹梢上冒出來，大約一分鐘後，他們出了樹林，來到一片開闊的草地上。一條小溪穿過草地，在小溪的另一邊，矗立著一座四四方方、矮矮墩墩的碉堡，碉堡只有幾扇很窄的窗戶，面對著他們的壁面上有一道看上去沉甸甸的門。

提里安目光銳利地左右打量了一陣，確認附近沒有敵人。然後他走到碉堡前，靜立了片刻掏鑰匙。他先從身上的狩獵服裡掏出一條細銀鏈，鏈子是戴在他脖子上的，上頭有一串鑰匙，其中有兩把是金子做的，另外有許多打造裝飾得很華麗，你一眼就能看出它們是用來開宮殿裡那些莊嚴又祕密的房間，或用來打開裝著皇家珍寶的芳香木盒和箱子的。不過這時他用來開門的是一把大而樸素、做工粗糙的鑰匙。門鎖鏽澀，有那麼一會兒，提里安生怕自己打不開它，不過最後他還是打開了。沉重的木門發出沉沉的嘎吱聲，搖晃著打開來。

「歡迎，兩位朋友，」提里安說：「恐怕這是納尼亞國王眼前能用來招待客人的最好的宮殿了。」

提里安很高興看見這兩位陌生人都有很好的教養。兩人都說別客氣了，他們覺得這樣很好了。

事實上，這裡根本談不上好。碉堡內很黑，聞起來有一股潮濕的霉味。裡面只有一個房間，直通上方的岩石堡頂。房間的一個角落裡有一道木梯，通往一扇暗門，從暗門出去可以走上城垛。房間裡有幾張簡陋的床可供睡覺，還有許多儲物櫃和包裹。另外還有一個壁爐，看起來有好多年沒生過火了。

「我們最好先出去找些柴火，好嗎？」吉爾說。

「先等等，夥伴。」提里安說。他決心先武裝好，以免赤手空拳被抓。他開始搜查儲物櫃，幸好他記得自己每年都會仔細巡查這些衛戍碉堡，確保碉堡裡儲備了一切所需的東西。弓弦都用塗了油的絲綢包裹著，刀劍和長矛都塗了防鏽油，包裹嚴實的盔甲也保持著閃亮的光澤。不過還有更好的。「你們看！」提里安一邊說，一邊拿出一件樣式奇特、閃亮耀眼的長鎧甲，在兩個孩子面前抖開。

「這件鎧甲的樣子好滑稽啊，陛下。」尤斯塔斯說。

「是的，小伙子。」提里安說：「這不是納尼亞的矮人打造的。這是卡羅門人的鎖子甲，很稀奇古怪的裝備。我保存了好幾套以備不時之需，因為我和朋友說不定什麼時候有事必須到提洛大帝的地盤，這麼穿才不容易被發現。你們看這個石瓶子。這裡面有一種汁液，只要把它擦在手上和臉上，我們就會變成卡羅門人那樣的棕色皮膚。」

「噢，太棒了！」吉爾說：「偽裝！我喜歡偽裝。」

提里安教他們怎麼倒些汁液在掌心上，然後仔細塗抹在臉上和脖子上，再往下塗到肩膀上，然後塗抹雙手，一直塗到手肘。他自己也照樣塗了一遍。

「等它乾了以後，」他說：「我們用水洗也洗不掉。只有用油和細灰能讓我們恢復成白皮膚的納尼亞人。好了，親愛的吉爾，你來試試這件鎖子甲是不是合身。看來長了一點，不過沒有我擔心的那麼長。毫無疑問，這鎖子甲是他們大公的侍衛穿的。」

套上鎖子甲以後，他們戴上卡羅門人的頭盔，這種圓圓的小頭盔戴了緊貼在頭上，盔頂有一根尖刺。接著提里安又從儲物櫃裡拿出幾卷白色的東西，把它們纏繞在頭盔上，形成包頭巾，不過那根小尖刺仍露在外面。他和尤斯塔斯各挑了一把卡羅門的彎刀和小圓盾做武器。這裡沒有吉爾適用的輕巧的劍，於是提里安給了她一把筆直的長獵刀，必要時也可以當劍用。

「小姐，你的弓箭技術怎麼樣？」提里安說。

「不值一提。」吉爾說著，臉一紅：「史瓜的技術還不錯。」

「你別聽她的，陛下。」尤斯塔斯說：「自從上次從納尼亞回去後，我們兩人都很認真地練習射箭，現在她和我差不多水準。當然我們都不是高手。」

於是提里安給吉爾一把弓和一個裝滿箭的箭袋。再來是生火，因為在碉堡裡沒有那種讓人身處室內的感覺，倒更像山洞，令人冷得發抖。不過他們一出去拾柴就覺得溫暖多了——這時正是日正當中——等到火焰燃起直往煙囪裡冒，這地方就顯得溫暖歡快起來了。不過午餐很枯燥無味，因為他們竭盡所能，搗碎他們在儲物櫃裡找到的一些硬餅乾，倒進開水裡，加鹽，做成麵糊粥。當然，除了白開水，也沒有其他飲料。

「要是我們有帶包茶來就好了。」吉爾說。

「或者一罐可可。」尤斯塔斯說。

「要是在每座碉堡裡存放一、兩桶好酒就完美了。」提里安說。

06 一夜辛勞

大約四個小時後，提里安一頭扎進一張床睡了一會兒。兩個孩子早已鼾聲大作。他讓他們先睡，因為夜裡大部分時間他們必須保持清醒。他知道在他們這個年齡，沒有睡好是做不了什麼事的。再說他已經把他們累壞了。他先叫吉爾做了射箭練習，發現她雖然還達不到納尼亞人的標準，但是也不壞。事實上，她還射中了一隻兔子（當然不是**能言**兔；在納尼亞西部有很多普通的兔子）。他們已經把兔子剝皮、洗乾淨和掛起來了。他還發現這兩個孩子都會做這種冰冷又髒臭的工作，他們是在瑞里安王子的時代，穿過巨人國度的偉大旅程中學會的。然後他又試著教尤斯塔斯怎麼使用彎刀和盾牌。尤斯塔斯在最早的冒險經歷中學了不少劍術，不過用的都是納尼亞的直劍。他從來沒用過卡羅門人的彎刀，所以學起來很吃力，因為許多攻擊方式完全不同，許多使長劍學到的技法，這時必須放棄重學。不過提里安發現他的眼力很好，而且步伐挪動很敏捷。他很驚訝這兩個孩子的力氣很大；事實上，他們似乎比幾個小時前他剛見到他們時更強壯、更高大，也更成熟了。納尼亞的空氣經常對我們的世界過去的客人產生這種影響。

他們三人一致同意，第一件必須做的事是回到馬廄山頂去營救獨角獸珍寶。如果營救成功，他們將設法朝東逃跑，與人馬盧威特從凱爾帕拉維爾帶來的一小支援軍會合。

像提里安這樣經驗豐富的戰士和獵人，總是能在他想要的時刻醒來。於是，他為自己定好那天晚上九點起床後，就將所有的憂慮拋在腦後，立刻入睡。等他一覺睡醒，似乎才過了一會兒，但他從光線和事物的感覺中知道，自己是準時醒來。他起身戴上頭盔，裹上頭巾（他是穿著鎖子甲入睡的），然後把另外兩人搖醒。說實在的，兩個孩子爬下床的時候，看起來臉色灰敗，愁眉苦臉，並且呵欠連連。

「現在，」提里安說：「我們從這裡往北走——幸好今晚繁星滿天——這條路要比我們今天早上走的短得多，因為早上我們繞了一圈，但現在我們會直走。如果我們遇到盤問，你們兩個都別作聲，我會盡我所能，像個可惡的、殘酷又驕傲的卡羅門領主一樣應付他們。如果我拔刀，那麼，尤斯塔斯，你也要立刻拔刀，讓吉爾閃到我們身後，彎弓搭箭預備好。不過，如果我喊『回家』，那麼你們兩個就立刻逃回碉堡來。我們誰也別戀戰——我下令撤退後，一招也別多打，這種逞英雄的事破壞了許多戰爭中偉大的計畫。現在，朋友們，讓我們以阿斯蘭之名，向前邁進吧。」

他們出門，走進寒冷的黑夜裡。偉大的北方群星都在樹梢上閃爍著。這個世界的北極星叫做「矛頭星」，它比我們的北極星還要亮。

他們對準矛頭星直走了一陣子，不過很快就遇到一片茂密的灌木叢，以至於不得不離開原來的路繞過它。之後，由於他們這時仍在樹林的濃蔭底下，所以很難分辨自己的方位。是吉爾把他們重新帶回正路的。她在英國是個很出色的嚮導，何況她上次在北方的荒野中走了那麼長的路，當然對納尼亞的星座瞭若指掌。即使在看不見矛頭星的情況下，她也能從其他星星的位置找出方向。提里安一明白她是他們三人中最好的探路者，就讓她走在最前面。然後他又驚奇地發現，她走起路來悄無聲息，步履靈巧，在他們前方簡直神出鬼沒。

「阿斯蘭的鬃毛啊！」他低聲對尤斯塔斯說：「這姑娘簡直是個神奇的森林少女。就算她有樹精靈的血統，也不能做得比現在更好了。」

「她很嬌小，對做這事很有幫助。」尤斯塔斯低聲說。不過吉爾在前面出聲說：「噓……，小聲一點。」

四周的樹林裡一片寂靜。沒錯，太靜了。平常的納尼亞夜晚應該會有各種聲音——偶爾會聽見刺蝟歡快的道晚安，頭頂上有貓頭鷹的叫聲，也許遠處會傳來笛聲說明人羊在跳舞，或地底下的矮人發出打鐵的聲音。所有的聲音都被壓制住了，陰鬱和恐懼籠罩著納尼亞。

過了一段時間後，他們開始爬上一個陡坡，樹木長得愈來愈稀疏。提里安隱隱約約能辨認出那個著名的小山頂和馬廄。吉爾這時走得愈來愈小心，她不斷朝另外二人打手勢，要他們也小心點。接著她停住腳步完全不動了，提里安看見她慢慢蹲下，無聲無息地沒入草叢中。一會兒之後，她又起身，貼到提里安的耳邊，用低得不能再低的聲音說：「趴下。睇得更清楚。」她說睇（thee）而不說看（see），不是因為她口齒不清，而是她知道發出字母s的嘶聲最容易被人察覺。提里安立刻伏下身來，幾乎像吉爾一樣悄無聲息，不過不是完全無聲，因為他比較重，年紀也比較大。他們一趴下，他立刻從所趴的位置看見那座山丘的輪廓在星空的襯映下顯得清晰無比。另外還有兩個突起的黑影——一個是馬廄，一個是馬廄前方幾英尺處有個卡羅門哨兵。他守哨非常不認真，既不走動，甚至不是站著，而是坐在地上，長矛擱在肩上，下巴垂到了胸口。「幹得好。」提里安對吉爾說。她指給他看的，正是他需要知道的。

他們起身，這時由提里安領頭，非常緩慢地前進，幾乎是屏著氣息，來到距離哨兵不到四十英尺的一小叢樹木後方。

「在這兒等著，我去去就來。」他小聲對另外兩個人說：「如果我失敗了，你們就趕快逃吧。」說完，他就在敵人面前大搖大擺地走出去。那哨兵看見他，嚇了一跳，馬上想站起來，因為他擔心提里安是來查哨的長官，他要是還坐在地上，恐怕要倒楣。不過還沒等他起身，提里安已經先在他身旁單膝跪下，說：

「你是提洛大帝的戰士嗎？願他萬壽無疆。能在這些納尼亞的野獸和惡魔當中遇見你，我真是太高興了。我們握個手吧，朋友。」

那個卡羅門哨兵還沒弄清楚怎麼回事，就發現自己的右手已經被緊緊鉗住。下一瞬間，他的兩腿已經被壓制，一把匕首抵著他的脖子。

「只要吭聲你就死定了。」提里安在他耳邊說：「告訴我獨角獸在哪裡，我就饒你一命。」

「在……在馬廄後面，啊，長官。」那倒楣的傢伙結結巴巴地說。

「好。起來，帶我到他那去。」

那人站起來，匕首尖始終沒離開他的脖子。隨著提里安走到他背後，匕首在他脖子上繞著（感覺又冰冷又癢），最後抵在他耳朵下方一個順手的位置上。他戰戰兢兢地走到馬廄後面。

雖然天很黑，但是提里安還是一眼就看見珍寶白色的輪廓。

「噓！」他說：「別出聲。是的，珍寶，是我。他們怎麼綁你的？」

「四條腿都被綁著，又用一條繩子把我拴在馬廄牆上的一個鐵環上。」珍寶的聲音從黑暗中傳來。

「站在這裡，哨兵，背靠著牆。好。現在，珍寶，用你的角抵住這個卡羅門人的胸口。」

「遵命，陛下。」珍寶說。

「他要是敢動一下，就刺穿他的心臟。」接著，提里安迅速割斷繩索，再用這些繩索捆住哨兵的手腳。最後，提里安叫哨兵張開嘴，在他嘴裡塞滿草，又將他從頭頂到下巴用繩子綁緊，讓他出不了聲，然後他把哨兵放平讓他靠牆坐下。

「士兵，我對你這麼做是無禮，」提里安說：「但我是迫不得已的。如果我們再次相遇，我也許會以更好的方式對待你。好了，珍寶，我們輕聲離開吧。」

他左臂摟住獨角獸的脖子，彎下腰親吻他的鼻子，彼此都欣喜萬分。他們盡可能安靜無聲地回到兩個孩子藏身的地方。樹底下的光線更暗，他差點撞上了尤斯塔斯。

「一切順利。」提里安小聲說：「今晚幹得漂亮。現在回家吧。」

他們轉身走了幾步，尤斯塔斯突然問：「波爾，你在哪裡？」沒有人回答。「陛下，吉爾走在你旁邊嗎？」他問。

「什麼？」提里安說：「她不是走在你旁邊嗎？」

那一刻真可怕。他們不敢大喊大叫，只能儘量壓低聲音喊她的名字。沒有任何回應。

「她是我不在的時候離開你的嗎？」提里安問。

「我沒看見也沒聽見她離開。」尤斯塔斯說：「不過她能在我毫不察覺的情況下離開。你自己也親眼見過了，她行動起來可以像貓一樣安靜無聲。」

就在這時，遠處傳來一聲鼓聲。珍寶的耳朵往前一豎，說：「是矮人。」

「是靠不住的矮人，很可能是敵人。」提里安喃喃地說。

「還有馬蹄聲，比鼓聲更近。」珍寶說。

兩個人和獨角獸全站住不動。一時之間要顧慮的事這麼多，他們不知道該做什麼才好。馬蹄聲愈來愈近。這時，在距離他們很近的地方有個聲音小聲說：

「喂！你們都在嗎？」

謝天謝地，是吉爾。

「你**該死的**跑到哪裡去了？」尤斯塔斯低聲怒道，他剛才是真的嚇到了。

「在馬廄裡。」吉爾喘著氣說，但是是那種拚命壓住不笑出來的喘氣聲。

「噢，」尤斯塔斯怒道：「你覺得這很好笑嗎？哼，我只能說……」

「陛下，您救出珍寶了嗎？」吉爾問。

「是的。他在這裡。跟你在一起的是什麼動物？」

「就是**他**。」吉爾說：「不過我們先回去，趁別人還沒醒來。」接著她又爆出一陣小小的笑聲。

其他人立刻同意了，因為他們已經在這個危險的地方逗留太久了，矮人的鼓聲似乎更近了一點。他們朝南走了好幾分鐘之後，尤斯塔斯才說：

「抓到**他**？你是什麼意思？」

「那個假的阿斯蘭。」吉爾說。

「什麼？」提里安說：「你去哪裡了？你做了什麼？」

「嗯，陛下，」吉爾說：「我一看見你把哨兵支開，就想，我最好還是去馬廄裡看看裡面到底有什麼東西？於是我爬過去，很容易就拔開了門閂。當然，裡面漆黑一片，氣味也跟其他馬廄一樣。於是我劃了根火柴——你相信嗎？——那裡什麼也沒有，只有這匹背上捆著一張獅皮的老驢。於是我拔出刀來告訴他，他必須跟我走。事實上，我根本不必用刀威脅他。他已經受夠了馬廄，隨時準備走——親愛的帕叟，我說得對嗎？」

「天啊！」尤斯塔斯說：「竟然有這種事。我剛才很生你的氣，還認為你不顧我們其他的人偷偷溜走很卑鄙，但我必須承認……嗯，我的意思是……嗯，這件事你做得真是太棒了。陛下，如果她是個男孩，她一定會被封為騎士，對吧？」

「如果她是個男孩，」提里安說：「她就會因為不服從命令而挨一頓鞭子。」在黑暗中，誰也看不見他說這話的時候是皺著眉頭還是帶著微笑。接著，他們聽到金屬摩擦的刺耳聲。

「您要幹什麼，陛下？」珍寶厲聲問。

「拔刀把這該死的驢子的頭砍下來。」提里安的聲音很可怕：「讓開，姑娘。」

「噢，不要，請不要，」吉爾說：「真的，你不可以殺他。那不是他的錯。是那隻猿猴的主意。他也不曉得事情會變成這個樣子。他很抱歉。他是一隻很好的驢子。他叫帕叟。我正摟著他的脖子。」

「吉爾，」提里安說：「你是我所有臣民中最勇敢、最聰明的人，但也是最不客氣又最不聽話的人。好吧，饒了這驢子一命。你自己還有什麼話說，蠢驢？」

「陛下，你說我嗎？」驢子說：「如果我做錯了，我真的很抱歉。猿猴說阿斯蘭要我穿成這樣。我以為他什麼都知道。我不像他那麼聰明。我只做別人要我做的事。對我來說，住在那個馬廄裡一點也不好玩。我甚至不知道外面發生了什麼事。他從不讓我出去，只有晚上偶爾放我出來一、兩分鐘。他們有好幾天忘了給我水喝。」

「陛下，」珍寶說：「那些矮人愈來愈近了。我們要和他們會面嗎？」

提里安沉思片刻，忽然放聲大笑。然後他開口說話，並未壓低聲音。「獅子在上，」他說：「我真是愈來愈遲鈍了！跟他們會面？我們當然要跟他們會面。現在我們會和任何人會面。我們有這隻驢子給他們看。讓他們看看他們所害怕和臣服的是什麼東西。我們可以把猿猴卑鄙陰謀的真相暴露給他們看。他的祕密被揭穿了。情勢改變了。明天我們要把那隻猿猴吊在納尼亞最高的樹上。再也不必竊竊私語、偷偷摸摸，還有偽裝。那些誠實的矮人在哪裡？我們有好消息要告訴他們。」

當你壓低聲音竊竊私語了幾個小時以後，任何人高聲說話的聲音，都會產生神奇的刺激作用。他們全都開始又說又笑，就連帕叟也抬起頭來大聲「嚄——咿—嚄—咿」叫著，這是猿猴多日以來都不准他做的事。然後他們朝著鼓聲的方向出發。鼓聲愈來愈大，不一會兒，他們也看見了火把的亮光。他們走出樹林，踏上一條崎嶇的路（在英國，我們根本不會把這稱為路），這條路貫穿燈野地。前方路上，大約有三十個矮人肩上扛著小鏟子和鶴嘴鋤，堅定地邁步前進。有兩個武裝的卡羅門人在前頭帶隊，另有兩個在後方壓陣。

「站住！」提里安踏到路上，怒吼道：「站住，士兵們。你們要把這些納尼亞矮人帶到哪裡去？是誰下的命令？」

07 矮人的說法

走在矮人隊伍前面的兩名卡羅門士兵看見一個貌似大公或貴族的人，還帶著兩個全副武裝的侍衛，立刻停下來，舉起長矛行禮。

「噢，報告大公，」其中一個人說：「我們要把這些矮人帶到卡羅門，到提洛大帝的礦井裡去工作，願吾皇萬壽無疆。」

「憑著偉大的塔什神之名，他們都很順從。」提里安說。然後，他突然轉身面對矮人。大約每六個矮人就有一人舉著火把，在搖曳的火光下，他看見他們長滿鬍鬚的臉全帶著冷酷和頑強的表情看著他。「矮人，提洛大帝打了一場大仗，把你們的土地征服了嗎？」他問：「所以你們如此心甘情願地去普格拉漢的鹽礦坑送死？」

兩個卡羅門士兵驚訝地瞪著他，但全體矮人回答說：「是阿斯蘭的命令，是阿斯蘭的命令。他出賣了我們。我們怎麼能違抗**他**呢？」

「一定是那個提洛大帝搞的鬼！」有個矮人加了一句，又啐了一口說：「我倒想看看他能做到什麼地步！」

「閉嘴，狗東西！」士兵說。

「你們看！」提里安說著，把帕叟拉到亮光底下，說：「這全是謊言。阿斯蘭根本沒來納尼亞。你們被那隻猿猴騙了。這就是他從馬廄裡牽出來給你們看的東西。仔細看看吧。」

這時，矮人能夠近距離觀看，自然也能看清楚了，並且納悶自己怎麼會受騙上當。帕叟被囚禁在馬廄期間，那身獅皮早已弄得相當凌亂，加上剛才在黑暗的森林中穿行，更已經把它撞得歪扭成團，大部分都堆到了一邊的肩膀上，成了一個大腫塊。那個獅頭不但被碰歪到一邊，還不知怎地往後退了許多，以至於現在人人都可以看見那張傻乎乎的、溫和的驢臉正在往外看。他的嘴角還卡著一些青草，因為他們一路帶著他過來的時候，他一直安靜地揪著草吃。他喃喃地說：「這不是我的錯，我不聰明。我從來沒說過**我聰明**。」

有那麼片刻，所有的矮人都張大了嘴盯著帕叟，接著，其中一個士兵厲聲說：「大人，你瘋了嗎？你對這些奴隸胡說些什麼？」另一個士兵說：「你是誰？」現在他們的長矛已經不是高舉在敬禮的位置了——兩個人都已經把矛放下來，準備攻擊。

「報上口令！」為首的士兵說。

「這就是我的口令。」國王說著拔刀在手：「**天正破曉，謊言拆穿**。現在，惡棍看刀，我乃納尼亞的提里安。」

他閃電般撲向為首的士兵。尤斯塔斯看見國王拔刀，便也拔刀衝向另一個士兵。他的臉色蒼白得不得了，但這不怪他。不過他也有初學者所具有的好運氣。他早已忘了前一天下午提里安教他的一切，只顧瘋狂地亂砍一通（我也不確定他的眼睛是不是閉著），讓他大吃一驚的是他突然發現那個卡羅門人倒在他腳下死了。雖然這令人大鬆一口氣，但在此時此刻，卻顯得更加可怕。國王的奮戰持續了一會兒，然後他也殺了那個人，並對尤斯塔斯大喊：「小心另外兩個士兵。」

但是矮人已經解決了其餘兩個卡羅門人。沒留下一個敵人。

「太棒了，尤斯塔斯！」提里安拍拍他的背喊道，「現在，矮人們，你們自由了。明天我會率領你們去解放整個納尼亞。讓我們為阿斯蘭三呼萬歲吧！」

但是接下來的結果卻很不愉快。只有大約五個矮人微弱地喊了一下就再無聲息，另有幾個矮人發出惱怒的咆哮。有更多人一聲不吭。

「難道他們聽不懂嗎？」吉爾不耐煩地說：「你們這些矮人怎麼啦？你們沒聽見國王說的話嗎？這件事結束了。那隻猿猴不會再統治納尼亞了。每個人都可以回到原來的生活了。你們又可以快樂度日了。你們不高興嗎？」

眾人安靜了將近一分鐘後，一個長得不大好看、頭髮和鬍子黑如煤煙的矮人說：「小姐，你是誰呢？」

「我叫吉爾，」她說：「就是那個把瑞里安國王從魔咒中解救出來的吉爾，這是尤斯塔斯，那次他也參與了——經過了幾百年，我們又從另一個世界回來了。阿斯蘭派我們來的。」

矮人們你看我我看你，都露齒而笑；冷笑，不是高興的笑。

「好吧，」那個黑矮人（他名叫格里弗爾）說：「我不知道你們這些傢伙的感受，不過我覺得我已經聽夠阿斯蘭的事了，這輩子我再也不想聽到他了。」

「沒錯，就是這樣。」其他矮人咆哮著說：「這一切全都是騙局，全都是赤裸裸的騙局。」

「你這話是什麼意思？」提里安說。他剛才打鬥的時候面不改色，但是現在臉卻發白了。他原以為這會是個美好的時刻，沒想到結果竟像一場噩夢。

「你一定認為我們的腦子裡都是漿糊，你一定這麼認為的。」格里弗爾說：「我們已經被騙過一次，現在你希望我們馬上再上當一次。我們再也不相信阿斯蘭的故事了。看！看看他！一隻長著長耳朵的笨驢！」

「天哪，你們真是讓我發火。」提里安說：「我們哪個人說了**那是**阿斯蘭了？那是猿猴弄出來的冒牌阿斯蘭。你們難道不明白嗎？」

「我猜，你們還有更好的冒牌貨是吧！」格里弗爾說：「免了吧，謝謝。我們已經被愚弄過一次，不會再被愚弄第二次了。」

「我沒有騙你們。」提里安生氣地說：「我侍奉真正的阿斯蘭。」

「他在哪裡？他是誰？叫他現身給我們看看！」好幾個矮人說。

「蠢貨，你們以為我能把他藏在錢包裡嗎？」提里安說：「我算老幾，哪能叫阿斯蘭現身他就現身？他不是一頭**溫馴**的獅子。」

這話一出口，他就意識到自己失言了。那群矮人立刻開始以嘲笑的語氣，唱歌似的唸道：「不是一頭溫馴的獅子，不是一頭溫馴的獅子。」其中一個人說：「這正是另外那些人不停告訴我們的。」

「你是說，你不相信真正的阿斯蘭？」吉爾說：「但是我見過他。是他把我們兩人從另一個世界派到這裡來的。」

「啊，」格里弗爾露出大大的笑容說：「這是**你**說的。他們把你教得很不錯。說你該說的話，對吧？」

「粗鄙的傢伙，」提里安吼道：「你竟當著一位小姐的面說她撒謊？」

「先生，文明的話你留在自己腦子裡吧。」那矮人回答說：「我認為我們不需要國王——如果你**是**提里安，你看起來也不像——就像我們不需要阿斯蘭一樣。從現在起，我們會照顧好自己，不再對任何人敬禮。懂嗎？」

「沒錯。」其他矮人說：「現在我們只能靠自己了。再也沒有阿斯蘭，再也沒有國王，再也沒有其他世界的愚蠢故事。矮人只擁護矮人。」說完，他們紛紛各就各位，準備返回他們的老地方。

「一群小畜生！」尤斯塔斯說：「救你們不去鹽礦做苦工，你們難道連一聲**謝謝**也不說嗎？」

「噢，你我心知肚明。」格里弗爾扭過頭來說：「你們想利用我們，這是你們救我們的原因。你們在玩你們自己的把戲。走吧，夥計們。」

矮人們唱起古怪的進行曲，伴著咚咚的鼓聲，踏著沉重的步伐走進了黑暗中。提里安和他的朋友們乾瞪著他們的背影，直到看不見人。隨後，他只說了個字——「走」，他們便繼續上路了。

一行人默然無語。帕叟還覺得自己很丟臉，也不太明白剛才到底發生了什麼事。吉爾除了對矮人感到厭惡之外，對尤斯塔斯擊敗卡羅門人的印象深刻，對自己簡直感到慚愧。至於尤斯塔斯，他的心臟還在怦怦直跳。提里安和珍寶悲傷地走在最後面。國王摟著獨角獸的肩膀，獨角獸有時用他柔軟的鼻子蹭蹭國王的臉頰。他們並未試圖用言語去安慰對方。這種時候，要想出讓人感到安慰的話並不容易。提里安作夢也沒想到，猿猴弄出一個假阿斯蘭的結果，竟然會讓人連真阿斯蘭都不信了。他原本確信自己一旦向矮人揭穿騙局，矮人就會站在他這一邊。然後，他會在第二天晚上帶大家到馬廄山，把帕叟展示給所有生物看，所有人就會起來反對那隻猿猴，也許在和卡羅門人混戰一場之後，整件事情就結束了。不過，這時他似乎什麼都不能指望了。還有多少納尼亞人會像矮人一樣？

「我想，後面有人在追我們。」帕叟突然說。

他們停下來聆聽。果然，他們後方有一雙小腳板走路走得砰砰響。

「是誰？」國王喊道。

「只有我，陛下。」一個聲音說：「我，矮人波金。我才剛剛擺脫了其他人。我是站在你這邊的，陛下，還有站在阿斯蘭這邊。如果你能給我一把矮人的劍，我很樂意為正義而戰，直到事情了結。」

他們把他圍在中間，歡迎他，稱讚他，並且拍著他的背。當然，僅僅一個矮人起不了多大作用，但即使只有一個矮人，也是一件非常令人高興的事。整個隊伍都精神大振。不過，吉爾和尤斯塔斯沒振奮太久，他們此時哈欠連連，除了床什麼都不想了。

這時正是夜裡最寒冷的時刻，他們在破曉之前回到了碉堡。如果有一頓熱飯在等他們，他們一定會非常高興地享用，但是要他們費勁耗時去弄一頓飯，誰都不想。他們在一條小溪裡喝了水，洗了臉，就各自倒進自己的鋪位睡覺，只有帕叟和珍寶例外，他們倆說待在外面會更舒服些。這對獨角獸和成年的胖驢子來說也是好事，他倆要是待在室內，碉堡裡就會太擁擠了。

納尼亞矮人雖然身高不及四英尺，卻是這等身材的生物中最堅韌也最強壯的，因此，儘管白天很忙，夜裡也很晚睡，波金還是比其他人更早清醒。他立刻拿了吉爾的弓出去獵了幾隻林鴿，然後在門口臺階坐下，一邊拔鴿毛，一邊與珍寶和帕叟聊天。這天早上帕叟看上去好多了，他的感覺也好多了。珍寶身為獨角獸，野獸中最高貴也最精緻的，一直對波金很友好，他和波金談論他們雙方都能理解的東西，比如青草、糖，還有照料自己的蹄子的事。當吉爾和尤斯塔斯打著呵欠揉著眼睛從碉堡裡出來時，已經差不多十點半了，矮人指點他們可以去哪裡採集許多名叫弗雷斯尼的納尼亞野草，它看起來很像我們的酢漿草，但煮熟之後味道更好。（若能加上一點黃油和胡椒就更完美了，可惜他們沒有。）就這樣拼拼湊湊，他們燉出了一鍋早餐或早午餐，隨便你怎麼稱呼它。提里安拿著斧頭走到更遠的樹林裡砍了些樹枝回來當柴火。這頓飯在煮的時候——感覺似乎煮了很久，尤其愈接近煮好，聞起來就愈香的時候——國王為波金找到了一整套矮人的裝備：鎖子甲、頭盔、盾牌、劍、腰帶和匕首。然後他檢查了尤斯塔斯的劍，發現尤斯塔斯在殺了卡羅門人後，沒把血汙擦乾淨就將劍收入劍鞘。尤斯塔斯為此挨了罵，國王要他把劍弄乾淨並擦亮。

這期間吉爾來回走動，有時攪動一下湯鍋，有時羨慕地看著正滿足吃草的驢子和獨角獸。那天早上她無數次想，自己要是也能吃草該多好啊！

不過，當飯煮好以後，每個人都覺得等候很值得，而且每個人都能添第二份。等到全都吃飽喝足以後，三個人類和矮人來到門口，在臺階上坐下，四隻腳的面對他們躺下，矮人（徵得吉爾和提里安的同意）點燃了菸斗，然後國王說：

「現在，吾友波金，你對敵人的消息大概知道得比我們多些。把你知道的都告訴我們吧。首先，對於我的逃脫，他們都說了些什麼？」

「他們編了一個前所未有的狡詐的故事，陛下。」波金說：「是那隻叫薑黃兒的貓說的，極可能是編造的。陛下，那隻薑黃貓——噢，他簡直是最陰險的貓！——他（省略了對你的尊稱）說，他經過那些壞蛋綁縛陛下的那棵樹時，聽到你正在號叫、咒罵阿斯蘭，說你『用詞之惡劣我都不想重複』——這是他的原話——他說得一本正經，顯得很得體，你知道貓是很能裝的。然後，薑黃貓說，突然間一道閃電劈下，阿斯蘭出現了，一口就把陛下你吞了下去。所有的野獸聽了這故事都發抖，有些甚至立刻暈倒了。當然，那隻猿猴也跟著加油添醋，當場就說，看看阿斯蘭怎麼對付那些不尊重他的人。就讓這件事成為對你們所有的人的警告。那群可憐的動物哀號哭泣著說，是的，是的。因此，他們並未思考陛下的逃脫是有忠誠的朋友來相助，你的逃脫反而讓他們更害怕，更順從那隻猿猴。」

「多麼陰險惡毒的策略啊！」提里安說：「那麼，這個薑黃貓幾乎成為猿猴的智囊團了。」

「陛下，現在這更是個問題了，說不定是那猿猴成為**貓的**智囊團了。」矮人回答說：「你知道的，猿猴已經開始酗酒。我相信這個陰謀現在主要是由薑黃貓或瑞什達——那個卡羅門隊長——在執行的。我想，主要是薑黃貓在矮人當中散布的一些話，才造成昨晚矮人們鄙視你的態度。我來告訴你究竟怎麼回事。前天晚上，那種可怕的午夜集會散會之後，我在回家的路上發現自己的菸斗掉了。那個菸斗很好，是我最喜歡的老物件，所以我回去找它。不料，我還沒回到我坐的地方（那裡漆黑一片），就聽到一隻貓『喵』地叫了一聲，然後有個卡羅門人的聲音說：『這邊……小聲點。』我立刻站住，動也不動。這兩個傢伙就是薑黃貓和瑞什達大公。那貓用他柔滑的聲音說：『高貴的大公，我只想確切知道，今天對於阿斯蘭**即是**塔什的說法，我們雙方說的究竟是什麼意思。』那個人說：『最聰明的貓啊，你已經明白了我的意思了。』薑黃貓說：『你的意思是，他們兩個都不存在。』大公說：『所有開明之士都知道這一點。』那貓呼嚕著說：『這麼說來，我們彼此理解了。你是不是像我一樣，對那隻猿猴有點厭倦了？』那人說：『一隻愚蠢、貪婪的畜生，但是我們現在必須利用他。你我必須祕密策劃好一切，讓那隻猿猴照著我們的意願去做。』薑黃貓說：『這樣更好，是吧，讓一些比較開明的納尼亞人進入我們的智囊團裡，一個接一個，只要我們覺得合適就行了。因為那些真正相信阿斯蘭的動物，可能隨時都會改變立場，而且猿猴的愚蠢可能會讓他的祕密被拆穿。可是那些既不關心塔什，也不關心阿斯蘭，眼睛只盯著自己利益，期待納尼亞成為卡羅門的一省後提洛大帝會給他們獎賞的人，肯定會堅定支持我們。』那隊長說：『真優秀的貓啊！不過，要小心選擇對象。』」

矮人說話的時候，天氣似乎變了。他們坐下來的時候天空還陽光普照。這時，帕叟在發抖。珍寶也不安地甩頭。吉爾抬頭往上看。

「烏雲密布。」她說。

「而且好冷。」帕叟說。

「獅子在上，真夠冷的！」提里安呵著手說：「啐！這是什麼臭味？」

「呸！」尤斯塔斯抽了口氣說：「好像是什麼死屍的味道。這附近有死鳥嗎？為什麼我們之前沒聞到呢？」

珍寶驚慌失措地爬起來，用他的角指向前方。

「看！」他大喊：「你們看！快看，快看！」

他們六個夥伴都看見了，臉上也都露出了極其驚愕的神情。

08 老鷹帶來的消息

在空地那頭的樹蔭下，有什麼東西正在緩緩地向北飄移。乍看之下，你會誤以為那是一股煙，因為它是灰色的，你可以穿透它看見東西。可是煙不會散發出死屍的臭味，而且那東西的形狀也不像煙會繚繞翻滾，它的形狀是固定的，大致和人形相仿，但有個鳥頭，某種有殘酷鉤狀喙的猛禽。它有四隻手臂，都高舉過頭，朝北伸展，彷彿要將整個納尼亞抓在手中；它的二十根手指全都像它的喙一樣，又尖又長，宛如鳥的利爪，而不是人的指甲。它是飄浮而不是行走在草地上，飄過之處，草都枯萎了。

帕叟才看它一眼，立刻發出一聲尖銳的驢叫，竄進了碉堡裡。吉爾（如你所知，她並不是個膽小鬼）也嚇得把臉埋進手裡，不敢再看。其他幾個看了大約一分鐘，直到它飄進右邊的密林裡，消失無蹤。然後，太陽又出來了，鳥兒也再度開始唱歌。

一切全都重新開始正常呼吸和活動。剛才那東西出現在眼前時，他們全都像石像一樣僵住，不能動彈。

「那是什麼東西？」尤斯塔斯低聲問。

「我以前見過一次，」提里安說：「不過那時候它是雕刻在石頭上，全身包覆黃金，眼睛鑲嵌著堅硬的鑽石。那時候我和你差不多大，是去塔什班提洛大帝的宮廷裡作客。他帶我進入塔什的大廟，我在廟裡看見它，就刻在高高的祭壇上。」

「那麼，那……那東西……是塔什？」尤斯塔斯說。

不過提里安沒回答他，而是伸手摟住吉爾的肩膀，說：「你還好嗎，小姐？」

「還……還好。」吉爾說著，把手從蒼白的臉上放下來，勉力露出一絲微笑：「我沒事。剛才我只是覺得有點不舒服。」

「看來，」獨角獸說：「是真的有個塔什。」

「是的，」矮人說：「而那個不相信有塔什的愚蠢猿猴，這下可有他受的了！他召喚塔什，塔什真的來了。」

「它……他……那東西……到哪裡去了？」吉爾說。

「往北朝納尼亞的中心地區去了。」提里安說：「它來住在我們當中了。他們召喚它，它也來了。」

「呵，呵，呵！」矮人吃吃地笑著，搓著毛茸茸的雙手說：「猿猴將會大吃一驚。

人啊，千萬不要召喚惡魔，除非他們是真心想見到。」
「誰知道塔什會不會在猿猴面前現身？」珍寶說。
「帕叟到哪裡去了？」尤斯塔斯說。
他們都大聲高喊帕叟的名字，吉爾還繞到碉堡後面去看他是不是在那裡。最後，在所有人找得很不耐煩的時候，他那灰色的大腦袋才小心翼翼地從門口探出來，說：「它走了嗎？」等他們終於把他拖出來時，他全身顫抖，就像大雷雨來臨前的狗一樣。
「現在我明白了，」帕叟說：「我真的是一匹很壞的驢子。我根本就不該聽希福特的話。我從來沒想過會發生這樣的事。」
「如果你少花點時間說你不聰明，多花點時間儘量學聰明一點……」尤斯塔斯開口說，不過吉爾打斷了他。
「噢，別再打擾可憐的老帕叟了。」她說：「這全是一場誤會；對不對，親愛的帕叟？」她吻了吻他的鼻子。
雖然剛才看見的東西令他們驚駭了半晌，不過大家這會兒又坐下繼續說話。
珍寶沒什麼可告訴他們的。他被俘之後就一直被綁在馬廄後面，當然聽不到任何敵人的計畫。他被敵人踢過（他也踢了回去）、毆打過，還被威脅如果不說他相信每天晚上被帶到火光下給大家看的是阿斯蘭，就要殺了他。事實上，如果他沒有獲救的話，今天早上他就會被處死了。他不知道那隻小羔羊出了什麼事。

有個問題他們必須決定，那就是他們要不要今天晚上再上馬廄山，向納尼亞人展示帕叟，讓所有人明白他們是怎麼被騙的。或者，他們該偷偷朝東走，先和人馬盧威特從凱爾帕拉維爾帶來的援軍會合，然後回來以武力對抗那隻猿猴和他那些卡羅門同夥。提里安非常想進行第一個計畫，想到要把自己的百姓留給猿猴欺壓，哪怕只多一時半刻，他都不能忍受。另一方面，矮人昨晚的舉動是個警訊。顯然，即使他們向所有人展示了帕叟，也沒有人能確定群眾就會接受和相信。況且，卡羅門士兵的武力也不可忽視；波金認為他們大概有三十人。提里安確信，如果所有的納尼亞百姓都站在他這邊，他和珍寶，加上兩個孩子和波金（不能指望帕叟），就有很大的機會能打敗他們。然而，如果有一半的納尼亞居民——包括所有的矮人——袖手旁觀呢？甚至是對抗他呢？風險太大了。再說還有那個形如陰影的塔什。它會採取什麼行動呢？

況且，正如波金所言，留個一、兩天讓那隻猿猴去解決自己的難題也沒什麼壞處。他現在沒有帕叟可以展示了，他或薑黃貓要編造另一套故事來自圓其說，可不容易。如果動物們夜復一夜要求見到阿斯蘭，卻不見阿斯蘭出來，那麼，即使是頭腦最簡單的動物也會懷疑的。

最後，他們一致同意，最好還是出發和盧威特會合。

他們一決定這件事，所有人的心情格外高興，覺得真是太好了。老實說，我不認為這是因為他們當中有誰害怕戰鬥（或許吉爾和尤斯塔斯例外），但是我敢說，他們每個人在內心深處都很高興不必接近——或者說還不必接近——那個現在大概在馬廄山上作祟的、可怕的鳥頭怪物，不管它是看得見還是看不見。不管怎麼說，一個人一旦下了決心，感覺總會比較好。

提里安說，他們最好還是卸除偽裝，因為不想被誤認是卡羅門人，也不想萬一遇見忠誠的納尼亞人時遭到攻擊。於是，矮人取來壁爐中的灰燼，還有油罐裡用來擦刀劍和矛頭的油脂，混合成一團可怕的東西。然後他們脫下卡羅門的盔甲，走下小溪。那團髒髒的東西其實就是軟肥皂。看著提里安和兩個孩子跪在水邊擦洗後頸，又吹又潑地把泡沫洗掉，真是一幅令人愉快的的家常景象。然後他們帶著一張紅通通、容光煥發的臉回到碉堡，就像人要去參加宴會前特別好好洗了個澡似的。他們重新以真正的納尼亞風格武裝好自己，配戴好長劍和三角盾。「恢復原來的我，」提里安說：「這樣好多了。我覺得自己又是個真正的男子漢了。」

帕叟拚命哀求把他身上的獅子皮取下來。他說太熱，堆在背上的皺折讓他很不舒服，而且使他看起來像個大傻瓜。不過他們告訴他，他必須再穿一陣子。雖然他們現在要先去和盧威特會合，他們仍想讓其他動物看見他這身偽裝。

剩下的鴿肉和兔肉不值得帶，不過他們拿了一些餅乾。然後提里安鎖上碉堡的門，結束了他們在此地的休息整頓。

他們出發的時候已經是下午兩點多了。這天正是開春以來第一個真正溫暖的日子。嫩葉似乎比昨天長得更長了一些，雪蓮花已經都謝了，不過他們看見了好些報春花。陽光穿過樹林斜照而下，鳥兒在歌唱，流水始終潺潺作響（雖然通常看不見）。這情景很難讓人想到塔什這類恐怖的事。孩子們感覺：「這終於是真正的納尼亞了。」就連走在他們前面的提里安，心情也變得輕鬆起來，開始哼起一首古老的納尼亞進行曲，副歌是這樣的：

吼，咚咚咚，咚咚咚，咚咚咚，
戰鼓咚咚怒吼著。

走在國王後面的是尤斯塔斯和矮人波金。波金正告訴尤斯塔斯所有納尼亞的樹木、鳥類和植物的名字，那是尤斯塔斯還不認識的。有時，尤斯塔斯會告訴他那些物種在英國的名稱。

走在他們後面的是帕叟，在帕叟之後是緊緊依偎在一起的吉爾和珍寶。你可以說，吉爾已經愛上了獨角獸。她認為（她這麼想也沒什麼不對）獨角獸是她所見過最聰明、最精緻、最優雅的動物，而且他說起話來如此溫文爾雅，如果你不知道的話，絕對無法相信他在戰場上會有多麼凶猛可怕。

「哦，這樣**真好！**」吉爾說：「就這樣走著。我希望能有多一點的**這樣的**冒險。可惜納尼亞老是發生這麼多變故。」

不過獨角獸對她解釋，說她完全弄錯了。他說，只有在納尼亞王國發生動盪和危難的時候，亞當之子和夏娃之女才會從他們自己的奇異的世界裡被帶到納尼亞來，但她不該誤以為納尼亞總是動盪頻仍。在他們幾次造訪的間隔裡，有成百上千年的太平歲月，太平的國王一代接一代，多到你記不得他們的名字，數不清他們的人數，甚至太平到歷史書上都無事可記。他又提到許多她從未聽說過的古代女王和英雄。他談到生活在「白女巫」和「嚴冬」之前的「白天鵝女王」，她極其美麗，以至於當她望向任何森林中的水塘時，她臉龐的倒影在水中會像夜晚的一顆明星一樣放射出光芒，照耀一年零一天。他又談到一隻名叫穆恩伍德的大野兔，他的耳朵非常靈敏，讓他能夠坐在轟隆如雷鳴的瀑布下的大鍋潭旁，還能聽見人們在凱爾帕拉維爾宮廷裡說的悄悄話。他還提到，蓋爾國王——開天闢地時第一任國王法蘭克的第九代子孫——如何揚帆遠航到東方大海，從一條龍的手中救出了孤獨群島的居民，隨後島民將孤獨群島獻給他作為回報，使孤獨群島永遠成為納尼亞王室領地的一部分。他繼續談到幾個世紀以來，所有的納尼亞人都過著幸福快樂的生活，以至於他們唯一能記住的都是著名的舞蹈和宴會，或頂多記得騎士比武大賽，而且日子每一天和每一週都比之前更好。隨著他口若懸河的不停講述，那些幸福歲月的畫面就像千千萬萬張照片堆疊在吉爾的腦海裡，直到她感覺自己就像從一座高山上俯瞰一片富饒可愛的大平原，滿布著樹林、河流和玉米地，一直不斷向前綿延，直到遠方模糊的天際。她說：

「噢，我真希望我們能盡快解決那隻猿猴的問題，回到那些美好的、平凡的日子裡。然後我希望這種日子會永遠繼續下去。**我們的**世界總有一天會結束。也許這個世界不會。噢，珍寶，如果納尼亞能像你說的那樣一直繼續下去，豈不是太好了？」

「不可能的，小姊妹，」珍寶回答說：「除了阿斯蘭自己的國度，其餘所有的世界都會結束。」

「好吧，至少，」吉爾說：「我希望這次的結束是在億萬年以後。哈囉！我們為什麼停下來了？」

國王、尤斯塔斯和矮人都仰頭望著天空。吉爾打了個寒顫，想起他們之前看見的恐怖東西。不過這次不是那種東西。它很小，在藍天的映襯下顯得黑黑的。

「我敢發誓，」獨角獸說：「從牠飛的樣子，那一定是一隻能言鳥。」

「我也這麼認為，」國王說：「但牠是朋友，還是猿猴派來的間諜？」

「依我看，陛下，」矮人說：「牠很像是名叫千里眼的鷹。」

「我們應該躲到樹下去嗎？」尤斯塔斯說。

「不，」提里安說：「最好像岩石一樣站著不動。如果我們移動，他一定會發現我們的。」

「看！他在盤旋。他已經看見我們了。」珍寶說：「他正繞著大圈子盤旋而下。」

「把箭搭上弓弦，小姐，」提里安對吉爾說：「不過，在我下令之前不要射箭。他有可能是朋友。」

如果他們能料到接下來會發生的事，那麼觀看這隻大鳥輕鬆又優雅地滑翔而下，也不失為一件賞心樂事。他降落在距離提里安幾英尺遠的一塊岩石上，低頭行了禮，用他那奇怪的鷹聲說：「國王萬歲。」

「你好，千里眼。」提里安說：「既然你叫我國王，我就相信你不是猿猴和他那冒牌阿斯蘭的追隨者。我很高興你的到來。」

「陛下，」鷹說：「等你聽完我帶來的消息，你將為我的到來而傷心，比你曾遭遇過的大難還要令你傷心。」

聽見這話，提里安的心似乎停止了跳動，不過他還是咬緊牙關說：「說吧。」

「我看見兩個情景。」千里眼說：「一個是凱爾帕拉維爾裡面遍布著死去的納尼亞人和活著的卡羅門人，提洛大帝的旗幟在你王城的城垛上飄揚，你的臣民從四面八方飛奔出城，逃進樹林裡。凱爾帕拉維爾是被從海上來的大軍攻陷的。二十艘卡羅門的大船，在前天晚上趁著暗夜闖進了海港。」

沒有人說得出話來。

「另一個情景是，人馬盧威特倒在距離凱爾帕拉維爾不到十五英里的地方，身中一枝卡羅門的箭，已經死了。在他生命的最後時刻，是我陪在他身邊，他要我將這樣的資訊傳達給陛下：要牢記，所有的世界都將完結，高貴的死乃是珍貴之寶，再窮的人都可擁有。」

沉默良久之後，國王才開口說：「那麼，納尼亞已經不存在了。」

09 馬廄山上的大會

有好長一段時間，他們既說不出話，甚至也流不出淚。終於，獨角獸在地上跺了跺蹄子，又甩了甩鬃毛，然後開口。

「陛下，」他說：「現在沒有什麼好討論的了。我們看到那隻猿猴的計畫比我們想像的要深遠得多。毫無疑問，他和提洛大帝祕密往來已久，他一發現那張獅皮，就傳消息給提洛大帝，讓他備好海軍來奪取凱爾帕拉維爾和整個納尼亞。現在，我們七個除了回到馬廄山宣布真相，冒阿斯蘭派我們去冒的險，什麼都沒有了。如果靠著偉大的奇蹟，我們擊敗那三十個與猿猴為伍的卡羅門人，那麼我們就再回過頭來，迎戰即將從凱爾帕拉維爾開過來的大軍，奮戰到死。」

提里安點點頭，然後轉身對兩個孩子說：「朋友們，現在是你們返回自己世界的時候了。你們被派來做的事，顯然已經完成了。」

「但……但是，我們什麼都沒做啊。」吉爾說。她在顫抖，不是因為恐懼，而是因為每件事都令人不寒而慄。

「不是的，」國王說：「你們把我從樹上救下來了，昨晚在樹林裡，你在我前面像蛇一樣溜進去把帕叟帶出來了；而你，尤斯塔斯，殺了你的敵人。可是你們兩個人的年紀還太小，不該捲入我們其他人今晚或三天後必然面對的血腥結局。我請求你們……不，我命令你們……回到你們自己的地方。如果我讓年紀這麼小的戰士在我身邊陣亡，我會羞愧不已的。」

「不，不，不。」吉爾說（她開始說話時臉色蒼白，接著突然漲紅，隨後又轉白）：「不管你說什麼，我們都不會回去。不管發生什麼事，我們都會緊跟著你，是不是，尤斯塔斯？」

「是的，但沒必要這麼激動。」尤斯塔斯說，雙手插在口袋裡（他忘了身上穿著鎖子甲時，這姿勢看起來有多奇怪）：「因為，你看，我們別無選擇。光說要我們回去有什麼用！怎麼回去？我們沒有魔法可以操作這件事！」

這話說得沒錯，但在此時此刻，吉爾痛恨尤斯塔斯這麼說。他喜歡在別人興奮的時候潑人冷水，說出可怕的事實。

提里安意識到這兩個陌生人無法回家之後（除非阿斯蘭突然把他們送回去），接下來要求他們越過南方的山脈進入阿欽蘭王國，他們在那裡可能會安全一點。不過他們不認得路，他也派不出人送他們去。再說，就像波金講的，一旦卡羅門人占領了納尼亞，一定會在接下來一、兩個星期內占領阿欽蘭王國。提洛大帝一直想把這些北方國家據為己有。最後，在尤斯塔斯和吉爾再三懇求之下，提里安才說他們可以和他一起去碰碰運氣——用他更明智的說法是：「冒阿斯蘭派他們來冒的危險。」

國王的第一個想法是，他們不該在天黑之前回到馬廄山——他們現在非常厭惡這個名字。不過矮人告訴他們，如果他們在白天上山，大概會發現那裡除了一個卡羅門哨兵之外，什麼人或動物都沒有。群獸都很懼怕猿猴（和薑黃貓）告訴他們的這個新的、憤怒的阿斯蘭（或塔什），除了被召聚來參加那些可怕的午夜大會，動物們都不敢靠近那個地方。還有，卡羅門人從來不善於在林中活動。波金認為，即使是在大白天，他們這一行人也能輕易繞到馬廄後方而不會被人發現。等到夜幕降臨以後，難度會更高，因為猿猴會把群獸召集過來，所有的卡羅門人都開始值勤。等到會議開始，他們可以把帕叟留在馬廄後面，讓人完全看不見，直到他們要他出來的那一刻才出來。這顯然是個好主意，因為他們唯一的機會就是為納尼亞人帶來突如其來的意外。

所有人都同意了這個計畫，一行人朝新的路線——西北方——他們厭惡的馬廄山前進。老鷹有時在他們上方飛來飛去，有時候棲息在帕叟的背上。沒有人——即使是國王，也除非十萬火急——會想把獨角獸**當坐騎**。

這一次，吉爾和尤斯塔斯並肩同行。當他們懇求與大家一起共患難的時候，他們覺得自己很勇敢，但是現在他們一點也不勇敢了。

「波爾，」尤斯塔斯低聲說：「我不妨告訴你實話，我很害怕。」

「噢，**你**沒事的，史瓜，」吉爾說：「你能戰鬥的。可是我……老實告訴你，我正在發抖。」

「噢，發抖算什麼，」尤斯塔斯說：「我覺得我快要吐了。」

「看在老天爺的分上，別再說**那種**話了。」吉爾說。

他們沉默地繼續走了一、兩分鐘。

「波爾。」尤斯塔斯又說。

「幹嘛？」她說。

「萬一我們在這裡被殺了，會怎麼樣？」

「嗯，我想我們就死了。」

「我的意思是，在我們自己的世界裡，會怎麼樣？我們會一下子醒過來，發現自己回到火車上了嗎？還是我們就這樣消失了，再也沒有人知道我們的下落？還是我們在英國也死了？」

「天哪。我從來沒想過這事。」

「如果彼得和其他人看見了我從車窗朝他們揮手，火車進站後卻到處找不到我們，一定很奇怪！或者，如果他們發現了兩個……我是說，如果我們在英國那邊也死了的話。」

「呃！」吉爾說：「這想法真是太可怕了。」

「對**我們**來說並不可怕。」尤斯塔斯說：「我們不該在那裡。」

「我差點希望……不，我不能。」吉爾說。

「你打算說什麼？」

「我**本來**想說，但願我們從來沒來過，但是我不能這麼想，我不能，我不能。就算我們**會**被殺也不能這麼想。我寧願為納尼亞戰死，也不願在家裡逐漸衰老變傻，或坐在輪椅上轉來轉去，最後還是免不了一死。」

「或被英國的火車撞死！」

「你為什麼這麼說？」

「嗯，當時火車猛烈地震動——就是把我們拋進納尼亞來的那個震動——我想，那**是**火車剛出了意外。所以當時發現我們來到了這裡，我還挺高興的。」

就在吉爾和尤斯塔斯談論這件事的時候，其他人也在討論他們的計畫，他們全都變得不那麼痛苦了。因為他們這時滿腦子想的都是今天晚上要做什麼，而納尼亞所發生的事——她所有的榮耀和歡樂都已經結束——已全被拋在腦後了。他們只要一停止談話，往日情景就會湧上心頭，令他們痛苦不堪，所以他們繼續不停地說。波金對他們今晚要做的事真的感到非常高興。他確信野豬、熊，說不定還有所有的狗，都會立刻站到他們這邊來。他也不信所有的矮人都會站在格里弗爾那一邊。穿梭在樹林間、藉由火光作戰，對實力較弱的一方有利。再說，如果今晚他們能贏，他們真的需要在幾天之後捨命去迎戰卡羅門人的大軍嗎？

為什麼不躲在樹林裡，或甚至躲在大瀑布再過去的西部荒野裡，像亡命之徒一樣生活呢？然後，他們或許會變得愈來愈強，因為能言獸和阿欽蘭人會一天天加入他們的陣營。最後，他們會從躲藏的地方出來，將卡羅門人（那時卡羅門人已經鬆懈了）掃蕩出去，納尼亞也就光復了。畢竟，這種情況在米拉茲國王的時代就發生過！

提里安聽完這些話，心想：「那塔什呢？」他骨子裡覺得這一切都不可能發生。可是他沒說出來。

等到走近馬廄山，他們自然全都安靜下來了。接著，真正的叢林技巧開始了。從他們看見馬廄山第一眼的那一刻，一直到他們全部抵達馬廄山後方，整整花了他們兩個多小時的時間。這種情況很難詳述，除非你耗費篇章去寫個清楚。從每個掩蔽物前進到下一個的過程就是一次單獨的冒險，這期間還有很漫長的等待，以及好幾次的虛驚。如果你是個優秀的童子軍或好的嚮導，你已經知道那情況是什麼樣子了。等到日落時分，他們都已安全地躲在馬廄後方大約十五碼處的一叢冬青樹叢裡。他們都嚼了一些餅乾，再一一躺下。

然後是最難挨的部分——等待。幸好，孩子們睡了幾個小時，不過，等到夜間的寒冷來臨時，他們自然就冷醒了，而比寒冷更糟糕的是醒來之後非常口渴，卻沒有機會去喝水。帕叟一直不發一語地站著，因為緊張而微微打顫。提里安枕著珍寶的腹側睡得很香，就像睡在凱爾帕拉維爾的御床上一樣，直到一聲鑼響才把他驚醒。他坐起來，看見馬廄的另一邊有火光，知道時間到了。

「親親我，珍寶。」他說：「因為這一定是我們在這大地的最後一夜。如果我曾經在大大小小的事情上得罪過你，現在請你原諒我。」

「親愛的國王，」獨角獸說：「我但願你曾得罪過我，這樣我就能原諒你了。再會。我們曾經一起經歷過何等快樂的日子。如果阿斯蘭讓我選擇，我會選擇再過同樣的一生，也會選擇與你一起赴死，此外其他的生死我都不要。」

隨後，他們叫醒了千里眼。鷹把頭藏在翅膀底下睡覺（這讓他看起來就像沒有頭似的），然後一同悄悄地朝馬廄爬過去。他們把帕叟留在馬廄後面（他們全都很和顏悅色地囑咐他，因為現在沒有人生他的氣了），告訴他別亂跑，等他們派人來接他。然後他們在馬廄的一側各就各位。

篝火才點燃沒多久，火勢才剛開始旺盛。篝火離他們只有幾英尺遠，一大群納尼亞的生靈在篝火的另一邊，因此提里安起初看他們時看得不大清楚，只看見數十隻眼睛在火的反射下閃閃發光，就像你在車前燈照射下看見兔子或貓的眼睛一樣。就在提里安剛剛就位，鑼聲就停了，從他左邊某處出現了三個人影。一個是那卡羅門隊長瑞什達大公。第二個是那隻猿猴，他一隻手爪抓著大公的手，不停嗚咽和抱怨說：「別走那麼快，別走那麼快，我**很不舒服**。噢，我可憐的腦袋！這些午夜大會對我來說太辛苦了。猿猴不應該熬夜的，我又不是老鼠或蝙蝠……噢，我可憐的腦袋。」走在猿猴另一側的是薑黃貓，尾巴筆直地翹得高高的，步履莊嚴，走得無聲無息。他們正朝篝火走去，距離提里安很近，如果他們朝他的方向看的話，立刻就會看見他。幸好他們沒看過來。不過，提里安聽見瑞什達低聲對薑黃貓說：

「現在，貓，到你的位子去。把你的角色演好。」

「喵，喵。看我的吧！」薑黃貓說。然後他走到篝火另一邊，坐在聚集起來的動物的第一排，也就是說，坐在觀眾席上。

事實上，這整個場景碰巧就像一座劇院。那群納尼亞居民就像坐在座位上的觀眾，馬廄前方那一小片草地就像舞臺，上面燃燒著熊熊的篝火，猿猴和隊長站在那裡對著群眾說話。馬廄本身就像舞臺後方的背景，提里安和他的朋友則是從背景後面窺視的人。他們占據了絕佳的位置。如果他們當中任何人走到火光中，所有目光都會立刻聚集到他身上；相反的，只要他們靜靜站在馬廄尾端的牆角陰影裡，就百分之百不會被人發現。

瑞什達大公把猿猴拖到火堆旁，兩個人轉身面對群眾。當然，這意味著他們是背對提里安和他的朋友們。

「現在，猴子，」瑞什達大公低聲說：「動動腦子，對大家說點聰明的話。抬起頭來。」他一邊說，一邊從背後暗暗踢了猿猴一腳。

「別煩我。」希福特喃喃地說。然後他端正坐直了身子，用響亮的聲音說：「你們大家聽著。有一件可怕的事情發生了。一件邪惡的事。是納尼亞所發生過的最邪惡的事。和阿斯蘭……」

「塔什蘭，笨蛋。」瑞什達大公小聲說。

「塔什蘭，我說的是塔什蘭，」猿猴說：「對此非常生氣。」

群獸鴉雀無聲，安靜得嚇人，大家都在等著聽有什麼新麻煩要出爐了。躲在馬廄那頭牆邊的小夥伴們也屏住了呼吸。這下又出了什麼事了？

「是的，」猿猴說：「就在此時此刻，這個可怕的傢伙就在我們中間——就在我背後的馬廄裡——一隻邪惡的野獸選擇做出一件大逆不道的事，一件你們認為誰都不敢做的事。牠竟然自己披上一張獅皮，在這片樹林裡走來走去，冒充阿斯蘭。」

有好一會兒，吉爾十分納悶那隻猿猴是不是瘋了。難道他打算說出全部真相？群獸爆出一陣可怕的咆哮。「吼！」咆哮聲說：「他是誰？他在哪裡？讓我去把他咬得粉身碎骨！」

「昨晚有人看見牠，」猿猴尖叫道：「但牠跑了。那是一隻驢子！一隻平凡、可憐的蠢驢！如果你們當中有誰看到那個混蛋……」

「吼！」群獸咆哮著說：「我們會的，我們會的。他最好別讓**我們**撞見。」

吉爾看著國王，國王張著嘴，滿臉驚懼。然後，她明白過來，敵人的計謀是多麼的邪惡狡猾。藉由摻入一點點的真相，他們的謊言變得更有說服力。現在，告訴群獸說有一頭驢子被人披上獅皮來欺騙他們，還有什麼用？猿猴只要說：「我剛才就是這麼說的。」那麼，讓所有人看披著獅皮的帕叟還有什麼用？他們會把他撕成碎片的。

「這讓我們失去了優勢了。」尤斯塔斯低聲說。

「我們被釜底抽薪了。」提里安說。

「該死，該死的機智！」波金說：「我敢發誓，這個新的謊言一定是薑黃貓想出來的。」

10 誰願意進去馬廄？

吉爾覺得有什麼東西搔得她耳朵癢癢的，原來是獨角獸珍寶張大嘴對她說悄悄話。她一聽完他的話，點點頭，便踮著腳尖走回帕叟站的地方，迅速又安靜地割斷了他身上那些綁住獅皮的繩索。在猿猴說了那些話之後，他要是穿著這張獅皮被逮到，那就慘了！她本想把獅皮藏得愈遠愈好，但是那張皮太重了。她只能盡力把它踢到最茂密的灌木叢裡。然後她打個手勢要帕叟跟著她，過去和大家會合。

猿猴又說話了。

「在發生這麼可怕的事情以後，阿斯蘭——塔什蘭——憤怒至極。他說，他對你們太好了，每天晚上都出來讓你們看！這下好了，他再也不會出來了。」

動物們聽完之後的回應是咆哮、號叫、尖叫、咕嚕哼聲，但是吵鬧中突然爆發出一個完全不同的大笑聲。

「聽聽那猴子說的鬼話，」那聲音說：「我們知道他為什麼不把他寶貝的阿斯蘭帶出來。我來告訴你原因：因為他根本就沒有阿斯蘭。除了一頭背上披著獅皮的老驢，他什麼都沒有。現在他連那頭**老驢**都搞丟了，他不知道該怎麼辦了。」

提里安看不清楚篝火另一邊的臉孔，但他猜這是那個矮人隊長格里弗爾。過了一、兩秒鐘，所有的矮人都一起開口唱道：「不知道該怎麼辦！不知道該怎麼辦！不知道該怎麼辦—哦—呴！」這下他就更確定了。

「安靜！」瑞什達大公怒吼道：「安靜，你們這些爛泥的子孫！其他的納尼亞人，聽我說，以免我下令我的戰士拔劍打殺你們。希福特大人已經告訴你們關於那頭邪惡蠢驢的事了。你們以為，因為那頭驢子，馬廄裡就沒有**真正的**塔什蘭！對嗎？當心了，當心了。」

「沒有，沒有，」大多數群眾喊道，但矮人說：「沒錯，黑傢伙，你說對了。來吧，猴子，讓我們看看馬廄裡有什麼，眼見為實。」

接著所有人安靜了片刻，猿猴說：

「你們這些矮人以為自己很聰明是吧？不過，別急。我從來沒說你們不能見塔什蘭。任何想見他的人都可以見到他。」

全場都靜了下來。然後，過了將近一分鐘，熊開始緩慢又困惑地說：「我不太明白，我以為你說……」

「**你**以為！」猿猴重複了熊的話，然後說：「你**當**你自己是誰啊！聽著，你們這些人。誰都可以見塔什蘭，但是他不會出來。你們得進去見**他**。」

「噢，謝謝你，謝謝你，謝謝你。」幾十個聲音說：「這就是我們想要的！我們可以進去當面見他。這下一切都會像以前一樣，他還是那麼和藹可親。」鳥兒們吱吱喳喳，狗兒們也興奮地吠叫。場上突然掀起一陣巨大的騷動，動物們紛紛起身，馬上就想衝上前去，試圖全部一起擠進馬廄的門。可是猿猴喊道：

「退後！肅靜！別急。」

群獸停下來，其中許多動物還舉著一隻爪子，有些還一直搖著尾巴，牠們的頭全轉向一邊。

「我以為你說……」熊才開口，但是希福特立刻打斷他，說：

「誰都可以進去，但是一次一個。誰要第一個進去？他可沒**說**他很仁慈。自從那天晚上他吞下那個邪惡的國王以後，就一直舔著嘴唇想吃東西。今天早上也一直在咆哮。我自己今天晚上是不會想進去馬廄的。不過，你們隨意。誰想先進去？如果他把你整個吞下去，或用他恐怖的眼睛把你炸成煤渣，你可別怪我。那是你的事。好，現在！誰先來？你們矮人來一個怎麼樣？」

「很好，很好，一去就死！」格里弗爾諷刺地說：「我們怎麼知道你擺了什麼東西在裡面？」

「呴—呴！」猿猴大喊道：「所以你開始認為那裡面有**某種東西**了是嗎？哼，你們這些野獸，一分鐘前還在嚷嚷。怎麼現在都啞巴了？誰要先進去？」

群獸站在那裡面面相覷，開始從馬廄前後退。這時也沒幾個在搖尾巴了。猿猴一邊搖搖擺擺地走來走去，一邊嘲笑他們。「呴—呴—呴！」他咯咯笑著，說：「我還以為你們都想見塔什蘭呢！改變主意了是嗎？」

提里安低下頭，吉爾靠近他耳邊低聲說：「你想馬廄裡到底有什麼東西？」

「誰知道。」提里安說：「很可能有兩個拿著出鞘長劍的卡羅門人，而且分別躲在門的兩邊。」

「你想，」吉爾說：「會不會是……你知道的……會不會是我們看到的那個可怕的東西？」

「塔什？」提里安低聲說：「誰曉得呢。不過，勇敢一點，孩子，我們都在正牌的阿斯蘭的手中。」

接著，最令人驚訝的事發生了。薑黃貓用一種冷靜、清晰、絲毫沒有流露出激動的聲音說：「要是你們願意，那就由我先進去。」

所有的動物都轉過頭去看著那隻貓。「陛下，注意他們的狡詐。」波金對國王說：「這隻該死的貓也參與了這個詭計，他就是這詭計的主謀。不管馬廄裡有什麼東西，都不會傷害他的。然後，薑黃貓會再出來，說他看到了某種神奇的東西。」

不過提里安還沒來得及回答他，猿猴就已經叫貓上前來。「咰—咰！」猿猴說：「你，你這隻模樣得體的貓，想要當面見見他。那就來吧！我幫你開門。要是他把你臉上的鬍鬚都嚇掉了，可別怪我。那是你自己的事。」

那隻貓起身，從群眾中走出來，步伐穩重又優雅，尾巴高豎在空中，一身油光水滑的皮毛沒有一根是亂的。牠一直走到篝火邊，距離提里安非常近。提里安肩膀靠在馬廄側邊的牆上，從他站的位置可以把貓的臉看得清清楚楚的。牠那雙綠色的大眼睛眨也不眨。（「非常冷靜。」尤斯塔斯喃喃地說：「**牠**知道牠沒有什麼好怕的。」）那隻猿猴咯咯笑著做了個鬼臉，迅速穿過貓的身旁，舉起手爪拉開門閂，打開了門。提里安覺得自己聽見貓一邊打著呼嚕，一邊走進了黑暗的門內。

「啊咦——啊咦——啊呦喂！」一聲大家從未聽過的、最恐怖刺耳的貓叫，讓所有的人都跳起來。你如果曾在夜深人靜時被屋頂上打架或叫春的貓吵醒，你就知道那聲音是什麼模樣。

可是這聲音更嚇人。薑黃貓在慘叫中全力從馬廄中飛奔而出，把猿猴撞了個四腳朝天。如果你不知道那是一隻貓，你可能會以為那是一道薑黃色的閃電。他飛射過開闊的草地，竄進群眾當中。沒有人想撞上一隻這種情況下的貓。你可以看見動物左閃右躲地避開他。他竄上一棵樹，飛快地繞了一圈，然後倒掛下來。他尾巴上的毛全炸開了，炸得幾乎和他身體一樣粗。他的眼睛像兩盞綠色的火焰。他背上的毛也根根豎起。

「我願意用我的鬍子打賭，」波金小聲說：「我只想知道那畜生是在演戲，還是真的在裡面發現了什麼東西把牠嚇成這樣！」

「別說話，朋友。」提里安說，因為那個卡羅門隊長和猿猴也在竊竊私語，他想聽見他們在說什麼。不過他沒聽清楚，只聽到猿猴又嗚咽著說：「我的頭啊，我的頭啊。」不過他覺得他們兩個似乎和他一樣，對貓的行為感到大惑不解。

「好啦，薑黃貓，」隊長說：「夠了，別吵了。把你的所見所聞告訴他們。」

「啊咦——啊咦——啊凹嗚——啊哇！」貓尖叫著。

「你不是一隻**能言**貓嗎？」隊長說：「那就別怪叫了，說話。」

接下來的情景很可怕。提里安非常確定（其他人也是）那隻貓是拚命想說什麼，但是除了普通、難聽的貓叫聲之外（你可以在英國人的後院裡聽到這類憤怒或受驚的老貓叫聲），他的嘴裡再也說不出話來了。他號叫得愈久，看起來就愈不像一隻能言獸。其他動物都發出了不安的嗚咽和小聲的尖叫。

「看啊，看啊！」熊出聲音說：「牠不會說話。牠忘記怎麼說話了！牠變回一隻啞巴獸了。你們看牠的臉。」每個人都看見了，是真的。接著，極度的恐懼落到那些納尼亞居民的身上。他們每一個都從小就被教導——從還是一隻小雞、一隻小狗或一隻幼崽的時候——阿斯蘭如何在開天闢地時，把納尼亞的野獸變成能言獸，同時告誡他們，如果他們品行不端，總有一天會變回啞巴獸，就像你在其他國家遇到的那種可憐又無智慧的動物一樣。「大禍臨頭了。」他們呻吟著說。

「發發慈悲啊！發發慈悲啊！」群獸哀號道：「饒了我們吧，希福特大人，請代我們向阿斯蘭求情，你必須進去替我們向他求情。我們不敢了，我們不敢了。」

薑黃貓消失在更遠的樹林裡。再也沒有人見過他。

提里安手握著劍柄，低頭站著。這天夜裡的種種恐怖情況使他頭暈目眩。有時他想最好是立刻拔劍衝上去對付那些卡羅門人，接著他又認為最好還是等一下，看看會發生什麼新的轉變再做打算。這時，新的轉變來了。

「父親。」左邊群眾中傳來一個清晰響亮的聲音。提里安立刻知道說話的是卡羅門人，因為在提洛大帝的軍隊裡，普通士兵稱呼軍官為「主人」，而軍官則稱他們的長官為「父親」。吉爾和尤斯塔斯不知道這一點，不過東張西望了一番之後，他們看見了說話的人。因為站在群眾旁邊的人比站在中間的人更容易被發現，中間因為火光太亮，反而使火光後方的一切都顯得黑漆漆的。說話的人年輕、高大、瘦削，即便是皮膚黝黑，帶著卡羅門人高傲的派頭，卻長得很英俊。

「父親，」他對隊長說：「我也想進去。」

「安靜，艾米斯。」隊長說：「誰叫你說話的？這裡輪不到小男孩說話。」

「父親，」艾米斯說：「我確實比你年輕，但我和你一樣，也有大公的血統，並且我也是塔什的僕人。所以……」

「住口！」瑞什達大公說：「我還是你的隊長嗎？這個馬廄和你無關。這是納尼亞人的事。」

「不，父親，」艾米斯回答：「你說過他們的阿斯蘭和我們的塔什是同一位。如果這是真的，那麼塔什就在那裡面。你怎麼能說我與他無關呢？如果我能面見一次塔什，我就算死一千次都甘心。」

「你是個傻瓜，什麼都不懂。」瑞什達大公說：「這是大事。」

艾米斯的臉色更嚴肅了。他問：「難道塔什和阿斯蘭不是同一位？難道那隻猿猴對我們撒謊？」

「當然是同一位。」猿猴說。

「猿猴，那你發誓。」艾米斯說。

「噢，天哪！」希福特呻吟說：「我希望你們都別再煩我了。我的頭好痛。對，對，我發誓。」

「那麼，父親，」艾米斯說：「我下定決心要進去。」

「傻瓜！」瑞什達大公才開口，但是矮人們立刻開始喊：「快去，老黑。你為什麼不讓他進去？你為什麼讓納尼亞人進去卻不讓你自己的人進去？你在裡面藏了什麼不想讓自己人看見的東西？」

提里安和他的朋友們只能看見瑞什達大公的背影，因此當他聳了聳肩開口時，他們始終不知道他臉上是什麼表情。他說：「大家都是見證人，這個年輕的傻瓜自己要去送死，他的犧牲與我無關。進去吧，魯莽的孩子，快去。」

於是，就像薑黃貓一樣，艾米斯走到篝火和馬廄間那片開闊的草地上。他的雙眼閃閃發光，臉上神情非常嚴肅，他的手握著劍柄，頭抬得高高的。吉爾看著他的臉，差點想哭。珍寶對著國王的耳朵低聲說：「我以獅子的鬃毛發誓，我簡直要愛上這個年輕的戰士了，儘管他是個卡羅門人。他值得一個比塔什更好的神來保佑他。」

「我真希望我們能知道那裡面到底是什麼東西。」尤斯塔斯說。

艾米斯打開門，走進了黑洞洞的馬廄，並將門在背後關上。過了片刻——但感覺似乎過了很久——門又開了。一個穿著卡羅門盔甲的人搖搖擺擺走出來，仰天倒在地上，一動不動，門在他背後關上了。隊長一躍上前，彎腰察看他的臉，顯得大吃一驚。隨後，他恢復正常，轉身面對群眾，大聲喊道：

「這個魯莽的男孩已經如願了。他見了塔什，也死了。你們都記取教訓吧。」

「我們會的，我們會的。」可憐的群獸們說。不過，提里安和他幾個朋友仔細看了看那死去的卡羅門人，不禁面面相覷。他們距離死者比較近，可以看見在篝火另一邊的群眾無法看見的。這死去的人不是艾米斯。這是另一個完全不同的人。他年紀較大，比較魁梧，個子不高，還留著大鬍子。

「呴—呴—呴。」猿猴咯咯笑著說：「還有嗎？還有人想進去嗎？好吧，既然你們都這麼害羞，我就來選下一個。你，野豬！你過來。卡羅門人，把他趕過來。他**應該**面對面見見塔什蘭。」

「哦—哦—嗯，」野豬咕噥著，一邊笨重地站了起來：「那麼就來吧。來試試我的獠牙。」

提里安一見那隻勇敢的野獸準備為自己的性命而戰——卡羅門士兵紛紛拔出彎刀，開始逼近他——卻沒有人去幫牠時，他內心有某種東西爆發了。他再也顧不得這是不是涉入的最佳時刻。

「拔劍。」他低聲對其他人說：「箭扣上弦。跟我來。」

下一刻，震驚的納尼亞居民看見七個身影跳到馬廄前，其中四人穿著閃亮的鎧甲。國王的寶劍在火光中閃閃發亮，他把劍高舉過頭揮舞著，並且大聲喊道：

「我是納尼亞的國王提里安，我以阿斯蘭的名義，用我的性命做擔保，告訴你們，那個塔什是個骯髒的惡魔，猿猴是個賣國的叛徒，這些卡羅門人都該死。所有真正的納尼亞居民，都站到我這邊來。你們難道要等你們的新主人把你們一個一個殺掉嗎？」

11 變化加快了

瑞什達大公快如閃電般向後一躍，避開了國王的劍鋒。他不是懦夫，必要時甚至會單槍匹馬對抗提里安和矮人，但是他無法同時對付老鷹和獨角獸。他知道老鷹會撲到你臉上啄你眼睛，搧翅撲擊使你無法視物。他曾聽父親（他曾經和納尼亞人打過仗）說，除了用箭或長矛，沒有人能和獨角獸對抗，因為他撲向你的時候會直立而起，同時用前蹄、獨角和牙齒對付你。因此，他急忙衝進群眾當中，站在那裡高喊：

「提洛大帝（願吾皇萬壽無疆）的戰士們，到我這裡來，到我這裡來，所有忠誠的納尼亞百姓也到我這裡來，以免塔什蘭的憤怒降臨到你們身上！」

與此同時，還發生了另外兩件事。猿猴沒有像大公那樣迅速意識到自己的危險。在那一、兩秒鐘裡，他仍蹲在篝火旁瞪著新出現的不速之客。只見提里安猛衝上前，一把揪住那個卑鄙傢伙的後頸，衝返馬廄前喊道：「開門！」波金立刻把門打開。「進去自食其果吧，希福特！」提里安說著，把那隻猿猴扔進了黑暗裡。然後，隨著矮人砰一聲把門關上，一道刺眼的藍綠光芒從馬廄裡射了出來，大地震動，裡面傳出了奇怪的喧鬧聲——一種咯咯聲夾雜著尖叫聲，聽起來像是某種巨大的鳥怪發出的叫聲。群獸發出呻吟和哭號，大喊著：「塔什蘭！救救我們，別讓他看見我們！」許多野獸俯伏在地，許多野獸用翅膀或爪子蒙住頭臉。那一刻，除了動物中視力最好的老鷹千里眼，沒有人注意到瑞什達大公的臉色。千里眼一望即知，瑞什達和大家一樣大吃一驚，甚至感到恐懼。「又一個。」千里眼想著：「這些不相信諸神還要召喚諸神的人，如果諸神真的來了，會有怎樣的下場呢？」

同時發生的第三件事也是那天晚上唯一真正美好的事：那就是參加聚會的每一隻能言狗（一共有十五隻），都歡快地又叫又跳奔到國王的身邊來。他們大多是大狗，有厚實的肩膀和粗壯的下顎。他們來勢洶洶，就像大浪撲向海灘，幾乎把你撲倒在地。雖然他們是能言狗，但骨子裡仍然是狗，他們全站起來把前爪搭在人類肩上，拚命舔著他們的臉，異口同聲說：「歡迎！歡迎！我們來幫忙，我們來幫忙，幫忙，幫忙。告訴我們該怎麼做，告訴我們，怎麼做……怎麼做……怎麼做？」

這情景真是溫暖得令人想哭。終於，他們一直盼望的事有了動靜。過了一會兒，幾隻小動物（老鼠、鼴鼠和一兩隻松鼠）也都聚過來，高興地尖叫著說：「看啊，看啊。

我們也來了。」之後，熊和野豬也走過來了。尤斯塔斯開始覺得，也許，一切終究都會好轉的。不過，提里安環顧四周，看見動身過來的動物只是少數。

「到我身邊來！到我身邊來！」他召喚道：「自從我成為你們的國王以後，你們都變成懦夫了嗎？」

「我們不敢，」幾十個聲音嗚咽著說：「塔什蘭會生氣。保護我們遠離塔什蘭吧。」

「所有的能言馬都到哪裡去了？」提里安問野豬。

「我們看見過他們，」老鼠尖叫著說：「猿猴讓他們去工作了。他們都被綁起來了，就在山腳下。」

「那麼，你們這些小東西，」提里安說：「你們這些能咬的、會啃的、能弄破堅果殼的，盡快跑下山去，看看那些能言馬是不是站在我們這邊的。如果是的話，就用你們的牙齒咬斷繩子，釋放那些馬匹，把他們帶到這裡來。」

「遵命，陛下。」那些細小的聲音回答，然後這些眼睛和牙齒都很銳利的小動物都豎起尾巴一溜而去。提里安望著他們離去，臉上露出慈愛的笑容。這時，是考慮其他事情的時候了。瑞什達大公正在發號施令。

「前進，」他說：「你們如果辦得到，把他們全部活捉起來，扔進馬廄裡，或把他們都驅趕進去。等他們全部進去以後，我們放火燒了馬廄，把他們全部當作祭物，獻給塔什。」

「哈！」千里眼自言自語說：「這麼說來，他是希望為自己的不相信而贏得塔什的寬恕啊。」

這時，敵人的陣線——大約是瑞什達的一半兵力——開始向前推進，提里安幾乎來不及下達命令。

「吉爾在左邊，儘量在他們攻過來之前射殺他們。野豬和熊在她旁邊護衛。波金在我左邊，尤斯塔斯在我右邊。珍寶，你守住右翼。帕叟，站到他旁邊去，用你的蹄子踢。千里眼，你從高空俯衝攻擊。所有的狗，緊跟在我們後面。等我們短兵相接以後，就衝進他們的隊伍中。阿斯蘭與我們同在！」

尤斯塔斯站在那裡，心跳如擂鼓，一直不斷希望自己能勇敢一點。他從未見過任何事物（雖然他曾見過龍和大海蛇）像眼前那一排臉色黝黑、眼睛發亮的人一樣，使他打從骨子裡發冷。那裡有十五個卡羅門人、一頭納尼亞的能言牛、狐狸小滑頭，還有名叫拉格爾的薩堤爾。接著，他聽到左面傳來「繃——咻」一聲，一個卡羅門人倒下了。接著，又是「繃——咻」一聲，薩堤爾也倒下了。「噢，幹得好，姑娘！」提里安的聲音傳來，接著敵人就朝他們撲上來了。

尤斯塔斯始終記不得接下來的兩分鐘裡發生了什麼。整個情況就像在作夢一樣（就像你發高燒時作的夢），直到他聽見瑞什達大公從遠處傳來的聲音：

「撤退。退回來重整隊伍。」

這時尤斯塔斯才恢復了神智，並且看見卡羅門的隊伍正奔回他們自己人身邊。不過並不是所有出擊者都回去了。有兩個卡羅門人倒斃在地，一個是被珍寶的角刺死，一個是被提里安的劍刺死。狐狸死在他自己腳前，他想知道是不是自己殺了牠。公牛也倒下了，吉爾的箭射中了牠的眼睛，野豬的獠牙將他腹側戳了個大洞。不過我方也有傷亡。有三隻狗被殺，還有一隻狗用三條腿跛著走在隊伍後方，不住呻吟。熊躺在地上，無力地動了動。然後牠用嘶啞的聲音咕噥著吐出牠最後的困惑：「我……我不明白。」隨後牠的大頭垂落在草地上，安靜得像個睡著的孩子，再也不動了。

事實上，第一次進攻失敗了。尤斯塔斯似乎高興不起來，他口渴得要命，手臂也疼得厲害。

戰敗的卡羅門人一返回他們隊長身邊，矮人便開始嘲笑他們。

「打夠了嗎，黑佬？」他們喊叫道：「你們不喜歡打仗嗎？為什麼你們偉大的大公不親自去戰鬥，卻派你們去送死呢？可憐的黑佬！」

「矮人們，」提里安喊道：「到我這兒來，用你們的劍，別用你們的口舌。趁現在還來得及。納尼亞的矮人們！我知道你們很能打仗。回來效忠吧。」

「啊哈！」矮人嘲笑道：「別想。你和他們一樣是個大騙子。我們不想要任何國王。矮人只擁護矮人。噓！」

這時，一陣鼓聲響起，卻不是矮人的鼓，而是卡羅門人的大牛皮鼓。咚——咚——吧—吧—咚，一聲接一聲持續著。孩子們一聽就討厭這聲音，不過如果他們知道這聲音意味著什麼，他們會更討厭它。提里安知道。這意味著附近還有其他的卡羅門軍隊，瑞什達大公正在向他們求援。提里安和珍寶憂愁地望著對方。他們才開始生起一點希望，認為這天晚上能贏，但如果敵人有新的援軍，他們就完了。

提里安絕望地四下打量。有好幾個納尼亞居民站在卡羅門人那一邊，不知道是背信棄義還是真正害怕「塔什蘭」。其他居民靜坐觀望，看來不想加入任何一方。不過這時動物變少了，群眾比剛才少得多。顯然他們當中有許多趁著戰鬥悄悄溜走了。

咚——咚——吧—吧—咚，可怕的鼓聲持續響著。接著，另一個聲音開始混入其中。「聽！」珍寶說。接著，千里眼說：「看！」片刻之後，大家都知道了。隨著隆隆如雷的馬蹄聲，隨著甩動的頭、飛揚的馬鬃、大張的鼻孔，二十匹納尼亞的能言馬衝上了山頂。那群能啃能咬的小動物已經完成了他們的工作。

矮人波金和孩子們張開嘴正要歡呼，還沒來得及發出聲音，空中突然充滿了弓弦拉動的砰砰響和箭矢破空的嘶嘶聲。是矮人在彎弓射箭，有那麼片刻，吉爾真不敢相信自己的眼睛，矮人正在射殺那些馬匹。矮人是致命的弓箭手。那些馬一匹接一匹倒下。那些高貴的動物沒有一匹抵達國王的身邊。

「這些小**豬玀**。」尤斯塔斯憤怒至極，跳腳尖聲怒罵：「你們這些骯髒、奸詐、卑鄙無恥的小畜生。」就連珍寶也說：「陛下，要我去追那些矮人嗎？我一次可以用角刺穿十個。」但是提里安臉色嚴肅得像磐石，說：「站住別動，珍寶。親愛的（這是對吉爾說的），如果你一定要哭，就把臉轉到旁邊，不要打濕了你的弓弦。安靜，尤斯塔斯。別像個女廚娘那樣斥罵。戰士不責罵人。要開口就要說彬彬有禮的話，否則迎頭痛擊是他唯一的語言。」

可是矮人卻回諷尤斯塔斯說：「小男孩，這讓你大吃一驚，是吧？你以為我們是站在**你們**這邊的對嗎？別怕。我們不想要任何能言馬來參與。我們不想讓你們的勝算高過另一邊。你們不能籠絡我們。矮人只擁護矮人。」

瑞什達大公還在和他的部下談話，無疑是在安排下一輪進攻，也許他正在懊悔自己沒把全部兵力投入到第一次進攻當中。鼓聲繼續隆隆響著。然後，讓提里安和他的朋友們驚恐的是他們聽見從很遠的地方傳來了回應的鼓聲。卡羅門人的另一支軍隊聽到了瑞什達傳送的信號，正在趕來支援。看提里安的臉色，你看不出他現在其實已經放棄一切希望了。

「聽著，」他壓低聲音，實事求是地說：「趁這幫惡棍的援軍還沒趕到之前，我們現在必須進攻。」

「請三思，陛下。」波金說：「我們背後有一堵堅固的馬廄的木牆。如果我們向前進攻，豈不是會被圍住，變成兩頭夾擊嗎？」

「我會說跟你一樣的話，矮人。」提里安說：「他們的計畫難道不是把我們逼進馬廄裡去？我們離那扇致命的門愈遠愈好。」

「國王說得對。」千里眼說：「遠離這個受詛咒的馬廄，不管裡面住著什麼妖怪，都要不惜一切代價遠離它。」

「是的，我們走吧。」尤斯塔斯說：「我開始痛恨看見它了。」

「好。」提里安說：「現在看我們左邊遠處，那裡有一塊大岩石，在篝火光中白得發亮，像大理石一樣。首先，我們要直撲那些卡羅門人。小姑娘，你從我們左邊向前移動，以最快的速度向他們的隊伍射箭；老鷹，你要從右邊朝他們的臉撲去。與此同時，我們其他人將衝向他們。等我們接近他們時，吉爾你就不能再向他們射箭了，以免射中我們自己人，你要退到那塊白色岩石那裡等候。你們其他人，即使在戰鬥中也要豎起耳朵注意聽。我們必須在幾分鐘內把他們打跑，否則不如不打，因為我們是以寡擊眾。等我一喊『撤退』，大家就衝到白岩石那兒和吉爾會合，我們可以在那裡獲得掩蔽，喘息一會兒。現在，去吧，吉爾。」

感覺孤單無比的吉爾向前跑了大約二十英尺，接著左腿向前右腿向後，抽出一箭搭在弓上。她真希望自己的手沒抖成這樣。她朝敵人射出第一箭，箭矢從敵人頭頂飛過。「射得太爛了！」她說，但她立刻搭上第二枝箭，她知道速度才是最重要的。她瞥見一團又大又黑的東西撲向那群卡羅門人的臉。那是千里眼。先是一個人，然後是另一個，拋下自己的劍舉起雙手護住眼睛。接著，她一枝箭射中了一個人，另一枝射中了一隻加入敵人行列的納尼亞狼。不過，也才射了幾秒鐘，她就不得不停下來。提里安揮舞著雪亮的寶劍，帶著獠牙大張的野豬和獨角尖銳的珍寶，以及發出深沉吼叫的狗兒們，以跑百米賽的速度衝向他們的敵人。吉爾很驚訝地看見卡羅門人似乎毫無準備，也沒意識到這是她和老鷹的功勞。很少有部隊能夠在一邊必須避開箭矢，一邊必須避開老鷹攻擊的情況下，還能一直穩穩地盯著前方看。

「噢，幹得好。**幹得好！**」吉爾喊道。國王這一方的人馬長驅直入殺進敵陣。獨角獸用角把人甩出去的樣子，就像你用乾草叉把乾草甩出去一樣。即使是尤斯塔斯，在吉爾看來（她畢竟不懂劍術）也打得十分出色。狗兒們都直撲卡羅門人的咽喉。看來奇襲快要成功了！終於要獲勝了——吉爾注意到了一件奇怪的事，令她感到恐怖，倒抽一口涼氣。雖然納尼亞人每揮出一劍都有卡羅門人倒下，但是他們的數量卻不見減少。事實上，他們現在的人數已經比戰鬥剛開始時還多。人每一秒鐘都在增加，新來的卡羅門人，他們從四面八方奔上來。這些新來的人手中都握著長矛。他們的人數那麼多，吉爾幾乎看不見自己的朋友了。這時，她聽見提里安高聲喊道：

「撤退！退到岩石那裡去！」

敵人的援軍到了。鼓聲已經達成了任務。

12 進了馬廄的門

吉爾本來早該退回白色岩石旁邊，但是她觀看戰鬥看得太興奮，忘了自己獲得的命令。這時她想起來了。她立刻轉身朝岩石跑去，但只比其他人早到一步。就這樣，有那麼片刻，他們所有的人都是背對著敵人。等他們跑到岩石邊，猛轉過身去時，一個可怕的景象映入了眾人的眼簾。

一個卡羅門人正扛著一個拚命掙扎踢打的東西朝馬廄的門奔去。當他奔到他們和那堆篝火之間時，他們看清楚了那人的身影和他所扛的身影——尤斯塔斯。

提里安和獨角獸衝出去救他，但此時那個卡羅門人比他們更靠近馬廄的門。他們還沒衝到半路，他已經把尤斯塔斯扔進了馬廄，關上了門。在他後面又跑來六個卡羅門人支援他。他們在馬廄前的空地上排成一列，現在誰也進不去了。

即便到了這時候，吉爾仍記得把臉轉開，遠離她的弓。「就算我沒辦法不哭，我也不會沾濕我的弓弦。」她說。

「當心！箭！」波金突然警告。

大家立刻低頭，把頭盔拉下來罩住鼻子。狗兒也在他們背後蹲下。不過，儘管有幾枝箭朝他們這邊射來，他們很快就看清楚，目標不是他們。格里弗爾和他的矮人又在射箭。這次他們冷酷地射向卡羅門人。

「繼續，兄弟們！」格里弗爾的聲音傳來：「集中目標。小心點。我們不想要黑佬，就像我們不想要猴子、不想要獅子、也不想要國王一樣。矮人只擁護矮人。」

無論你怎麼評價矮人，你都不能說他們不勇敢。他們原本可以輕易逃到某個安全的地方，可是他們寧願留下來，盡可能多殺交戰雙方的人馬，除非雙方互相殘殺，省了他們的麻煩。他們想把納尼亞據為己有。

也許只有一點他們沒有考慮到。卡羅門人身上都穿著鎧甲，但是那些能言馬身上卻沒有任何防護。況且卡羅門人有一個隊長。瑞什達大公大聲喊道：

「你們分出三十個人看緊白岩石旁邊那些傻瓜。其餘的人緊跟著我，我們要好好教訓這些大地的子孫。」

提里安和他的朋友們仍因剛才的戰鬥喘息不停，正好趁這機會休息幾分鐘，站在一旁看大公帶領他的人對抗矮人。此刻場景已經變得十分怪異。篝火已經變弱了，火光已經不那麼亮，變成暗紅色了。就人眼所能見，這時那片集會場上，除了矮人和卡羅門人之外，空無他人。在這種光線下，很難分辨正在發生的事。聽起來矮人像在拚命奮戰。提里安聽見格里弗爾不斷破口大罵，大公則不時喊道：「儘量活捉！活捉他們！」

無論那場戰鬥是怎麼打的，持續的時間都不長。廝殺的聲音逐漸消失了。接著吉爾看見大公回到馬廄，後面跟著十一個人，拖著十一個五花大綁的矮人。（其他矮人是全被殺了，還是有些人逃跑了，始終不得而知。）

「把他們扔進塔什的神龕裡去。」瑞什達大公說。

十一個矮人一個接一個被扔進或踢進那黑暗的門洞，門又關上了。大公向馬廄鞠了一躬，說：

「塔什大神，這些都是送給你享用的祭品。」

所有的卡羅門人都舉刀用力擊打盾牌，喊道：「塔什！塔什！偉大的塔什！鐵面無私的塔什！」（這時已經沒有人胡亂喊什麼「塔什蘭」了。）

白岩石旁的那一小群人注視著這些舉動，互相低聲議論著。他們發現有一股涓涓細流從岩石上流下來，大家都迫不及待地喝起來——吉爾、波金和國王用手捧著喝，其他四隻腳的動物舔著在岩石下方匯聚而成的小水塘裡的水。他們都渴極了，以至於全都覺得這是他們一生之中喝過的最可口的甘霖。他們全心喝著，沉浸在快樂中，一時之間什麼也不想。

「我打從骨子裡覺得，」波金說：「在天亮之前，我們會一個接一個穿過那扇黑暗的門。我可以想出一百種比那更好的死法。」

「那確實是一扇可怕的門，」提里安說：「它更像一張嘴。」

「噢，我們就不能**做點什麼**來阻止嗎？」吉爾顫抖著說。

「不，美麗的朋友，」珍寶溫柔地用鼻子蹭蹭她，說：「對我們來說，這或許是通向阿斯蘭國度的大門，今晚我們將與他共進晚餐。」

瑞什達大公背對著馬廄，慢慢走到白色岩石前方。

「聽著，」他說：「如果野豬、狗和獨角獸乖乖過來歸順我，我就饒他們一命。野豬會被送到提洛大帝花園的籠子裡，狗會送去提洛大帝的養狗場，至於獨角獸，等我鋸掉他的角以後，可以去拉馬車。可是老鷹、孩子和那位前國王，將在今晚被獻給塔什。」

唯一的答覆是咆哮。

「戰士們，上，」大公說：「把那些野獸殺了，把兩條腿的活捉起來。」

於是，納尼亞最後一位國王的最後一戰開始了。

撇開敵人的數量不談，真正令人毫無勝算的是長矛。那些從一開始就和猿猴在一起的卡羅門人沒有長矛，因為他們是三三兩兩進入納尼亞，假扮成和平的商人，當然就不會帶著長矛，因為長矛很難隱藏。這些新的卡羅門人一定是後來才來的，那時猿猴的勢力已經壯大了，他們可以公開行軍入境。長矛使整個情勢改觀。有了長矛，如果你的動作夠快，頭腦也夠清楚，就可以在野豬的獠牙或獨角獸的角刺中你之前先刺殺他。這時，一排平舉瞄準的長矛正朝提里安和他最後的朋友們逼近。下一刻，他們全為自己的性命展開決戰。

從某種程度來說，它並不像你所想的那麼糟。當你調動全身肌肉——低頭躲過這枝矛尖，躍起避過那枝長矛，向前衝，往後退，左右旋身閃躲——你已經沒有太多時間感到害怕或悲傷。提里安知道現在他也接應不了其他人了，他們全都在劫難逃。他隱約看見野豬在他一邊倒下，珍寶在另一邊激烈戰鬥。從一邊眼角的餘光裡，他看見一個高大的卡羅門人正拽著吉爾的頭髮把她拖走。可是他實在無暇多想這些事，此刻他一心一意只想多殺幾個人，就算死也夠本。最糟糕的是，他無法守住他剛開始作戰時在白岩石底下的據點。同時對付十幾個敵人，他必須眼明手快，把握所有進攻的機會，看見哪個敵人胸膛或頸部露出破綻，就立刻下手。不過幾個回合，就能使你遠離了原來的據點。不一會兒提里安就發現自己愈來愈偏右，愈來愈靠近馬廄了。他心裡模模糊糊地意識到，他有充分的理由遠離馬廄，但是他現在想不起來原因是什麼。不管怎麼說，這時也由不得他了。

突然，一切都明朗了。他發現自己正在和大公戰鬥。（殘餘的）篝火就在正前方。事實上，他是在馬廄門口打鬥，馬廄的門已經打開了，兩個卡羅門人正守著門，打算他一進去就立刻砰地把門關上。這時他全明白了，他意識到，從戰鬥一開始，敵人就存心把他逼往馬廄。他心裡雖這麼想著，手上仍在拚命和大公打鬥。

提里安腦中冒出一個新主意。他扔下劍，猛衝上前，避開大公劈來的彎刀，伸出雙手攫住敵人的腰帶，往後跳進馬廄裡，同時口中喊道：

「你也進來見見你的塔什吧！」

一聲震耳欲聾的巨響傳出。就像那隻猿猴被扔進去時一樣，大地震動，一道刺眼的光閃現。

卡羅門的士兵們在門外尖叫道：「塔什，塔什！」然後砰地一聲關上了門。如果塔什想要他們的隊長，就讓塔什擁有他吧。無論如何，他們不想見到塔什。

有短暫的片刻，提里安不知道自己是在哪裡，甚至不知道自己是誰。然後，他穩住身子，眨了眨眼，向四周張望了一圈。馬廄裡並不像他所想的那樣漆黑一片。他正置身在強光中，所以他才一直眨眼睛。

他轉身去看瑞什達大公，但瑞什達沒有看他。瑞什達大聲哀嚎，伸手指了指，接著用雙手捂住臉，撲倒在地上。提里安往大公所指的方向一看，馬上明白了。

一個可怕的身影正朝他們走來。這個身影比他們在碉堡那裡看見的要小得多，不過仍比人類高大，而且模樣相同。它長著禿鷹的頭，有四隻手臂。它的喙張開，雙眼熾亮。從它的喙口中吐出粗嘎的聲音。

「瑞什達大公，你呼喚我到納尼亞來。我來了。你有什麼話要說？」

可是大公既沒抬頭，也沒說話。他一直發抖，像個不停打嗝的人一樣。他在戰場上非常英勇，但是那天晚上的前半夜，當他開始懷疑塔什可能真的存在以後，他的勇氣已經去了一半，餘下的一半這時也離開了他。

塔什突然猛地向前一跳——就像母雞低頭啄蟲子一樣——撲向可憐的瑞什達，把他抓起來塞在兩隻右臂腋下，然後側頭用一隻可怕的眼睛盯著提里安。他長著一個鳥頭，當然無法直視著你。

然而，塔什背後立刻傳來一個雄渾有力又平靜如夏日海洋一樣的聲音說：

「奉阿斯蘭和阿斯蘭偉大之父海外大君王之名，走開，妖怪，帶著你合法的獵物回到你自己的地方去。」

那醜惡的生物腋下夾著大公消失了。提里安轉過身來，想看看說話的是誰。不看還好，一看之下，他的心狂跳起來，任何戰鬥都沒有讓他這麼激動過。

在他面前站著七位國王和女王，全都頭戴王冠，穿著閃亮華麗的衣袍，不過國王們還穿著精緻的鎖子甲，手裡拿著劍。提里安彬彬有禮地鞠了一躬，正準備開口說話，最年少的那位女王一下笑了出來。他用力盯著她的臉看，接著吃驚地倒抽一口氣，因為他認識她。那是吉爾，但不是他最後看見她時的樣子，那時吉爾滿臉汙垢和淚水，身上那件舊運動服有一邊滑落，露出了肩膀。這時她看起來容光煥發，十分清爽，清爽得像剛洗完澡一樣。還有，乍看之下，他覺得她長大了一點，不過接著又覺得她沒變，這一點他始終不敢肯定。然後，他看見最年少的國王是尤斯塔斯，但他的變化也和吉爾一樣。

提里安突然覺得，身上還帶著戰鬥所留下來的血跡、塵土和汗水的自己置身在這些人當中，著實尷尬，但他隨即發現，自己完全不是那種情況。他同樣清爽、帥氣、乾淨，身上穿著在凱爾帕拉維爾宮中舉行宴會時才會穿的服飾。（不過，在納尼亞，你的好衣服可從來不會穿在身上覺得不舒服。在納尼亞，他們知道怎麼把東西處理得又美又舒服：整個國家無論從東到西、從南到北，都沒有上漿的衣服、法蘭絨或鬆緊帶之類的東西。）

「陛下，」吉爾走上前行了個漂亮的屈膝禮，說：「容我將你引薦給納尼亞諸王中的最高王彼得。」

提里安不必問誰是最高王，因為他曾在夢裡見過他，記得他的面容（雖然這張臉此時顯得更加高貴）。他邁步上前，單膝跪下，親吻彼得的手。

「最高王，」他說：「我歡迎你。」

最高王扶他起身，按最高王該做的，親吻他的雙頰。接著他領提里安到最年長的女王面前——但她看起來並不老，頭上沒有白頭髮，臉上也沒有皺紋——說：「先生，這位是波莉夫人，她在開天闢地那日來到納尼亞，那日，阿斯蘭使樹木生長，百獸說話。」接著他將提里安領到一位金鬍鬚垂到胸口、臉上充滿智慧的人面前，說：「這是那日與她同來的狄哥里勳爵。還有，這位是我弟弟愛德蒙國王，這是我妹妹露西女王。」

提里安和他們見過禮之後，說：「陛下，如果我讀的歷史沒錯的話，應該還有一位。陛下不是有兩個妹妹嗎？蘇珊女王在哪裡？」

「我妹妹蘇珊，」彼得簡短又嚴肅地答道：「不再是納尼亞的朋友了。」

「是的，」尤斯塔斯說：「每當你設法邀請她討論納尼亞或為納尼亞做點什麼的時候，她都會說：『你們的記性真好啊！想不到你們對我們小時候常玩的那些滑稽遊戲如此念念不忘。』」

「噢，蘇珊！」吉爾說：「現在她除了對尼龍絲襪、口紅和請帖感興趣之外，其他全不感興趣了。她總是興高采烈，熱中於長大成人。」

「長大成人，是啊，」波莉夫人說：「我但願她**真的會**長大成人。她浪費了所有求學的時間想要來到現在的年紀，現在她又要浪費她一生的時間來努力停留在這個年紀。

她一心一意想盡快跑到一個人一生中最愚蠢的時刻，然後盡其所能地停留在那個時刻，愈久愈好。」

「好了，我們現在別談這件事了。」彼得說：「看！這裡有許多漂亮的果樹。我們來吃點水果吧。」

這時，提里安才首次環顧四周，意識到這趟冒險有多麼怪異。

13 矮人拒絕歸順

提里安一直以為——或者說，如果他有時間思考的話，他會以為——他們是置身在一個大約十二英尺長、六英尺寬的馬廄裡。實際上，他們是站在草地上，頭頂是蔚藍的天空，微風輕拂著他們的臉，就像初夏的日子。離他們不遠的地方有一小片樹林，枝葉繁茂，並且每片葉子底下都露出金黃、淡黃、紫色或豔紅的果子，我們這個世界裡沒有人見過這樣的果實。水果讓提里安感覺時序必定入秋了，但是空氣中的某種感覺又告訴他，現在頂多是六月。他們全都朝樹林走去。

人人都伸手去摘自己最喜歡的果實，接著每個人又都停住。這果實是如此美麗，以至於每個人都覺得：「這不可能是給我吃的……我們肯定不應該摘的。」

「不要緊的，」彼得說：「我知道大家都在想什麼。不過我很確定，非常確定，我們不必那麼想。我感覺我們已經來到一個什麼都允許我們做的國度。」

「那我就不客氣啦！」尤斯塔斯說。接著他們都開始吃起來。

這些水果吃起來是什麼味道？可惜沒有人能描述。我只能說，和這些水果相比，你吃過的最新鮮的葡萄柚也淡而無味，最多汁的橘子也是乾的，最入口即化的梨子也如同嚼蠟，最甜的野草莓也是酸的。這些水果裡沒有籽，沒有核，也沒有蟲。一旦吃過這種水果，所有這世界上最美味的東西，吃起來都像苦藥的味道。可是我無法形容這水果的味道。除非你能到那國度親自品嘗一番，否則你無法知道它是什麼味道。

等所有人都吃夠了，尤斯塔斯對最高王彼得說：「你還沒告訴我們，你們是怎麼來的。剛才你正要說的時候，提里安國王就出現了。」

「沒什麼可說的，」彼得說：「愛德蒙和我正站在月臺上，我們看見你們乘坐的火車進站來了。我記得我在想它轉彎的速度實在太快。我也記得我還想到，我們的家人可能都在同一列火車上，這真有趣，雖然露西不知道……」

「最高王，你的家人？」提里安說。

「我是說我父母親——愛德蒙、露西和我父母親。」

「為什麼他們會在火車上？」吉爾問：「你該不是說，**他們**也知道納尼亞吧？」

「噢，不，這與納尼亞無關。他們是要去布里斯托。我只聽說他們是在那天早上動身的，但是愛德蒙說他們只有那班火車可以搭。」（愛德蒙是那種會把鐵路交通弄得一清二楚的人。）

「然後呢？」吉爾說。

「嗯，不容易描述，對吧，愛德蒙？」最高王說。

「是不太容易。」愛德蒙說：「這次完全不像以前我們被魔法從自己的世界裡拉出來那樣。只聽到轟的一聲巨響，有什麼東西砰地撞在我身上，但是不痛。我沒怎麼害怕……嗯，反而很興奮。噢……還有件怪事。我以前打橄欖球時受過傷，膝蓋老疼，我注意到膝蓋突然不疼了。而且我感覺輕飄飄的。接著……我們就在這裡了。」

「跟我們在火車車廂裡的情形差不多。」狄哥里勳爵擦掉他金色鬍鬚上最後一點果屑，說：「只不過我認為，波莉你和我主要都不再感覺自己渾身僵硬了。你們年輕人還不懂。就是我們不再有老的感覺了。」

「年輕人，還真是呢！」吉爾說：「我可不相信你們倆真的比我們大多少。」

「好吧，如果我們現在不老，至少我們老過。」波莉夫人說。

「你們來到這裡以後，發生了什麼事？」尤斯塔斯問。

「哦，」彼得說：「有很長一段時間（至少我認為是很長一段時間）什麼也沒發生。然後門開了……」

「門？」提里安說。

「是的，」彼得說：「就是你進來——或出來的——那扇門。你忘了嗎？」

「可是，門在哪裡？」

「看。」彼得說著伸手一指。

提里安一望，看見了你所能想像到最奇怪、最荒謬的事。就在幾碼之外，光天化日下，可以清楚看到有一扇粗糙的木門立在那兒，門的周圍是門框，除此之外什麼也沒有，沒有牆壁，沒有屋頂。他大惑不解地朝門走過去，其他人都跟在後面，要看他會做什麼。他繞到門的另一邊，卻跟這一邊沒有兩樣。他還是在戶外，依舊是個夏日的早晨。那扇門就那麼獨自立著，像一棵樹一樣長在那裡。

「公正的陛下，」提里安對最高王說：「這真是太神奇了。」

「這就是你五分鐘前和那個卡羅門人進來的那扇門。」彼得笑著說。

「可是，我不是從樹林裡出來，進到馬廄裡來的嗎？然而這似乎是一扇不通往任何地方的門。」

「你要是**繞著**它走，它看起來就像這樣孤立著，」彼得說：「但是你把眼睛湊過去，從門板之間的裂縫**看出去**試試。」

提里安把眼睛湊到門上的一個小洞上。起初，他只看見一片漆黑，什麼也沒有。然後，他的眼睛逐漸適應了之後，他看見一團幾乎熄滅了的暗紅篝火，在篝火上方是一片漆黑的天空，繁星點點。接著，他看見在篝火和他之間有黑影在走動或站立著，他能聽見他們說話，他們的口音聽起來像卡羅門人。於是，他明白自己正透過馬廄的門向外望，看到的是黑暗的燈野地，他打最後一仗的地方。那些人正在討論要不要進去找瑞什達大公（但他們誰也不想進去），或者乾脆放一把火燒了馬廄。

他再度轉頭看了看四周，簡直不敢相信自己的眼睛。頭頂是蔚藍的天空，視線所及四面八方全是青綠的鄉野，他的新朋友們圍著他，都在笑。

「看來，」提里安笑著說：「從馬廄裡面看出去，和從馬廄外面看進來，是兩個完全不同的地方。」

「是的，」狄哥里勳爵說：「它的裡面比外面大得多。」

「是的，」露西女王說：「在我們的世界裡也是，曾經有一個馬廄，在馬廄裡的那位比我們整個世界還要大。[3]」這是她第一次開口說話，從她激動發顫的聲音裡，提里安一下子明白過來。她對每件事物的領悟比其他任何人都更深刻。她是高興到說不出話來。他想聽她再說話，於是他說：

「陛下，請繼續說吧。告訴我你們全部的冒險經歷。」

「在衝撞和巨響之後，」露西說：「我們發現我們來到了這裡。我們像你一樣，對

---

3 作者路易斯這句話說的是他所信仰的基督教。耶穌誕生在馬廄裡，被放在馬槽中。對基督徒而言，他比整個世界更大。

那扇門感到很困惑。然後門第一次打開（門打開時，我們望過去裡面是一片黑暗），一個身材高大的人手提白刃走進來。從他的雙臂我們看出他是個卡羅門人。他進門後站在門邊，把刀舉起擱在肩頭，準備砍倒任何進來的人。我們走過去和他說話，卻發現他既看不見我們，也聽不見我們說話。他從來不環顧四周，不看看天空、陽光和草地。我想他也看不見這些事物。於是，我們等了很長的時間。然後，我們聽見有人在門的另一邊抽開門栓。不過那個卡羅門人並未準備砍人的樣子，顯然他要等看清楚來人是誰才動手。所以我們猜，他是奉命殺某些人和不殺另一些人。不過，就在門打開的剎那，塔什突然出現在門的這一邊，我們誰也沒看見他是從哪裡來的。接著，門外走進來一隻大貓。牠一看見塔什，立刻嚇得奪命而逃——那真是千鈞一髮，塔什朝牠撲過去，及時關上的門撞上了他的喙。門邊那人看得見塔什。他的臉色登時變白，整個人匍匐在那怪物面前，但那怪物消失了。

「然後我們又等了很久。終於，那扇門第三次打開，進來一個年輕的卡羅門人。我喜歡他。門口的哨兵看見他吃了一驚。我想他等的是個完全不同的人……」

「現在我全都明白了。」尤斯塔斯說（他有打斷別人說故事的壞習慣）：「那隻貓會先進去，哨兵奉命不得傷害他。然後那隻貓原本會出來說他看見了他們那位凶殘的塔什蘭，並**假裝**很害怕，用來嚇唬其他的動物。可是希福特從來沒想到真正的塔什會出現，所以薑黃貓衝出來時是真的很害怕。之後，希福特會把任何他想除掉的人送進去，讓哨兵殺了他們。還有……」

「朋友，」提里安輕聲說：「你打斷了女王說的故事。」

「嗯，」露西說：「哨兵很吃驚。這給進來的人足夠的時間去防備。他們打了一架。他把哨兵殺了，並扔出門外。然後他慢慢朝我們所在的地方走過來。他看得到我們，看得到其他一切事物。我們嘗試和他說話，但是他好像中邪一樣，嘴裡不停地說：『塔什，塔什，塔什在哪裡？我要去見塔什。』所以我們只好放棄，他獨自走開了——到那邊去了。我喜歡他。在那之後……呃！」露西做了個鬼臉。

「在那之後，」愛德蒙說：「有人把一隻猴子扔進門來。然後塔什再度出現。我妹妹心腸太軟，她不願意告訴你，塔什才啄了一口，那猴子就不見了！」

「活該！」尤斯塔斯說：「不過，我希望他會讓塔什反胃。」

「之後，」愛德蒙說：「又進來了十幾個矮人，然後是吉爾和尤斯塔斯，最後進來的是你自己。」

「我希望塔什也把矮人都吃了，」尤斯塔斯說：「那些小豬玀。」

「不，他沒吃他們。」露西說：「別那麼可怕。矮人還在這裡。事實上，你可以從這裡看見他們。我嘗試和他們做朋友，但沒有用。」

「和他們做**朋友！**」尤斯塔斯喊道：「你要是知道那些矮人有多惡劣，就不會和他們做朋友了！」

「噢，別說了，尤斯塔斯。」露西說：「過來看看他們吧。提里安國王，也許**你**可以幫幫他們。」

「今天我對矮人沒有好感。」提里安說：「不過，在你的要求下，陛下，我願意拿出更大的愛心來。」

露西帶路，不一會兒他們就看到矮人了。那些矮人的神情很古怪，他們既不四處閒逛，也不自得其樂（雖然捆綁他們的繩索都不見了），並且也沒躺下休息。他們彼此緊挨著，面對面坐成一個小圈圈，既不朝四下張望，也不理會那些人類，直到露西和提里安非常靠近，幾乎要碰到他們了，他們才有反應。所有的矮人都抬起頭來，好像看不見任何人似的，只能認真聆聽，藉由聽到的聲音來猜發生了什麼事。

「當心！」其中一個矮人聲音粗暴地說：「你們走路當心點。別踩著我們的臉！」

「放心！」尤斯塔斯氣憤地說：「我們又不是瞎子。我們長了眼睛的。」

「如果你們在這裡還能看見，你們的眼睛一定非常好。」同一個矮人說，他的名字叫狄格爾。

「你說哪裡？」愛德蒙問。

「啊？你這個笨蛋，當然是**這裡**。」狄格爾說：「這個漆黑、骯髒、臭氣薰天、像黑洞的小馬廄裡。」

「你是瞎子嗎？」提里安說。

「人在黑暗裡都是瞎子，不是嗎！」狄格爾說。

「可是這裡不黑啊，你們這些可憐的矮人。」露西說：「你們看不見嗎？抬頭往上看。看看四周圍！難道你們看不見天空、樹木和花朵嗎？看不見**我**嗎？」

「我怎麼能看見不存在的東西？騙人也動點腦子好吧。在這伸手不見五指的漆黑裡，我看不見你，你又哪能看見我？」

「但是我**能**看見你。」露西說：「我來證明我看得見你。你嘴上叼著一根菸斗。」

狄格爾說：「任何聞得到菸草味的人都能知道。」

「噢，可憐的傢伙！太慘了。」露西說，接著她想到一個主意，她停止爭論，伸手摘了幾朵野生紫羅蘭。「聽著，矮人，」她說：「就算你的眼睛有毛病，也許你的鼻子是正常的：**這個**你總能聞到吧？」她傾身將那幾朵新鮮、濕潤的花朵湊到狄格爾的醜鼻子前。不料對方一拳揮出，她不得不迅速往後一躍，以免被他結實的小拳頭擊中。

「別靠過來！」他大吼道：「你好大的膽子！你把一團又髒又臭的糞草湊到我面前來是什麼意思？裡頭還有薊草。味道就像你們的醬汁！你到底是誰？」

「大地之子，」提里安說：「她是露西女王，是阿斯蘭從遙遠的過去派到這裡來的。而我，你們合法的國王提里安，是看在她的分上，才沒有把你們這些一再證明自己是叛徒的人的腦袋從肩膀上砍下來。」

「好吧，這說詞如果還有人信的話！」狄格爾叫道：「你怎麼還**能**繼續胡說八道？你那隻神奇的獅子根本就沒來幫你，對吧？我想他沒來。然後，現在——即使到了現在——你被打敗，而且跟我們其他人一樣被扔進這個黑洞裡，你還在玩你那套老把戲。又開始說新的謊言！想讓我們相信我們不是被關著，而且這裡一點也不黑，天知道還有什麼名堂。」

「這裡**根本**沒有黑洞，傻瓜，那全是你自己的幻想。」提里安喊道：「**出來吧**。」然後，他傾身向前，抓住狄格爾的腰帶和兜帽，把他拽出矮人圍坐的圈子。可是提里安一把他放下，狄格爾立刻一個箭步衝回他原來的位置，揉著鼻子嚎叫道：

「嗷！嗷！你為什麼這麼做！把我的臉撞到牆上。你差點撞斷了我的鼻子。」

「噢，天哪！」露西說：「我們該為他們做什麼才好？」

「別管他們了。」尤斯塔斯說。就在他說話的時候，大地一陣顫抖。甜美的空氣突然變得更香甜了。他們背後閃現出一道明亮的光芒。所有人全都轉過身去。提里安是最後一個轉身的，因為他害怕。站在那裡的，是他內心最渴望見到的、龐大又真實的那隻金色的獅子，阿斯蘭本人，其他人已經圍成一圈跪在獅子的前爪前，把他們的手和臉埋在他的鬃毛裡，而他也俯下他的大腦袋，用舌頭舔他們。然後，他目不轉睛盯著提里安，提里安戰戰兢兢地走上前，整個人撲在獅子的腳前，獅子親吻他，說：「幹得好，納尼亞的最後一任國王，你在最黑暗的時刻裡也堅定不移。」

「阿斯蘭，」露西含著淚說：「你能不能……你願不願意……為這些可憐的矮人做點什麼？」

「親愛的，」阿斯蘭說：「我會讓你看到我能做什麼和不能做什麼。」他走近矮人，發出一聲低沉的咆哮，聲音雖低，卻令整個空氣都為之震動。不料，矮人彼此說：「聽見沒有？那是馬廄另一頭的那幫人想要嚇唬我們。他們用某種機器發出這種聲音。別管它。他們別想再讓我們上當了！」

阿斯蘭抬起頭甩了甩鬃毛。立刻，矮人的面前出現了一場盛宴：各種餡餅、羊舌牛舌冷盤、鴿子、鬆糕和冰品，每個矮人的右手裡還有一杯美酒，但是這沒什麼用。他們開始狼吞虎嚥起來，不過情況很明顯，他們嚐不出盛宴的美味。他們認為自己吃喝的是只有馬廄裡能找到的東西。一個說他吃的是乾草，另一個說他啃的是一塊老蘿蔔，第三個說他找到的是一片生的捲心菜葉。他們把盛滿濃郁紅葡萄酒的金杯舉到嘴邊，說：「呃！真想不到會從驢子喝過的水槽裡喝這髒水！沒想到我們會淪落到這種地步。」但是沒多久，每個矮人都開始懷疑其他矮人吃喝的東西比自己的更好，於是他們開始抓取和搶奪，接著開始爭吵，幾分鐘後甚至打了起來，所有的美食全被砸在他們的臉上和衣服上，或被踐踏在腳下。不過，等到他們終於坐下照護自己的黑眼圈和流血的鼻子時，他們都說：

「好吧，不管怎麼說，這裡沒有騙子。我們沒上任何人的當。矮人只擁護矮人。」

「你看，」阿斯蘭說：「他們不會讓我們幫助他們的。他們選擇了狡詐，而不是選擇信任。他們把自己囚禁在自己內心的牢籠裡，又非常懼怕遭人欺騙，以至於無法被帶出那個牢籠。來吧，孩子們。我還有別事要做。」

他走到門口，眾人都跟著他。他抬起頭大吼道：「時間到了！」接著更大聲一點：「時間！」接著聲音大到可以震動群星：「**時間**。」那扇門豁然敞開。

14 黑夜降臨納尼亞

他們全站在阿斯蘭的右邊，透過敞開的門往外看。

篝火已經熄了。大地一片漆黑。事實上，如果你沒有看見樹林盡頭後方開始的滿天繁星，根本不知道自己在看著一片樹林。不過，當阿斯蘭再次咆哮時，他們看見左邊出現了另一個黑影。也就是說，他們看見了另一片沒有星星的地方，那片黑影愈升愈高，變成一個人的形狀，是所有巨人當中最巨大的。他們都很熟悉納尼亞的地理，都能判斷出他所站的位置。他一定是站在北方那片延伸到施里波爾河再過去的荒野高原上。這時，吉爾和尤斯塔斯想起了許久以前，在那片荒原底下的深洞裡，他們看見一個沉睡的巨人，並被告知他的名字叫「時間老人」，他將在世界末日那天醒來。

儘管他們沒有說話，阿斯蘭卻說：「是的，那時他在睡夢裡，他的名字是時間。現在，既然他醒了，他就該有一個新名字了。」

接著，那巨人將一只號角舉到嘴邊。他們可以在繁星的襯映下看見黑影的變化。然後——好一段時間之後，因為聲音傳播得很慢——他們聽到了號角的聲音：高亢、嚇人，卻又有一種奇異的、致命的美。

頃刻間，天空布滿了流星。平常即使一顆流星看起來都很美了，現在是十幾顆，幾十顆，接著是幾百顆，直到天空像下起了銀雨，一直下一直下。下了一陣子之後，他們開始有一、兩個人注意到，除了巨人的身影，天空中出現了另外一片黑影。它的位置不同，就在頭頂上方，你可以說它就在天空的屋頂中央。「也許那是一朵雲。」愛德蒙想。無論如何，那裡沒有星星，只有黑暗，但其餘四面八方的流星雨還在傾瀉而下。然後，那片無星的黑暗開始擴大，從天空中央向外擴展，愈來愈遠。不一會兒，整片天空就黑了四分之一，接著黑了一半，最後，流星雨只在地平線附近還在下著。

大家在驚奇的戰慄（其中也包含了一些恐懼）中，突然恍然大悟。那片擴散開來的黑暗根本不是雲，那就是虛空一片。天空中黑暗的部分是沒有星星了。所有的星星都墜落了，阿斯蘭把它們召回家了。

在流星雨快要下完的最後幾秒鐘，確實令人非常興奮。星星開始落在他們四周。不過那個世界裡的星星不像我們世界裡的是一個個巨大的火球，他們是活生生的人（愛德蒙和露西曾經遇到過一個）。因此，現在他們看見一大群閃閃發亮的人，全都長著閃亮如銀的長髮，手握如同白熾金屬的長矛，從漆黑的空中朝他們衝下來，比石頭墜地更快。他們落地時發出嘶嘶響，把草地也燒焦了。所有的星星都從他們身邊滑過，站到他們後面略微偏右的地方。

他們的到來大有助益，否則天空中這時沒有了群星，一切將會漆黑一片，你什麼也看不見了。此刻群星聚集在他們背後，發出的強烈光芒越過他們的肩膀向前照射，使他們看見納尼亞的森林在他們面前一英里又一英里地向前伸展開來，看上去就像被泛光燈照亮似的。每一叢灌木和幾乎每一片草葉背後都映出黑影。每一片葉片的輪廓都顯得無比清晰銳利，以至於你會以為那些葉片能割破手指。

他們面前的草地上躺臥著他們自己的影子，但最醒目驚人的，是阿斯蘭的影子在他們左邊如江河一瀉千里，巨大而可怕。所有這一切，都籠罩在一片永無繁星的天空下。

從他們背後（稍微偏右的地方）射出來的星光極其強烈，甚至照亮了北方荒原的斜坡。那裡有東西在動。有數不清的動物正在往下朝納尼亞遷移：巨龍、巨蜥和無羽毛的鳥，牠們的翅膀就像蝙蝠的翅膀。牠們進入森林裡，消失了，有幾分鐘的時間，四野一片寂靜。然後——先是從很遠的地方——傳來了哀鳴聲，接著從四面八方傳來了沙沙聲、叭噠聲和拍打翅膀聲。聲音愈來愈近。不久，大家又能從中分辨出小腳爪的蹦跳聲和大腳掌肉墊的砰砰聲，還有小蹄子輕盈的啰嗒聲和大蹄子的悶雷聲。然後，你可以看見成千上萬雙閃閃發亮的眼睛。最後，從森林的陰影裡衝出成千上萬的各種生物，逃命般飛奔上山坡——有能言獸、矮人、薩提爾、人羊、巨人、卡羅門人、阿欽蘭人、獨荚人，以及許多從遙遠的海島和西方不知名之地來的奇怪生物，都朝阿斯蘭站立處的那道門奔來。

這段冒險經歷是唯一在當時感覺似夢，在事後又難以記得清楚的部分，尤其是誰也說不上來這究竟持續了多久的時間。有時覺得似乎只有短短幾分鐘，有時又覺得似乎持續了好幾年。顯然，除非那道門變得非常大，或那些生物突然變得像蚊子那麼小，否則這麼一大群人和獸是無法通過那道門的。不過當時沒有人想到這樣的事。

一群群生靈往上衝過來，他們愈接近站著的繁星，眼睛就愈亮。不過，當他們奔到阿斯蘭面前時，只有兩種結果，必有一種臨到他們身上。他們都直視著阿斯蘭的臉，我想他們別無選擇。他們有些一見到阿斯蘭，臉上的表情立刻變得很可怕——那是恐懼和厭恨的神情，不過在能言獸的臉上這種恐懼和厭恨轉瞬即逝。你可以看出他們突然不再是**能言**獸了。他們變成了普通的動物。所有以那種表情看阿斯蘭的生物都朝他們右邊也就是阿斯蘭的左邊跑，消失在阿斯蘭那巨大的黑影中，那黑影（如你所知的）從門洞的左邊流淌而去。孩子們再也沒見過那些消失的生靈。我也不知道他們後來怎麼樣了。可是其他生靈看見阿斯蘭的臉，都流露出愛慕他的神情，雖然當中有些也同時露出非常害怕的神色，他們都從阿斯蘭的右邊進了那道門。他們當中有些奇怪的人。尤斯塔斯甚至認出其中一個是先前幫著射殺能言馬的矮人，但是他沒有時間去多想這種事（再說，這也不關他的事），因為他太高興了，所有其他的事都被他拋到腦後去了。在那些快樂的動物當中，所有這時圍攏在提里安和他朋友們身邊的，都是那些他們認為已經被殺身亡的，有人馬盧威特、獨角獸珍寶、善良的野豬、善良的熊、老鷹千里眼，以及親愛的狗兒和能言馬，還有矮人波金。

「再往裡走，再往上爬！」盧威特喊著，一邊朝西方疾馳而去。雖然他們不明白他這兩句話的意思，但不知怎地，這兩句話使他們全身振奮。野豬興高采烈地咕噥著。熊正想嘟囔說他還是不明白時，一眼望見了大家背後的果樹。他搖搖擺擺地盡快趕過去，毫無疑問，他在那裡找到了他最熟悉的水果。不過狗兒們都留在原地，不停地搖尾巴，波金也留下來和每個人握手，誠實的臉上露出滿滿的笑容。珍寶將雪白的頭顱擱在國王的肩上，國王對著珍寶的耳朵輕聲細語。隨後，每個人又把注意力轉向從那道門望出去的景象。

那些巨龍和巨蜥這時已經占有了納尼亞。他們來來去去，把樹木連根拔起，嘎吱嘎吱嚼著，好像嚼大黃的枝條似的。森林就這麼一分鐘接一分鐘地消失了。整個鄉野變成光禿一片，你可以看見各種東西原來的形狀——所有的小山丘和小洞穴，過去你從來沒注意過的，全都裸露出來了。青草全枯死了。不久，提里安發現他看見的是一個只有光禿禿的岩石和大地的世界。你很難相信那裡曾經生長過什麼。那些怪獸逐漸變老，倒臥在地，死了。牠們的肉體萎縮，露出了骨頭，不一會兒就只剩巨大的骨架東一個西一個散落在死寂的岩石上，看起來就像死了幾千年一樣。有很長一段時間，一切都是靜止的。

終於，有某種白色的東西——在那些站立的繁星的照射下，一條長長的、白色發亮的橫線——從世界的東方邊緣朝他們移動過來。一陣瀰漫而來的響聲打破了寂靜：先是呢喃低語，接著是隆隆聲，然後是咆哮怒吼。現在他們看出過來的是什麼東西了，也知道它來得有多快。那是一堵飛沫四濺的水牆。海水在上漲。在一個光禿無樹的世界裡，你可以清清楚楚地看見它。你可以看見所有的河流都在變寬，湖泊也愈變愈大，四散的湖泊匯聚成一個，山谷變成了新的湖泊，丘陵變成了島嶼，然後那些島嶼一一消失。他們左邊的高原和右邊高聳的群山也紛紛崩塌，在隆隆聲中滑落到愈來愈高的水裡；大水翻滾著漫到了那扇門的門檻邊（但總漫不過那道門），水沫都飛濺到了阿斯蘭的前腳上。現在，從他們所站的地方望出去，一直到水天相接之處，全是汪洋一片。

就在汪洋的盡頭，開始有亮光發出。一線淒涼和不祥的曙光沿著地平線展開，逐漸擴大，也愈來愈亮，到最後，連站在他們背後的繁星光芒也黯然失色。太陽終於出來了。等太陽升起後，狄哥里勳爵和波莉夫人互望一眼，微微點了點頭：這兩個人曾在另一個世界裡見過一個垂死的太陽，因此他們立刻知道，這個太陽也到了垂死邊緣。它這時是原來的三倍、甚至二十倍大，而且是很深的暗紅色。當太陽的光芒照到那位偉大的時間巨人身上時，他也變紅了。在這太陽照映下，整片無邊無際的大水看上去就像鮮血一樣。

然後，月亮出來了，卻完全脫離了她的常軌，離太陽很近，看起來也很紅。太陽一看到她，就開始朝她噴出巨大的火焰，就像一卷一卷的鬍鬚或深紅色的火蛇一樣。太陽看起來像一隻大章魚，正努力用他的觸鬚把月亮拉過去。也許他真的拉動了她。不管怎麼說，月亮在朝太陽靠近，起初很慢，但是後來愈來愈快，最後他那長長的火焰包圍了她，兩者合而為一，變成一個像燒紅的煤球一樣的巨大火球。一團團巨大的火從那大火球中掉進海裡，使海水冒出了大團的蒸汽雲。

然後，阿斯蘭說：「現在，讓一切結束吧。」

時間巨人將他的號角扔進海中，接著伸出一隻手臂——看起來很黑，並且有幾千英里那麼長——橫過天空，直到抓住太陽。他把太陽捏在手裡，就像捏一粒橘子一樣。頃刻之間，又是一片漆黑。

冰冷的空氣開始從門洞吹進來，除了阿斯蘭，所有人都往後躍開。門框上開始結滿冰柱。

「彼得，納尼亞的最高國王，」阿斯蘭說：「把門關上。」

凍得發抖的彼得把身子探進黑暗中，拉上那扇門。他拉的時候，門是從冰上劃擦過來的。接著，他笨拙地（把門拉上不過一瞬間，他的手卻已凍得麻木發青了）掏出一把金鑰匙，把門鎖上。

先前，他們從那道門望出去，已經看夠了奇怪的事物，但現在的景物卻比之前的更加奇怪。他們環顧四周，發現自己身在溫暖的白晝，頭頂是藍天，腳下百花怒放，阿斯蘭眼中布滿了笑意。

他倏地轉身，伏低身子，尾巴左右甩打在身上，接著像一枝金箭一般飛射而去。

「再往裡走！再往上爬！」他轉頭喊道。但誰能趕上他的速度呢？他們立刻動身跟著他向西走去。

「所以，」彼得說：「黑夜降臨到納尼亞了。哎呀，露西！你不是在**哭**吧？有阿斯蘭在前面，我們都在這裡，你幹嘛哭呢？」

「別想勸我，彼得，」露西說：「我相信阿斯蘭也不會勸我別哭。我相信哀悼納尼亞沒有錯。想想那些倒在那扇門後面死去和冰封的一切吧。」

「是的，我**確實**期盼過，」吉爾說：「盼望納尼亞能永遠存在。我知道**我們的**世界不會永遠存在。我真以為納尼亞可以。」

「我目睹了它的誕生，」狄哥里勳爵說：「沒想到我會活著看到它滅亡。」

「先生們，」提里安說：「女士們哭得很對。你們瞧，我自己也哭了。我親眼看著我母親死亡。除了納尼亞，還有什麼世界是我熟悉的？如果我們不哀悼納尼亞，那不是美德，而是極大的不敬。」

他們離開了那扇門，離開了那些仍擠在一起、坐在他們幻象中的馬廄裡的矮人。他們一邊走，一邊彼此談論著從前的戰爭時期與和平年代，以及歷代的國王與納尼亞所有的榮耀歲月。

狗兒們還是跟他們在一起，他們也參與談話，但說得不多，因為他們忙著來回奔跑，衝去嗅聞草叢裡的氣味，直到打噴嚏為止。突然，他們聞到一種令他們非常興奮的氣味。他們開始爭論起來：「是的，這是……不，不是……這就是我說的……誰都聞得出來**那**是什麼……把你的大鼻子挪開一點，讓別人也聞聞。」

「什麼東西啊，兄弟們？」彼得說。

「陛下，有個卡羅門人。」幾隻狗同時說。

「那就帶我們去看看。」彼得說：「無論是敵是友，我們都歡迎他。」

狗兒們朝前飛奔而去，過了一會兒又奔回來，跑得彷彿命懸一線似的，並且大聲吠叫，說那真的是一個卡羅門人。（能言狗和普通狗一樣，總表現得好像他們所做的事是世界上最重要的事。）

其他人都跟上，在狗狗的帶領下，發現一個年輕的卡羅門人坐在一棵栗子樹下，旁邊有一條清澈的溪流。那是艾米斯。他立刻起身，莊重地鞠了個躬。

「先生，」他對彼得說：「我不知道你們是朋友還是敵人，不過我都以認識你們為榮。有一位詩人說得好，高尚的朋友是最好的禮物，高尚的敵人僅居其次。」

「先生，」彼得說：「我不知道我們之間還需不需要打上一仗。」

「請告訴我們你是誰，你發生了什麼事。」吉爾說。

「如果打算說故事，那讓我們都坐下喝點水吧。」狗兒們吠道：「我們好喘啊。」

「當然啊，你們要是一直像剛才那樣來回跑個不停，當然會很喘。」尤斯塔斯說。

於是，人類都在草地上坐下來。狗兒們在溪裡吵吵鬧鬧喝了個夠，然後也都過來坐下，坐得直挺挺的，舌頭伸出一點歪在嘴邊，喘著氣等聽故事。不過珍寶仍然站著，把角抵著身側摩擦著。

15 更往上走，更往裡走

「噢，諸位英武的國王，」艾米斯說：「還有諸位美麗的女士，你們的美照亮了宇宙。我叫艾米斯，是大沙漠西邊塔什班城的哈爾法大公的第七個兒子。最近，我在瑞什達大公的命令下，帶著另外二十九名士兵來到納尼亞。當我聽到我們要進軍納尼亞，我高興萬分，因為我聽說過許多你們國家的事，非常渴望在戰場上與你們較量。可是後來我發現我們要偽裝成商人（這對一名戰士、一個大公之子而言是一件可恥的事），還要以謊言和詭計行事，我的快樂就煙消雲散了。最重要的是，當我發現我們必須伺候一隻猴子，而且牠開始說塔什和阿斯蘭是同一位時，整個世界在我眼裡都變黑暗了。因為我從小就服事塔什，最大的願望就是多瞭解他，如果可能的話，還想親眼見他一面。可是阿斯蘭這名字對我來說是可恨的。

「然後，如你所見，夜復一夜，我們被叫到棚屋外，先是把火生起來，那隻猿猴再從棚屋裡牽出一隻四隻腳的東西，但我看不清楚那是什麼。眾人和群獸就俯伏崇拜它。不過我想大公是被猿猴給騙了，因為從馬廄裡出來的那個東西，既不是塔什，也不是任何其他的神。不過，當我注視大公的臉，細聽他對那隻猴子說的每一句話後，我改變了想法，因為我看出大公本人並不相信牠。接著我明白過來，他根本就不信塔什，因為他如果信，他哪裡敢模仿嘲弄塔什呢？

「我明白這一點之後，內心怒火中燒，也奇怪真正的塔什為什麼沒有降下天火來擊殺那隻猴子和大公。不過，我隱藏了我的憤怒，並保持沉默，等著看這件事會如何收場。不料昨天晚上，正如你們當中有些人知道的，那隻猴子沒把那黃色的東西牽出來，反而說所有想看塔什蘭——他們把兩個名字混在一起，假裝是同一個神——的人，必須一個接一個進入棚屋裡去。我心想，這無疑又是一個騙局。不過，隨後在那隻黃貓進去又嚇得發瘋似地逃出來以後，我心裡就想，他們在不知情也不相信的情況下，把真正的塔什召來了，現在他已經來到我們當中，要為自己報仇了。雖然我內心因為塔什的偉大和恐怖而嚇得半死，但我想見他的渴望比恐懼更強烈。我強迫自己的膝蓋不發抖，牙齒不打顫，下定決心去見塔什一面，即使他會殺了我。於是我主動要求進入棚屋，大公雖然不願意，卻還是讓我去了。

「我一進門，第一件讓我驚奇的事是雖然從外面看棚屋的裡面很黑，我卻發現自己置身在明亮的陽光下（就像我們現在一樣）。不過我沒時間驚奇這件事，因為我馬上被迫要為自己的性命和自己的同胞廝殺。我一看見他，就明白是那隻猴子和大公派他埋伏在裡面，進來的只要不是參與他們祕密的同夥，就格殺勿論。因此，這個人也是個騙子，是個嘲弄者，並不是塔什真正的僕人。這讓我更有意願與那個惡棍決鬥，並殺了他，將他扔出門外，關上門。

「然後我環顧四周，看見了天空和遼闊的大地，聞到了芬芳的氣味。我心想，眾神在上，這真是個美妙的地方，也許我是到了塔什的國度。於是我開始在這陌生的國度裡漫遊，同時尋找他。

「於是，我走過許多草場，經過眾多花叢，又穿過各種茂盛壯碩、令人心曠神怡的樹林，直到看啊！在兩座岩石之間的狹窄處，我遇見了一隻巨大的獅子。他的速度快如鴕鳥，他的體形龐如大象，他的毛髮純如精金，他雙眼中的光芒如同熔爐裡液態的黃金。他比拉古爾的火山更可怕，他的美超越了世間萬物，如同盛開的玫瑰超越了沙漠的塵土。於是，我俯伏在他腳前，心想，我是死到臨頭了，因為這隻獅子（他配得一切榮耀）肯定知道我一生都在事奉塔什而不是事奉他。然而，我寧願看見獅子而死，也不願活著在世上當提洛大帝卻不得見他。不料，那位榮耀者低下他金色的頭，用舌頭舔了舔我的前額，說：『孩子，歡迎你。』我說：『哀哉，主啊，我不是你的孩子，我是塔什的僕人。』他回答說：『孩子，你為塔什做的一切服事，我都算作是對我的服事。』於是，我因極度渴望智慧和理解，就克服恐懼，問榮耀的主說：『主啊，那猿猴說的是真的嗎？你和塔什是同一位嗎？』獅子咆哮一聲，連大地都為之震動（不過他的怒氣不是針對我發的），說：『那是假話。我和他不僅不是同一位，我們還是對立的，我將你為他所做的服事收歸於我，是因為我和他截然不同。凡是卑劣的事，做了都不能獻給我，凡是不卑劣的事，做了也不能獻給他。所以，若有人指著塔什起誓，又謹守所起的誓言，那人雖不知道，但他其實是指著我起誓的，賞賜他的也是我。如果有人以我的名行殘酷的事，那麼，儘管他說是以阿斯蘭之名而行，但他服事的其實是塔什，他所做的也只有塔什能收受。孩子，這樣你明白了嗎？』我說：『主啊，你知道我明白了多少。』不過我又說（因為真理逼迫我）：『然而我一生都在尋求塔什。』那位榮耀者說：『親愛的，如果你所渴望的不是我，你的渴望就不會如此長久與真切。所有的人都會找到他們真心切望之事。』

「接著，他向我吹了一口氣，我的四肢就不再顫抖，他又叫我站起來。之後，他說的不多，只說我們還會再見面，我必須再往上爬，再往裡走。然後，他像旋風一般轉身，瞬間金光一閃就消失了。

「從那時起，哦，諸位國王，各位女士，我就一直在尋找他，我的幸福感是如此之大，大到甚至像創傷一樣使我軟弱無力。這真是奇蹟中的奇蹟，他竟稱我為親愛的，而我不過是一條狗而已……」

「呃？那是什麼意思？」一隻狗說。

「先生，」艾米斯說：「這只是卡羅門人的一種口頭禪。」

「哦，我不喜歡這種口頭禪。」那隻狗說。

「他沒有惡意。」一隻年長的狗說：「畢竟，當我們的小崽子不乖時，**我們**也會喊他們**臭小子**。」

「我們也一樣，」第一隻狗說：「或喊**臭丫頭**。」

「噓……噓！」老狗說：「那可不是個好詞兒。別忘了你們是在哪兒。」

吉爾突然說：「看！」有個身影正怯怯地朝他們走過來，那是一隻優雅的四隻腳動物，全身銀灰色。他們盯著他看了整整十秒鐘，然後有五、六個聲音同時開口叫道：「哎呀，這是老帕叟嘛！」他們從來沒在白天見過剝除獅子皮的帕叟，現在一看，簡直判若二驢。他這時恢復了本來的面目：一匹漂亮的驢子，有一身非常柔軟的灰色皮毛，還有一張溫柔、誠實的臉，如果你看見他，一定會像吉爾和露西所做的那樣——衝上前去，張開雙臂摟住他的脖子，親吻他的鼻子，撫摸他的耳朵。

他們問他跑到哪裡去了，他說他和所有其他動物一起進了那道門，不過他——好吧，老實說，他一直儘量避免跟他們走在一起，儘量避開阿斯蘭。因為看見真正的獅子以後，他對自己穿上獅皮的荒唐行徑感到羞愧萬分，實在沒臉再面對任何人。可是當他看見所有的朋友都朝西走，而他也吃了一口草（帕曳說：「我這輩子從來沒吃過這麼好吃的草。」）之後，終於鼓起勇氣跟上來。「但是，如果我真的得去見阿斯蘭，我真不知道我該怎麼辦。」他補充說。

「你會發現，等你真的見到他，一切都會沒事的。」露西女王說。

於是，他們一起往前走，始終朝西，這似乎是阿斯蘭在喊「往上爬！往裡走！」時所指的方向。許多其他的動物也在緩慢地朝同一方向移動，不過那片草原很遼闊，一點也不見擁擠。

天色似乎還早，空氣中瀰漫著清晨的清新氣息。他們不停停下來環顧四周，看看背後，一方面是因為周遭的景物是如此美麗，另一方面也是因為這裡有一些他們無法理解之處。

「彼得，」露西說：「你猜這是哪裡？」

「我不知道。」最高王說：「它讓我想起了某個地方，但是又說不出地名。這裡會不會是我們很小、很小的時候曾經來度假的地方？」

「那一定是個很愉快的假期。」尤斯塔斯說：「我敢打賭，**我們的**世界裡沒有哪個地方會像這裡這麼美。看看這些顏色！在我們的世界裡，你不可能看見青山有那些山那樣的青色。」

「這不是阿斯蘭的國度嗎？」提里安說。

「不像，阿斯蘭的國度在世界最東端的高山山巔上，」吉爾說：「我去過那裡。」

「如果你問我，」愛德蒙說：「這裡像是納尼亞的某個地方。你們看前面那些山脈……還有山脈再過去的那些大冰山。它們看起來真的很像我們過去從納尼亞望見的那些山脈，就是在大瀑布再過去的西部山脈，是吧？」

「是，確實很像。」彼得說：「只不過這些山脈更巨大。」

「我不覺得**那些**山脈像納尼亞的任何山脈。」露西說：「不過，你們看那邊。」她指了指他們左邊的南方，大家都停下腳步轉身望去。「那些山丘，」露西說：「那些美麗的森林和後方的藍色山脈……它們是不是很像納尼亞的南方邊界？」

愛德蒙沉吟了一會兒，喊道：「像！嗯，真是像極了。你們看，那是山頂分叉的派爾山，那邊是通往阿欽蘭的隘口，樣樣都像！」

「可是它們又不像，」露西說：「它們不一樣。它們的顏色更豐富，看起來也比我記憶中的位置更遠，它們更……更……噢，我不知道……」

「更像真的。」狄哥里勳爵輕聲說。

老鷹千里眼突然振翅高飛，飛到三、四十英尺高的空中，盤旋了一圈，然後落回到地面。

「諸位國王和女王啊，」他喊道：「我們都是瞎子。我們才剛開始看見我們所在之地。我在高空中看見了全地——埃廷斯荒原、海狸水壩、大河，以及仍在東海邊緣閃耀的凱爾帕拉維爾。納尼亞沒有消亡。這裡就是納尼亞。」

「但是，怎麼可能呢？」彼得說：「阿斯蘭告訴過我們這些長大的人，我們永遠不會再回到納尼亞來了，然而我們現在在這裡。」

「是的，」尤斯塔斯說：「我們看見它全都被毀滅了，太陽也熄滅了。」

「而且這裡的一切都很不一樣。」露西說。

「老鷹說的沒錯。」狄哥里勳爵說：「聽著，彼得。當阿斯蘭說你們再也不能回到納尼亞時，他指的是你所想的那個納尼亞。但那不是真正的納尼亞。那個納尼亞有開始也有終結。它只是一個影子，或者說，它只是真實納尼亞的複製品。真實的納尼亞一直都在這裡，也將永遠在這裡。正如我們的世界，英格蘭和所有其他地方，都只是阿斯蘭的真實世界中某個東西的影子或複製品。露西，你不需要為納尼亞哀悼。所有在舊納尼亞重要的事物，所有那些親愛的生物，全都通過那扇門被拉進了真正的納尼亞來了。這裡當然是不一樣的，就像真實的事物不同於影子，清醒的生活不同於夢境。」他說這些話的時候，聲音像號角一樣激動了每個人的心。不過當他壓低聲音補充說：「這全是柏拉圖說的，全是柏拉圖說的。老天保佑，他們在學校裡教的都是些什麼東西呀！」幾個年長的孩子都笑了。很久以前，在另一個世界裡，他們聽他說過一模一樣的話，那時他的鬍子是灰色的，不是金色的。他也知道他們為什麼笑，他自己也笑了起來。不過，大家很快又都嚴肅起來。因為，你知道的，有一種快樂和驚奇會使你嚴肅起來。它太美好，不該浪費在玩笑上。

我很難說明這片陽光普照的大地與舊納尼亞有什麼不同，就像之前很難告訴你這裡的果實嚐起來是什麼味道一樣。如果你能這麼想的話，也許能抓到一些概念：你可能待過這樣一個房間，房間裡有一扇窗戶，可以俯瞰一個美麗的海灣，或是一條蜿蜒在群山之中的翠谷。在窗戶對面的牆上掛有一面鏡子。當你轉身離開窗前時，突然在鏡中再次瞥見了整片大海或山谷。鏡中的大海或山谷，在某種意義上與真實的大海和山谷是一樣的，但同時又有所不同——更深遠、更奇妙、更像故事裡說到的地方——一個你從來沒聽過但非常想知道的故事。舊納尼亞和新納尼亞的差別就在這裡。新納尼亞是一個更深邃的國度：每一塊岩石，每一朵鮮花，每一片草葉，看上去似乎都更意味無窮。我無法做出比這更好的描述了。如果你親自到了那裡，你就會明白我的意思。

總結了眾人感受的是獨角獸。他跺了跺右前蹄，嘶鳴一聲，然後喊道：

「我終於回家了！這才是我真正的故鄉！我屬於這裡。這是我一生都在尋找的地方，雖然我直到現在才明白。我們之所以喜歡舊納尼亞，是因為它有時候看起來有點像這裡。咘里—嘻—嘻！再往上爬，再往裡走！」

他甩了甩鬃毛，一個箭步向前飛奔而去——那是獨角獸式的大步飛奔，在我們的世界裡，這樣的奔馳一下子就能使他脫離眾人的視線。不過，這時發生了一件很奇怪的事。每個人都開始奔跑，他們震驚地發現，自己竟然能夠追上獨角獸。不僅是狗和人類能追上，甚至連胖胖的小帕叟和矮人波金的小短腿也能追上。風呼呼地吹在他們的臉上，他們就像坐在開得飛快的敞篷車裡一樣。整片鄉野從眼前飛馳而過，就像他們從特快列車的車窗裡看見的情景一樣。他們愈跑愈快，愈跑愈快，但是沒有人覺得熱或累，也沒有人喘不過氣來。

16 告別影子大地

如果一個人能奔跑不覺得疲倦，我想他就不會常想著要去做其他事。不過，可能會有特殊的原因讓人停下來，這時尤斯塔斯正是因為特殊原因而開口喊道：

「我說！停一下！看看我們是來到哪裡了！」

他確實有理由。因為他們這時看見橫在前方的正是大鍋潭，潭的另一邊是高不可攀的峭壁，每秒鐘有數萬噸的水從峭壁上傾瀉而下，大瀑布在有些地方閃爍如鑽石，另一些地方暗綠如玻璃；他們耳中已經聽到了隆隆的轟鳴聲。

「不要停！再往上爬，再往裡走。」千里眼一邊喊，一邊振翅往上飛得更高。

「**他**說得倒是容易啊。」尤斯塔斯說，但是珍寶也喊道：

「不要停。再往上爬，再往裡走！邁開你們的步伐就好。」

他的聲音剛好只比咆哮的水聲大一點，但接著他們全都看見他跳進潭水裡。所有其他的人和動物，也一個接一個，水花四濺地跟在他後面跳下了水。潭水沒有他們（尤其是帕叟）預期的那樣冰冷，而是一種舒爽如泡泡似的清涼。他們發現自己正直直地朝著大瀑布游過去。

「這真是太瘋狂了。」尤斯塔斯對愛德蒙說。

「我知道。可是……」愛德蒙說。

「這不是很奇妙嗎？」露西說：「你有沒有注意到，就算你想害怕，也害怕不起來。你試試看。」

「天哪，真的是這樣。」尤斯塔斯試過以後說。

珍寶頭一個到達瀑布下方，提里安緊隨其後。吉爾是最後一個到達的，因此她比其他人看得更清楚。她看見有個白色的東西在瀑布的表面上穩穩地向上移動著。那個白色的東西就是獨角獸。你無法分辨他究竟是在游泳還是在攀爬，他就是在往前進，愈來愈高，愈來愈高。他的角尖破開從他頭上沖下來的水，水流分成兩股，像兩道彩虹順著他的肩膀往下流淌。緊跟在後的是國王提里安。他揮動四肢，好像在游泳，卻是筆直向上，就像人沿著房子的牆壁往上游走一樣。

樣子最好笑的是那些狗。一路飛奔的時候，他們一點兒都不喘，但是現在當他們蜂擁而至，扭動著向上爬的時候，他們開始水花四濺噴嚏連連。那是因為他們不停吠叫，每次一叫，他們的嘴和鼻子都會灌滿了水。不過吉爾還沒來得及看完這一切，她自己也游上瀑布了。這種事在我們的世界裡是完全不可能的。就算你沒淹死，瀑布衝擊的重量也會把你打下去，摔在無數尖利的岩石上，被撕得粉身碎骨。可是在這個世界裡你可以做到。你不停地往上爬，愈爬愈高，愈爬愈高，水流五彩繽紛的反光照著你，各種色彩斑斕的岩石從水中折射出光芒，最後你彷彿是攀爬在光上——而且一直愈爬愈高，愈爬愈高，如果你還會害怕的話，光是高度感就會把你嚇破膽，但是在這裡，你只會感到無比的興奮。最後，你會來到瀑布頂端那道美麗、平滑的綠色水灣上，大水從這裡傾瀉而下，而你是置身在瀑布上方那條平坦的河流中。河水從你背後奔流而下，但你是如此出色的泳者，以至於你可以與之抗衡，逆流而上。不一會兒，他們全都游上了岸，渾身滴著水，卻很快樂。

展開在眼前的是一條長長的山谷，挺立在藍天之下的巨大的雪山山脈，現在看起來更近了。

「再往上爬，再往裡走。」珍寶喊道，於是他們立刻又動身了。

他們這時已經離開了納尼亞，進入了西部荒野，這是提里安、彼得甚至老鷹都沒見過的地方。不過狄哥里勳爵和波莉夫人見過。「你還記得嗎？你還記得嗎？」他們彼此說著，儘管現在全體成員都放開腳步跑得比箭還快，他們倆卻聲音平穩，沒有上氣不接下氣。

「什麼，大人？」提里安說：「所以真的就像傳說中說的那樣，你們倆是在世界誕生的那一天來到這裡的嗎？」

「是的，」狄哥里說，「而且，我感覺就像昨天的事一樣。」

「騎在飛馬上呢？」提里安問：「那也是真的嗎？」

「當然。」狄哥里說。這時群狗吠叫起來：「快點，快點！」

於是他們愈跑愈快，愈跑愈快，最後快得像是飛而不是跑，甚至頭頂上方的老鷹也飛得沒比他們跑得快。他們穿過一座又一座蜿蜒的山谷，爬上陡峭的山坡，再以前所未有的速度從對面下山，有時候沿著河流跑，有時橫越河流跑。他們掠過山間的湖泊，彷彿自己就是高速的快艇，最後，在一個猶如綠松石般蔚藍的長湖的盡頭，他們看見了一座平滑的綠色山丘。山丘的每一邊都像金字塔一樣陡，山頂有一圈綠色的圍牆。在牆的上方有樹枝伸展，樹的葉子看起來像白銀，樹上的果實看起來像黃金。

「再往上爬，再往裡走！」獨角獸大吼著，沒有人退後。他們筆直衝到山腳下，接著發現自己就像一道浪花沖上某個海灣頂端的礁石一樣，猛衝上山。雖然山坡陡峭得幾乎和屋頂一樣，草地也光滑得像保齡球道，但是沒有人滑倒。只有到達山頂時，他們才放慢腳步，那是因為他們發現自己面對著一道巨大的金門。有好一會兒，他們誰都沒有膽量去試試那扇門能不能打開。他們的感覺都像先前看到那些果實時一樣——「我們敢嗎？這麼做對嗎？這是為**我們**準備的嗎？」

不過，就在他們呆立在那裡的時候，圍牆內花園裡的某處響起了一陣美妙、嘹亮又甜美的號角聲，那扇大門也應聲而開。

提里安屏息立在那兒，心想出來的會是誰。結果是他萬萬沒有想到的：從門裡出來的是一隻小巧玲瓏、油光水滑、雙眼爍亮的能言鼠，牠戴著一個頭環，頭環上插著一根紅色的羽毛，牠的左爪按在一把長劍上。牠行了一個最優雅的鞠躬禮，然後用尖銳的聲音說：

「奉獅子之名，歡迎你們。再往上爬，再往裡走。」

這時，提里安看到彼得國王、愛德蒙國王和露西女王都衝上前，跪下來向老鼠問好，並且大喊道：「銳脾氣！」提里安一聽，呼吸頓時加快，內心驚奇萬分，因為現在他知道自己見到的是納尼亞最偉大的英雄之一——能言鼠銳脾氣，他曾在貝魯納戰役中奮戰過，後來又和航海家凱斯賓國王一同航行到了世界的盡頭。不過，他還沒來得及細想，就感到自己被兩隻有力的手臂摟住，臉上被一個滿臉鬍子的人親了一下，並聽到一個熟悉無比的聲音說：

「怎麼樣，小伙子？你比我上次抱你時要高大強壯多啦！」

原來是他的父親，善良的鄂里安國王。不過，鄂里安國王並不像提里安最後一次見到他時的樣子，那時，他被人從與巨人作戰的戰場上送回家，臉色蒼白、傷痕累累。他甚至不是提里安記憶中晚年的模樣——一個白髮蒼蒼的戰士。這是他的父親，又年輕又快樂，是他記憶中自己還是個小男孩的時候，在夏天夜裡睡覺前，和他在凱爾帕拉維爾的城堡花園裡玩遊戲的那個父親。想到這裡，他似乎又聞到了當年晚餐吃的麵包與牛奶的味道。

珍寶心想：「我先讓他們父子單獨聊一會兒，然後再去向善良的鄂里安國王請安。當年我還是一匹小馬駒的時候，他給了我好多漂亮的大蘋果吃。」不過，下一刻他又有另一件事要考慮了，因為從大門裡走出來一匹無比威武高貴的馬，在牠面前，即使是獨角獸都會自慚形穢。那是一匹長著巨大翅膀的馬。牠盯著狄哥里勳爵和波莉夫人看了一會兒，然後嘶鳴著說：「哎呀，兄弟！」而他們兩人同時大喊：「豐翼！好個老豐翼！」隨即衝上前去親吻牠。

這時，老鼠再次催促他們進去。於是他們全都穿過金門，進入陣陣芳香撲面而來的花園裡，走到陽光和陰影交織的涼爽樹蔭下，走在白花遍布、彈力十足的草坪上。第一件令每個人震驚的事是這地方比他們從外面看起來的要大得多。可是沒有人有時間去細想這事，因為四面八方都有人過來迎接這群新來者。

每一個你聽說過的人物（如果你知道這些國家的歷史）似乎都在這裡。來的有貓頭鷹格林羽和沼澤怪人泥沉沉，脫離魔法控制的瑞里安國王和他母親「星辰的女兒」，以及他偉大的父親凱斯賓。在凱斯賓身邊的是德里尼安勳爵、伯恩勳爵、矮人特朗普金、善良的獾松露獵手、人馬峽谷風暴，以及數以百計參加過解放大戰的英雄。從另一邊過來的是阿欽蘭的國王柯爾和他父親魯恩國王、他妻子阿拉維絲王后、他弟弟勇敢的「雷霆拳」柯林王子，還有那匹馬布瑞和母馬荷紋。然後是──這對提里安來說，是超越一切神奇的最神奇之事──來自更遙遠的兩個遠古人物，善良的海狸和人羊圖姆納斯。大家彼此問候，互相親吻和握手，還講起了老笑話（你絕對想不到，過了五、六百年以後，重新談起那些老笑話，聽起來有多美妙）。寒暄過後，全體人員都朝果園中央走，有一隻鳳凰坐在一棵樹上俯瞰著大家，在那棵樹下有兩個王座，王座上坐著無比威嚴的國王和美麗的王后，眾人都來到他們面前行禮致敬。大家是該這麼做，因為這兩位正是法蘭克國王和海倫王后，所有納尼亞和阿欽蘭的先王列祖，都是他們的後裔。提里安這時的感覺，就像你被帶到在完全榮耀之中的亞當和夏娃面前時的感覺。

大約半小時以後──也許是半個世紀以後，因為那裡的時間和這裡不一樣──露西和她親愛的朋友、她最老的納尼亞人朋友人羊圖姆納斯站在一起，從那座花園的圍牆向下俯瞰，看見整個納尼亞在下方向外伸展開去，綿延千里。不過，也就是在你往下看的時候，你才發現這座山比你想像的要高得多。在他們下方是下落幾千英尺的閃亮懸崖，在懸崖底下的那個世界裡，樹木看上去和綠色的鹽粒差不多大。然後，露西轉過身來，背對著圍牆，望著花園。

「我明白了。」她終於開口，若有所思地說：「現在我明白了。這個花園就像馬廄。裡面比外面大得多。」

「當然了，夏娃之女，」人羊說：「你愈往上爬，愈往裡走，萬物就愈大。裡面比外面更大。」

露西仔細看著這花園，發現它根本就不是一座真的花園，它是一個完整的世界，有自己的河流、森林、海洋和山脈。可是它們並不陌生，她都認識。

「我明白了。」她說：「這裡仍是納尼亞，比底下的那個納尼亞更真實也更美麗，正如它比馬廄門外的那個納尼亞更真實更美麗一樣！我明白了……世界當中有世界，納尼亞當中有納尼亞。」

「是的，」圖姆納斯先生說：「就像一個洋蔥。差別只在於，你進進出出的時候，是每一個裡圈都比外圈更大。」

露西四處張望，很快就發現自己身上發生了一個嶄新的、美妙的變化。無論她看什麼，無論距離有多遠，只要她的雙眼牢牢地盯著它，那樣東西就會變得很近，很清楚，就像她用望遠鏡觀看一樣。她可以看見整片南方的沙漠，以及沙漠再過去的大城塔什班；往東望，她可以看見海邊的凱爾帕拉維爾，以及曾經屬於她的那個房間的窗戶。在遙遠的大海上，她能看見那些島嶼，一個接一個的島嶼，直到世界的盡頭，還有，盡頭再過去的，他們稱之為阿斯蘭的國度的那座大山。不過，現在她看見，那座大山只是一道巨大山脈當中的一部分，而那道山脈環抱著這整個世界。它就在她面前，似乎近若咫尺。接著，她向左望，看見一大片五顏六色的雲彩被一道裂罅隔開。但是，當她再仔細地看，她發現那根本不是雲彩，而是一片真實的土地。等她定睛盯住特定的一個點，她立刻大喊道：「彼得！愛德蒙！過來看看！快來。」他們都過來觀看，他們的眼睛也像她一樣。

「哎呀！」彼得叫道：「那是英格蘭。那是那棟房子——柯克教授在鄉下的老房子，我們所有的冒險都是從那裡開始的！」

「我還以為那棟房子已經拆毀了。」愛德蒙說。

「是拆毀了。」人羊說：「不過，你現在看到的是英格蘭內的英格蘭，真正的英格蘭，就像這裡是真正的納尼亞一樣。在那個內部的英格蘭裡，任何美好的事物都不會遭到毀壞。」

突然間，他們把目光轉向另一個點，接著，彼得、愛德蒙和露西全都驚訝地倒抽一口氣，然後大聲喊叫起來，開始拚命揮手，因為他們看見了自己的父母，在巨大的深谷對面向他們揮手。那情況就像你在碼頭上等人時，看見他們在一艘大船的甲板上向你揮手一樣。

「我們要怎麼樣才能和他們會合？」露西說。

「這很容易。」圖姆納斯先生說：「那個國度和這個國度——所有真正的國度——都只是阿斯蘭的大山脈中一個突出來的小山尖。我們只要沿著山脊往上走和往裡走，一直走到相接之處就行。聽！法蘭克國王的號角響了，我們都必須往上走了。」

不久，他們發現所有人都走到了一起，合成一個偉大、壯麗的隊伍——朝著更高的山上走，那是比你在這個世界上能看見的最高的山（如果它們還在那裡能被看見的話）還要高的山脈。不過，這些山脈上沒有雪，只有茂密的森林、青翠的山坡、甜美的果園和閃耀的瀑布。這些山一座比一座高，永遠在往上走。他們腳下所走的路愈來愈窄，兩邊都是深谷。在深谷的另一邊，那個真正的英格蘭愈來愈近。

前方的光芒愈來愈強。露西看見他們前方是一連串顏彩繽紛的峭壁，層層拾級向上，就像巨人的階梯。接著，她忘了所有一切，因為阿斯蘭親自來了，他縱身躍下層層的山崖，就像一道充滿力與美的、活生生的瀑布。

阿斯蘭第一個召喚的竟是驢子帕叟。你再也不會見到有一頭驢子像帕叟這樣，無比軟弱也無比愚蠢地朝阿斯蘭走去，他站在阿斯蘭旁邊，渺小得就像一隻奶貓站在聖伯納犬旁邊一樣。獅子低下頭，朝帕叟低聲說了些什麼，帕叟一聽，長耳朵就垂下來了，接著獅子又說了些別的話，帕叟的耳朵又豎了起來。幾個人類都聽不見獅子兩次說話的內容。隨後，阿斯蘭轉過身來對他們說：

「你們看起來不像我期盼的那麼高興啊。」

露西說：「阿斯蘭，我們太害怕會被送走。你之前經常把我們送回我們自己的世界裡去。」

「不要怕。」阿斯蘭說：「你們還沒猜到嗎？」

他們的心狂跳起來，人人內心都升起了巨大的希望。

「這次**確實**發生了火車事故。」阿斯蘭輕聲說：「你們父母，以及你們所有的人——就像你們過去在影子大地裡所說的那樣——都死了。學期結束了；假期開始了。夢境結束了；早晨到來了。」

他說話的時候，在他們眼中，他已經不再是一隻獅子。之後開始發生的事是如此偉大而美麗，我無法用紙筆將它們寫下來。對我們來說，這是所有故事的結束，而我們可以最真切地說，他們從此永遠過著幸福快樂的生活。可是對他們來說，這僅僅是那個真實故事的開始。他們在這個世界上的全部人生，以及他們在納尼亞的所有冒險，都只是封面和書名頁而已。現在，他們終於開始了「偉大的故事」的第一章，而這一章是這世上不曾有人讀過的。它將永遠持續下去，並且一章比一章更加精彩。

#《納尼亞傳奇》國際好評：

童年的床邊故事《納尼亞傳奇》引領我們穿過衣櫥，讓我們**理解自己的定位和身分**，並幫助我們**理解人類要面對的各種無止境困惑**。小時候，我們藉納尼亞的故事看世界，長大之後，文學也和生活相互輝映。不論在人生什麼階段，偉大的文學作品都能啟發我們。——薩蘭德，耶魯大學小歷史系列《文學的40堂公開課》作者

C. S. 路易斯是我最喜歡、也是影響我最深的作家之一。——J. K. 羅琳，《哈利波特》作者

C. S. 路易斯是第一個讓我想成為作家的人。假如有人可以寫出納尼亞的故事，那麼，我想成為這樣的人。直到我當了父親，我才重返納尼亞。我每次都會大聲把整個系列唸給我的孩子聽。**我發現我小時候喜歡的段落，長大之後還是喜歡**。——尼爾．蓋曼

納尼亞的世界永遠不會變老或無聊。令人高興的是，我在四十多年後享受了這一

點。如果您在童年時錯過了它，請自行閱讀或與年輕人分享。再度重溫納尼亞真是太棒了！——Amazon 網路書店讀者書評 SassyPants

我今年七十七歲，這是我第一次讀納尼亞系列小說，我目前讀到第五本了。**這是一部一生至少要讀三次的小說**——童年、當父母時說給孩子聽、老年。我們每次都能從閱讀中獲得不一樣的東西。我在童年時錯過了這套書，只在我太太讀給孩子聽時聽到一些。——Amazon 網路書店讀者書評 RonS

我四十七歲了，還沒有讀過納尼亞傳奇！好消息是，**一個疲憊、痛苦、憤世嫉俗的四十七歲無神論者，仍然可能愛上這本書**，甚至在書中找到靈感。本書是奇幻故事的經典傑作，甚至可以激動一個四十七歲的孩子。千萬不要像我一樣等到四十七歲才讀！

——Amazon 網路書店讀者書評 M. Schwarz

我愛這些書已有幾十年了。我二十歲時讀了這本書，不久又唸給我的孩子聽。現在我正在為我的孫子們讀這個系列。——Amazon 網路書店讀者書評 S. Lovejoy

納尼亞傳奇・出版 75 周年經典全譯版
【合輯三】《銀椅》、《最後一戰》

作　　者　C. S. 路易斯 (Clive Staples Lewis)
譯　　者　鄧嘉宛
封面設計　倪旻鋒
封面插畫　Agathe Xu
內頁排版　高巧怡
行銷企劃　蕭仰浩、江紫涓
行銷統籌　駱漢琦
業務發行　邱紹溢
責任編輯　溫芳蘭、周宜靜
總 編 輯　李亞南
出　　版　漫遊者文化事業股份有限公司
地　　址　台北市103大同區重慶北路二段88號2樓之6
電　　話　(02) 2715-2022
傳　　真　(02) 2715-2021
服務信箱　service@azothbooks.com
網路書店　www.azothbooks.com
臉　　書　www.facebook.com/azothbooks.read
發　　行　大雁出版基地
地　　址　新北市231新店區北新路三段207-3號5樓
電　　話　(02) 8913-1005
傳　　真　(02) 8913-1056

二版二刷(1)　2024年8月
定　　價　台幣1500元　套書不分售

國家圖書館出版品預行編目 (CIP) 資料

納尼亞傳奇 / C.S. 路易斯(Clive Staples Lewis) 著 ; 鄧嘉宛譯. -- 二版. -- 臺北市 : 漫遊者文化出版 : 大雁文化發行, 2023.09
冊； 公分
出版75周年經典全譯版
ISBN 978-986-489-850-3(全套 : 平裝)
873.57　　112013581

ISBN 978-986-489-850-3